并肩同行七十载

陈翘刘选亮文集

陈翘　刘选亮　著

管琼　主编

SPM 南方传媒　岭南美术出版社

中国·广州

图书在版编目（CIP）数据

并肩同行七十载：陈翘刘选亮文集 / 陈翘，刘选亮
著；管琼主编. — 广州：岭南美术出版社，2024.3
ISBN 978-7-5362-7856-1

Ⅰ.①并… Ⅱ.①陈…②刘…③管… Ⅲ.①文艺—
作品综合集—广东—当代 Ⅳ.①I218.65

中国国家版本馆CIP数据核字(2024)第017634号

责任编辑：王效云　　郭海燕
责任技编：谢　芸
责任校对：王　悦
装帧设计：广州六宇文化传播有限公司

并肩同行七十载　陈翘刘选亮文集
BINGJIAN TONGXING QISHI ZAI CHEN QIAO LIU XUANLIANG WENJI

出版、总发行：岭南美术出版社（网址：www.lnysw.net）
　　　　　　　（广州市天河区海安路19号14楼　邮编：510627）
经　　　销：全国新华书店
印　　　刷：东莞市翔盈印务有限公司
版　　　次：2024年3月第1版
印　　　次：2024年3月第1次印刷
开　　　本：787 mm×1092 mm　1/16
印　　　张：18.75
字　　　数：409千字
印　　　数：1—4000册
ISBN 978-7-5362-7856-1

定　　　价：70.00元

编委会

主　　任：李劲堃

副 主 任：吴华钦　郝　勇　汪　浏　朱　琪

编　　委：芦　莹　李群娣　刘　钝　陈玉敏

总 策 划：汪　浏

执行策划：芦　莹　刘　钝

主　　编：管　琼

结婚照 1962年

20世纪80年代摄于北京

商讨节目修改 20世纪80年代

"好吃不?"

20世纪90年代摄于台湾阿里山

全家福　三代同堂

《草笠舞》 1960年

《三月三》 1957年

《半边裙》 1957年

《学文化》 20世纪60年代

《带枪的新娘》 20世纪60年代

《野营大军过山来》 20世纪70年代

《打柴舞》 20世纪70年代

《胶园晨曲》 1971年

《喜送粮》排练

《喜送粮》　1972年

《踩波曲》　1979年

《喜送粮》舞蹈造型绢人

《草笠舞》舞蹈造型铜人雕塑

《摸螺》 1980年

民族舞剧《龙子情》 1989年

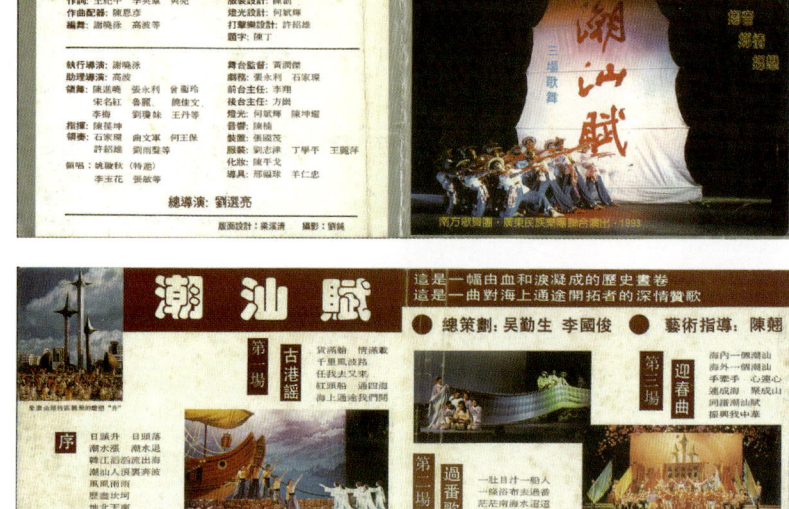

歌舞史诗《潮汕赋》宣传单 1992年

《千年古邑·红色河源》 2011年

《桃花水母》 2015年

参加法国艺术节 20世纪80年代

1994年，"中华民族20世纪舞蹈经典评比展演"，《草笠舞》获"经典金像奖"

2007海峡两岸舞蹈文化人类学研讨暨表演会与会人员合影

2011年陈翘从艺60周年晚会

参加中国舞蹈艺术终身成就奖颁奖典礼

陈翘获广东省首届文艺
终身成就奖的奖杯

陈翘获第九届中国舞蹈
"荷花奖"终身成就奖的奖杯

陈翘获广东省首届文艺终身成就奖

刘选亮获第三届广东文艺终身成就奖

2019年出席中国·横琴中－拉标准舞/拉丁舞国际锦标赛（陈翘时任广东国际标准舞总会会长）

和少女班学员在一起

陈翘四十年

关山月书

关山月题字

吴南生题字

陈翘、刘选亮艺术简介

一

陈翘，1938年11月出生于广州，祖籍广东潮安。第九届全国政协委员，国家一级编导，中国舞蹈家协会原副主席，广东省舞蹈家协会原主席，南方歌舞团原艺术指导，享受国务院特殊津贴专家。曾获"全国三八红旗手""广东省优秀中青年专家"等荣誉称号；被中国舞蹈家协会评为"中国舞蹈艺术卓越贡献舞蹈家"；获第九届中国舞蹈"荷花奖"终身成就奖；荣登2016年中央电视台《光荣绽放——十大舞蹈家舞蹈晚会》；2010年获"广东省首届文艺终身成就奖"。

1950年投身新文艺工作，在海南岛少数民族地区生活、工作三十年，创编了一批饮誉海内外的黎族舞蹈，代表作品有：被国家选送莫斯科第六届世界青年联欢节演出的节目《三月三》，获第八届世界青年联欢节舞蹈比赛金质奖章及中华民族20世纪舞蹈"经典金像奖"的《草笠舞》，获中华民族20世纪舞蹈"经典金像奖"提名奖、广东省首届鲁迅文艺奖一等奖的《摸螺》，以及《喜送粮》《碗舞》《胶园晨曲》等。《三月三》《草笠舞》《喜送粮》等作品曾出版单行本，其作品构成的中国黎族舞蹈系列在国内外受到高度评价，其作者陈翘被誉为"黎族舞蹈之母"。

2005年，首次提出"岭南舞蹈"概念，并由广东省舞蹈家协会举办首届"岭南舞蹈大赛"。目前，该赛事在广东省委宣传部、广东省文学艺术界联合会的支持下已举办八届，成为广东舞蹈界的品牌活动。

由于在舞蹈事业中做出突出贡献，其事迹被收录于《中国大百科全书》《中国艺术家辞典》《中国舞蹈辞典》《中国文艺家传集》《当代中华舞坛名人传略》等典籍。

刘选亮，1935年出生，祖籍广东潮安。舞蹈艺术家，国家一级编导，南方歌舞团原团长。曾获"广东省文化系统先进工作者""中国舞蹈艺术突出贡献舞蹈家"等荣誉称号，2022年获第三届"广东文艺终身成就奖"。

1951年投身新文艺工作，创作了一批少数民族舞蹈，代表作有《开山歌》《村边的故事》《猎归》《苗家下山居》《龙舞》等海南苗族舞蹈系列，以及舞剧《龙子情》《带枪的新娘》《国旗在飘扬》等。把流行于黎族地区的竹竿舞，经不断收集、改进和创作，发展成一套富含技巧、韵律和美感的舞蹈组合，成为流行至今的保留节目，并广泛传播。

由于在舞蹈事业中做出突出贡献，其事迹被收录于《中国艺术家辞典》《中国舞蹈辞典》《中国文艺家传集》《当代中华舞坛名人传略》等典籍。

二

陈翘、刘选亮两位艺术家先后荣获广东文艺终身成就奖，是全省唯一均获广东文艺终身成就奖的舞坛伉俪，堪称艺坛的模范。

两位艺术家从艺70年，风雨同舟、携手并进，始终坚持以人民为中心的创作导向，深入生活、扎根人民，致力于从本地域民族民间文化沃土汲取养分，从人民群众的伟大实践和丰富多彩的生活中吸取营养，创作出一批民族民间舞蹈精品力作，用民族民间舞蹈艺术的力量鼓舞人、启迪人，在推动中华优秀传统文化创造性转化、创新性发展中做出突出的贡献。

20世纪80年代，作为广东民族歌舞团（南方歌舞团的前身）的团长，刘选亮带领全团接受文化部（现文化和旅游部）、国家民族事务委员会的委托，到北京及西北五省区演出，历时两个月，行程4000千米，顺利完成党和国家交给的民族艺术文化交流的使命，得到各级领导及广大群众的高度赞扬。

20世纪90年代，广东民族歌舞团团长刘选亮、艺术指导陈翘，多次带队代表国家到世界各地参加艺术节，将中国的民族民间艺术带到了海外，为世界各民族观众送去了精彩的中国民族民间舞蹈艺术，赢得广泛赞誉。为表彰这支扎根基层的文艺队伍，广东省政府特授予该团"南粤山花"荣誉称号。

陈翘创作的作品《喜送粮》，其舞蹈造型被制成绢人，作为国礼赠送给外国政要；以《喜送粮》的动作、服装组成的方阵，参加了1979年中华人民共和国成立30周年天安门大游行。刘选亮创作的舞蹈《野营大军过山来》曾被北京军区战友歌舞团带到罗马尼亚演出并作为压轴节目，大受欢迎。

《草笠舞》曾被中央新闻纪录电影制片厂拍进舞蹈纪录片《彩蝶纷飞》，《三月三》曾被华文影片公司拍进大型艺术纪录片《月是故乡明》，《碗舞》曾被拍进当时的民主德国电视台的节目，《野营大军过山来》《开山歌》《喜送粮》曾被珠江电影制片厂收录于大型电影艺术片《歌舞》中。

两位艺术家致力于岭南文化的传承与发扬，1992年分别担任总导演和艺术指导，创编了大型舞蹈史诗《潮汕赋》，并在汕头市首演成功，获得广泛赞誉。退休后，两人还带领年轻一代的创作团队为客家古邑河源创编了两台大型歌舞晚会——《古邑情　客家亲》《千年古邑　红色河源》；创编大型梦幻舞台秀《桃花水母》，而专为这台舞台秀设计修建并命名的"桃花水母"大剧院，现已成为河源市文旅地标。

陈翘、刘选亮已成为岭南舞蹈重要代表人物，代表着广东舞蹈界对梦想的追求与奋斗、对民族艺术的执着与坚守。

管琼简介

广东书法与文艺研究院研究员，一级作家。出版文集《人在青山外》《出发总是美好的》《女人有点嗲》，艺术家传记《林墉传》《陈翘传》，文艺评论《对话林墉》。主编国学通识读本《解字国学》等。

序

　　40多年前，在中国艺术研究院跟随吴晓邦老师读硕士时，第一次听先生带着赞赏有加的语气说到陈翘这个名字。留在舞蹈研究所工作，因为在《中国当代舞蹈精萃》科研电视系列片中担任导演和制片，有幸结识陈翘老师，并因拍摄任务而陪伴着她走过几乎整个海南岛，算起来至今已经超过30年了。她的经典传世之作，她铿锵有力的话语，她火一样的热情和直率坦诚的为人，都让我和我所认识的人非常佩服她，喜爱她。今天，当这本文集出版之际，有机会写一点点心得，不胜荣幸。

　　《中国当代舞蹈精萃》科研电视系列片的拍摄对象，是中国当代舞蹈史上具有特殊贡献并艺术成就斐然的舞蹈家。当时的舞蹈研究所在充分整理史料和现实研判的基础上，选择了五位艺术家：吴晓邦、戴爱莲、康巴尔汗、贾作光、陈翘。

　　陈翘的名字为何与上述各位并列？我认为，最重要的，就是她在中国当代民族民间舞蹈艺术创作道路上的开拓性贡献。

　　1953年，海南尚属广东管辖，广东民族歌舞团在海南成立，这应该是陈翘踏上这条艺术道路的重要契机。当时，为建设民族艺术而奋斗，既是建团之初的创作方向，也是当时一批有志于民族舞蹈事业的有识之士的崇高理想。陈翘，一个芳华正茂的小姑娘，开始克服各种艰难困苦，走进莽莽五指山区，走进黎族各个支系的山山寨寨，走进黎族文化的山海之中。

　　走进海南岛在当时并不容易，其中陈翘吃了多少苦，文字难以尽书。然而，更重要的是，怎样在这条艺术道路上有成绩、有大作为、有前无古人的艺术贡献。

正是从这个角度看，陈翘了不起。

这本文集记录了一位女性编导的细致观察：

黎族姑娘们面对陌生人时，习惯手捂脸细声细语，因裙子窄而短，又喜欢几个人靠在一起，一脚为重心，另一脚轻松点地，双肩一高一低，形成自然的三道弯"形态"，站久了一个人换了重心，整排人跟着换。这种左右换重心的"动态"，加上节日里双手戴上颇有重量的银手镯，两脚戴上叮当响的脚环，为展示美丽翘起手腕前后摆动，抬起脚一踹一踹，让那脚环叮当作响的"心态"，神、形、动、心"四态"融合，加上戴上造型奇特的高平顶草笠所形成的"丁"字形的形象，（一个舞蹈的）主题动作呼之欲出了。

这个作品，就是后来享誉海内外、夺得国际金奖的《草笠舞》。陈翘在黎村中跟巫公学到一些"跳神"的动作，融合发展为《三月三》的主题动机；她根据儿童高兴时总爱甩动手臂、哭闹时两脚重重地轮换踏地、撒娇时身体常常两边扭动等夸张动作，以及黎族孩子们喜爱摸螺的真实生活，发展创作了广受好评的《摸螺》；她用一条黄绸，既当扁担又当粮袋，用一顶草笠，既当簸箕又当风谷机，还当车轮，完成了经典之作《喜送粮》。

《草笠舞》登上舞台后，陈翘所提炼的黎族舞代表性动作"三道弯""甩手腕""抬踹脚"等，不仅成为陈翘后来创作的依据，而且成为此次创作的最大收获。更重要的是，这些动作获得黎族人民由衷的肯定和欢迎，甚至成为黎族人引以为傲的"民族舞语言"。前几年，我在黎族寨子里看到跳着这些动作的年轻黎族姑娘，有心地问了一句："这些动作哪里来的？"她们告诉我："千年来我们民族传下来的！"

这句话，应该是对陈翘的最高褒奖！一个非其民族的舞者创作的舞蹈语言，被纳入了那个民族的语言体系，并得到代代相传！天地间，难道还有比这更让人感动和敬佩的吗?

纵观中国当代舞蹈史,陈翘孤身行走在海南岛时,其实她并不孤独。在她身边,有她的志同道合者刘选亮,他后来不仅成为她终身挚爱的伴侣,更是她艺术创作道路上最重要的队友。如果我们把眼光投向华夏大地,在北方的内蒙古大草原上,贾作光也在行走;西北新疆天山南北,康巴尔汗也在行走;甚至北京舞蹈学校成立之后,以盛婕、彭松、李正一等人为首的一批舞蹈教育家,走在淮河两岸;还有张荫松走在齐鲁大地,乔良走在东北黑土地,以及后来的许淑英走在山村田埂,杨丽萍走在七彩云南的大山里,高度走在雪域高原,明文军和赵铁春走在陕北秧歌地……恕我实在无法一一列出那长长的名单。所有这些有志于民族民间舞蹈艺术创作与发展之路的舞者们,都是陈翘的同志。"志同道合"这个词虽有点旧,但有真理在,志不同,道难合,事无成,我们就是要提倡志同道合,建立起我们这个集体的共同目标——以创作、演出民族民间歌舞为主要任务。

特别需要指出的是,在中国民族民间舞蹈的创作大道上,贾作光先生的艺术得到了蒙古族人的认可,其舞蹈语言让蒙古语增添了"舞蹈"这个词。陈翘老师的艺术得到了黎族人的认可,其创作的舞蹈语言已经化为黎族的民族遗产。所以,从一个民族认同艺术家并将他们的艺术创作认可为民族"原生"舞蹈语言的角度,我在研究中国现当代舞蹈历史时,将这一现象称作"南陈北贾"。

陈翘为人耿直,以真理为据,敢于直言,无所畏惧。

她说:"艺术家是'人类灵魂的工程师',我追求了一辈子。"所以,她反对在文艺作品里出于狭隘的个人情感而创作,反对一切唉声叹气、高谈阔论、冷嘲热讽、玩世不恭,强调文艺工作者要自觉地抵制各种不正之风的侵蚀。她常常引用习近平总书记的一段话:"艺术家之所以是艺术家,是因为他在用自己所熟悉的艺术形式通过创造出来的栩栩如生的作品形象,告诉人们什么是应该肯定和赞扬的，什么是必须反对和否定的，传递真善美、传递向上向善的价值观，引导人们增强道德判断力和道德荣誉感。"

她说："面对悠久的历史传统，面对火热的当代现实生活，我们究竟该用什么样的舞蹈语言来表达主题，以舞者们所掌握的民间古老的舞蹈韵律是远远不足以表现当今艺术形象的精神面貌的。怎么办？——到生活中寻找，再提炼加工。"为此，陈翘真正做到了艺术为人民服务。她认为，古今中外的经典名著都是表现作者所处时代的生活的，哪怕是永恒的爱情主题，都离不开作者的现实处境。有些编导对活生生的生活熟视无睹，做人民群众根本不懂的东西，有的只是个人的感情宣泄。她大声疾呼：小心！不要这样！

陈翘是民族舞蹈语言的创造者，也是民族舞蹈艺术的忠实保护者。为此，她反对穿戴甲民族服饰、跳乙民族舞蹈的"张冠李戴"；反对把外来或时尚流行的舞步生硬嫁接到少数民族传统舞蹈之中的"偷梁换柱"；反对在茫茫雪景前还袒胸露脐大跳埃及肚皮舞的"强买强卖"。她认为此种乱象，是民族舞蹈创作的大害。

她说：民族舞蹈艺术要坚守民族的灵魂！为此，她直接批评一些表现民族生活的舞蹈或舞剧，不顾地域、习俗的差别，不管人物关系是夫妻、恋人、父女、母子，凡在营造高潮时，总是出现快步急冲、高抛托举、相拥静止这样的雷同化创作。因为套用雷同的现象多了，采用的动作、舞姿几乎都照搬芭蕾舞的组合模式，让人分辨不出是属于哪个民族，民族艺术的灵魂就丢失了！

对于黎族舞蹈来说，陈翘是一个神一般的传奇人物；对于中国民族民间舞蹈艺术创作来说，陈翘是一个创造了艺术经典的人；对于历史发展大潮而言，陈翘又自称是一个幸运的人。她有幸身处改革开放走在全国之先的广东省，经济比较发达而有一定经济实力的环境让她大展身手；她有幸在几十年风风雨雨中遇到了一批德高望重的老领导，他们无数次将她从一波三折的人生困境中引导出来，帮助她排除前进中的重重障碍，使得她有勇气继续在坎坷的道路上前进；她有幸遇到了一批又一批、一代又一代有胆有识又高度重视民族文化的领导，鼓励她沿着一条十分艰难的艺术道路开拓性地走下去。陈翘也有幸拥有几十年相依为命、共同为民族舞蹈事业奋斗了一辈子的挚爱刘选亮，她把自己与刘选亮的共同艺术创作形容为"两个脑袋的有趣互补"，不仅合作愉快，更是灵魂伴侣。他们的故事，已经成为中国舞蹈界的一段无比鲜活的传奇故事。陈翘的成就是一个时代和无数同志共同的结晶。

在舞蹈排练现场，陈翘是一个脾气大、要求极严、要求谁也不能拿艺术开玩笑的人，颇有点战场上的大将风度。不知道这是否与她那位抗日阵亡的军人父亲的影响有关。认识陈翘的人，都知道她是一个敢爱敢恨的人。她做事目标明确，坚持不懈，努力前行。刚参加汕头文工团填表的时候，因她的原名陈霭翘的"霭"字笔画太多难写，工作人员对她说干脆把"霭"字去掉，她欣然接受，说这样"轻松多了"。

陈翘是一个一辈子都在攀登舞蹈艺术巅峰的人。她高度注重舞蹈的本体语言，潜心于对舞蹈本体的研究，因为她知道，舞蹈的艺术核心就在于舞蹈语言动作，舞蹈就是靠肢体语言来说话的艺术。脱离了这个最根本的东西，舞蹈就失去了其存在的价值。陈翘的舞蹈作品，在舞蹈语汇建设、艺术风格建设、民族审美表情的舞动建设等方面，既特立独行又广受赞誉。她的舞蹈作品从创作之初就高度重视生活根基，一切从生活中来，一切以人民大众的眼光去审视，都着眼于是否为群众所喜爱。同时，她又是一名充满创新精神的艺术家，勇于开拓，勤于创新，个性十足。陈翘的艺术个性，与她的信念有关：对党的文艺方针坚定不移，始终不渝地走舞蹈民族化、大众化的艺术大道。一个有崇高理想和坚定信念的人，是多么难得，多么幸福！

　　陈翘对中国民族民间舞蹈的未来充满希望。她说："真正的民族舞蹈之花将会在新的历史时期争奇斗艳。我将会作为一名忠实的观众，为它们鼓掌、欢呼！"

　　在中国当代舞蹈史的原野上，陈翘为黎族舞蹈花费了无数心血，洒下了辛勤的汗水，流过泪、受过难、吃过苦。这是一位让黎族民间舞蹈从山峦田野走向当代都市剧场舞台的先驱者，同时也让自己的名字刻写在了中华民族的历史册页上。

2023年10月28日于北京

冯双白

（本文作者系中国舞蹈家协会主席）

目 录
contents

上 篇

第一章　边走边思索

第二章　灵感从何来

中　篇

第一章　剧本选集

第二章　愿歌声为舞蹈添彩

第三章 《中国舞蹈词典》条目编撰

下 篇

第一章 为祖国艺术大花园添彩——行走在神州大地上

第二章　让"南粤山花飘香海内外"——出访随笔

上篇

PART
ONE

第一章　边走边思索

此生愿做常青树

陈　翘

感谢广东省委宣传部、广东省文学艺术界联合会（以下简称"省文联"），让我这个老人家在省文联成立70周年座谈会上发言。

我12岁加入汕头文工团，跟祖国一起成长。70多年来，党把我从一个无知的小女孩培养成舞蹈家，遵循艺术要为人民服务、反映新时代与创作要热爱人民、深入生活的法则。我扎根海南30年，当年的黎族地区还处在刀耕火种的贫穷落后状态。尽管面对着下乡采风时背上背包翻山越岭，被原始森林中成群的吸血山蚂蟥咬得流血不止，在村里晒谷场上演出时与猪狗争夺舞台等艰苦考验，但黎族人民质朴而多彩的生活激发了我的灵感，我创作了许多作品，形成了黎族舞蹈系列，受到黎族人民的喜爱和认可。不少作品出国演出，第一次把黎族舞蹈文化展现在国际舞台上。其中，《草笠舞》代表国家参加世界舞蹈比赛，并获得了金质奖章。在中华人民共和国成立40周年的国庆大游行中，由作品《喜送粮》的服饰和舞步组成的大方队，矫健地舞过天安门，接受国家领导人和全国人民的检阅，受到全世界的关注。以《喜送粮》舞姿制成的绢人造型，由出访的艺术团作为国礼赠送给日本政府。

我在任省文联舞蹈家协会主席期间提出了"岭南舞蹈"的概念，希望广东的舞蹈家，有目标、有责任心地为舞蹈事业谱写新的篇章，并倡议举办"岭南舞蹈"大赛，得到了广东省委宣传部、省文联的大力支持。两年一届的"岭南舞蹈"大赛已连续举办了十多年，涌现出不少好作品。但在如何表现广东敢于第一个吃螃蟹、第一个摸着石头过河、担当改革开放排头兵的时代风貌方面，还不够理想。我坚信，迈出了这一步，就会走成一条路。随着一届届的比赛、展演，一代代的传承、发展、坚持，总有一天，与时俱进的"岭南舞蹈"终会大放异彩。

感谢广东省委宣传部、省文联让我作为省文联代表参加全国文代会。尤其是在2016年召开的第十次文代会，中国文联的领导还专程到驻地看望我。特别感谢广东省委宣传部、广东省文学艺术界联合会、广东省文化厅、广东省民族宗教事务委员会、广东省人民政府侨务办公室、中国文学艺术界联合会、中国舞蹈家协会等单位为我举办从艺40周年和从艺60周年两次庆祝活动，为我颁发了广东省首届文艺终身成就奖和中国舞蹈艺术终身成就奖。

终身成就奖为我的艺术人生画上句号了吗？不，我要用余生为党的文艺事业做力所能及的事情。因为党在我历经坎坷迷茫时，为我拨开迷雾，给我鼓励和希望。我的一切成就和荣誉都是党给予的。连我这条命也是党在我病危时拨巨款挽救回来的，恩重如山呀！连国外的亲人都说，党对你而言何止万岁，而是万万岁！

我很庆幸看到伟大的共产党领导着14亿人民冲破重重困难，把国家建设得越来越强大，我为之自豪。我很珍惜现在这个时代，我要告诉海内外的亲人，我现在生活得幸福满满，快乐满满，感恩满满。

2020年11月26日

艺术家是人类灵魂的工程师

——在广州市文学艺术界联合会成立63周年座谈会上的发言

陈　翘

我最近经常在思考一个问题：人民赋予我们艺术家"人类灵魂的工程师"这一称号，我们有多少人是符合标准的？我觉得衡量是不是"人类灵魂的工程师"的标准实际上就是看我们能不能真正做到为人民服务。古今中外的经典名著都是表现作者所处时代的生活，即使表现的是永恒的爱情的主题，也离不开作者的现实处境。但是我们现在有些编导偏偏对活生生的生活熟视无睹，做人民群众根本不懂的东西，有的只是个人的感情宣泄。

至于爱国、爱我们的民族，我们怎么在具体的事情里面去表现？首先有一个前提是，清楚你所处的时代、你要表现什么、作为一个艺术家要表现什么。现在社会各界包括我们的媒体，有时把艺术跟娱乐混在一起。记得当年流行迪斯科，很多人疯狂地去学，甚至有领导找我教他几个动作。我说这很简单，你按照迪斯科的节奏，身上哪里痒就抓哪里，哪里不舒服就打哪里。这就是一种自娱自乐，这不是艺术。我们创作的东西应该倾向于什么？年前各地的春节晚会上都上演交响乐，我找不出一个民族的东西。我从来都坚持一点，你有我有，你有交响乐我有交响乐，你有芭蕾舞我有芭蕾舞。而且泱泱大国，我可以到世界拿奖，我不输给你，我可以跟你比。可是我有你没有的东西才是最重要的，什么是我有你没有？那些外国人欣赏我们的艺术。多年的国外演出，我的体会太深了，到国外表演表现我们民族的作品，国外观众一直追着我们看，可是回国的飞机一降落，我们的民族艺术就变得土里土气，大家不屑一顾，因为有些人看不起我们民族自己的东西。你不爱这个国家，不爱这个民族，你就不会去深入生活。

我要特别讲一下"中国制造"跟"中国创造"。光制造是没有前途的，要创造。我们的艺术更是这样，光是拿人家的东西，没有自己的创作，你就永远没有个性。比如说广州芭蕾舞团，它很可贵的一点，就是经常做中国节目创作。

我为什么说艺术家是"人类灵魂的工程师"，是因为我追求了一辈子。我到60岁成为全国政协委员才跟家里人相认，因为我是国民党的后代，我父亲抗日阵亡。国外亲戚都说陈家这两个女儿，一个在香港当明星，一个在内地当舞女。说到当舞女，在改革开放初期，社会上确实有一些舞蹈演员去舞厅陪舞，这是事实。但是不能一概而论，一竿子打翻一船人。我自己一想就生气，有相当一段时间不愿意跟别人说我是搞舞蹈的。

我对"人类灵魂的工程师"追求了一辈子，我一直很努力去做，就是因为我们有自己的追求。我希望省文联真正成为艺术家之家，把大家团结在一起。市文联这次活动做得非常好，真正在干实事。谢谢市文联对我这么器重。我这个人浑身带刺，但是我跟群众关系特别好。"志愿者"这三个字对我而言不太合适，我觉得我不是志愿者，我是应该这样做的，而且是必须做的。

2013年

舞蹈艺术创作，培养本土人才是根本

——学习习近平总书记在文艺工作座谈会上重要讲话的心得体会

陈　翘

一、舞蹈创作需要有血有肉有温度

文艺工作者是人类灵魂的工程师。尤其在革命时期，文艺是革命的先驱，文艺能唤醒人民的意识，文艺能教育、引导人民。到了经济发展的新时代，文艺工作者的职责是什么？究竟要搞什么样的艺术创作？对于这些再简单不过的问题，我作为一辈子从事舞蹈艺术创作的工作者，反而变得很迷茫。我不明白为什么如今我们的文艺工作者变成了整日为生存而忙碌的机器，我不明白为什么一些艺术作品如此不堪，我不明白为什么有人变得如此冷漠，对艺术工作者辛苦创作出来的舞蹈作品无动于衷。

"文艺工作者必须自觉与人民同呼吸、共命运、心连心，欢乐着人民的欢乐，忧患着人民的忧患。"现在有些艺术工作者缺少对生活的体验，这话让很多人觉得委屈："我明明就生活在生活之中，还要我去体验什么生活呢？"在我看来，体验生活绝对不是一句口号、一种形式，而是艺术工作者饱含着深厚的感情，去体验、挖掘埋藏在广大人民群众中的宝贵的精神情感财富。感情的投入与否是关键，这是我多年来从事舞蹈艺术创作的心得体会。

少数民族舞蹈创作需要创作者真正融入其中，并且与其同呼吸、共命运。当年为了创作，我到黎族村寨去生活，见到黎族姑娘睡觉前去河边洗脚，因为没有鞋穿，等回到屋里上床的时候，脚又脏了。于是她们两脚心相对，拍掉脚上的尘土、泥沙。如果你嫌她们脏，不跟她们在一张床上睡觉，那么你在感情方面永远没有办法跟她们产生共鸣，她们是不会跟你倾诉心里话的。所以，一直以来我都是将她们看作自家的姐妹，她们为什么事情高兴，而又为什么事情忧伤，我都感同身受。我的舞蹈作品《草笠舞》中的黎族姑娘非常自信，如果不懂她们的想法，你永远不会知道，为什么在她们看来戴上帽子就会变得非常美丽。就像习近平总书记在文艺工作座谈会上提到的，"艺术家之所以是艺术家，是因为他在用自己所熟悉的艺术形式通过创造出来的栩栩如生的作品形象，告诉人们什么是应该肯定和赞扬的，什么是必须反对和否定的，传递真善美、传递向上向善的价值观，引导人们增强道德判断力和道德荣誉感"。

二、创作需要"前景"，不需要"钱阱"

文艺体制的改革，让许多艺术团体成了企业，"断了奶"。在这一特殊的过渡时期，许多舞蹈作品的问世，都有着迎合市场、掉入"钱阱"的趋势。如何生存、如何赚钱、如何卖出票房、如何养活一个团体已经成为一线文艺工作者的首要任务，艺术所产生的正能量少有人谈起。而在我根深蒂固的观念里，艺术原本的教育性、引导性是最根本的，是核心的问题。看到这种现状，我们作为老一辈的文艺工作者，只能感叹、着急，而一线的文艺工作者可能更加迷茫、无助。

"一部好的作品，应该是把社会效益放在首位，同时也应该是社会效益和经济效益相统一的作品。"习近平总书记的讲话明确指出了文艺工作者努力的方向，让我们所有的文艺工作者更加清醒地认识到自己的职责所在，告诫我们不能只向"钱"看，更应该带领广大人民群众向"前"看，积极向往美好的明天。

三、创作需要精心呵护

我曾是文艺团体的领导，对此深有体会。如何将"出人才、出精品"落到实处，使其不成为一句空口号，我认为在文艺团体中，创作是中心任务，优秀的作品是一个团体生存的基石。管理者对创作部门一定要加强扶持、管理、引导，让创作部门的文艺工作者明确职责，不要只为了迎合市场而进行创作。每一名文艺工作者创作的出发点都是好的，都想创作出一部经济效益与社会效益相统一的作品，但这需要时间，更需要上级领导部门及管理者理解艺术创作的艰辛，尽量与其同甘共苦，并给予具体的支持与帮助。

四、艺术工作者要心存信念，恪守职责

我认为，一名文艺工作者即便在最困难的时候也要心存信念。

多年来党的教育让我认识到，艺术作品不应该将迷茫、彷徨、痛苦或者个人感情的宣泄等负面的情绪传达给人民。我的父亲是一名抗日阵亡的将士，作为国民党的后代，这一家庭背景曾经是一个很大的包袱。尽管历经很多磨难，在闹饥荒最困难的时期，全歌舞团每个人一天只有2两（100克）米，在极度饥饿的情况下，我也心存信念：会挨过去的。作为一名中共党员、一名艺术工作者，我深知越是在国家困难时期，我的职责越大，不能让人民失去希望。所以，我认为除了唤醒艺术家的责任感之外，还要让广大艺术工作者、艺术家都心存信念，对党和国家有信心，按党的要求做得更好一点，走正道。

五、抓艺术精品，培养本土人才是根本

"文艺创作方法有一百条、一千条，但最根本、最关键、最牢靠的办法就是扎根人民、扎根生活。"这些问题我一直在思考：如何扎根人民？如何扎根生活？如何培养本土人才？目前，舞蹈创作方面出现了一个"怪圈"。每次搞比赛都会将"出作品、出人才"作为活动宗旨与目标，但真正在比赛中出了多少精品力作，出了多少优秀舞蹈人才呢？其实，这个也是"中国制造"还是"中国创造"的问题。当然，在一定时期，肯定是需要"中国制造"的，但最关键的落脚点还是何时将"制造"变成"创造"。

如何培养本土人才，打造本土品牌？我觉得这对于今后的艺术创作而言，是一个非常严峻的问题。

一些"大腕"对本土的东西并不是很了解，在进行艺术创作时难以把握得精准，这是可以理解的。希望有关部门可以出台一系列切实可行的措施，提高本省本地区的竞争力，将本土创作人才队伍建设提上日程，变成日常工作；引导本土创作人才多多关注改革开放前沿人们的精神面貌，以及具有岭南地域特色的舞蹈，使其努力去发现与挖掘岭南文化的特色，创作出独一无二、有别于他人、具有竞争力的精品佳作。同时，在当前的时代背景下，艺术工作者以及艺术家不能一味地迎合市场，为了票房、为了赚钱只会媚俗，迎合一些不健康的东西，要清醒地正确引导人民群众向好的方向大步迈进，让人民的精神文化生活不断迈上新的台阶。

有的人说，人活着对物质的追求是无止境的。我认为，艺术工作者对艺术的追求也是有很大欲望的。当我完成了一个得到人民喜爱的作品以后，又会迫不及待地想去创作第二个、第三个作品，艺术创作的欲望也是无止境的。如果当下年轻的艺术工作者将"欲望"适当地从物质追求调整到艺术创作，那会不会一举多得呢？

繁荣文艺事业、创作优秀文艺作品，关键在于培养一大批德艺双馨的文艺工作者，有志存高远的定力，有为民立言的正气，自觉与人民同呼吸、共命运，才能把人民的伟大实践和时代的深刻变迁融于创作之中。

2014 年 12 月

民族属性是民族舞蹈的灵魂

陈　翘

　　随着现代化建设的大潮席卷神州大地，作为精神文明领域组成部分的中国舞坛，呈现出欣欣向荣、百花齐放的动人景象。其中，拥有特殊艺术魅力和深厚群众基础的中国民族舞蹈更是得到了空前的展现和传播，风靡四海，万众瞩目，在20世纪中国经典舞蹈评奖中获得了崇高的荣誉，为蒸蒸日上的社会主义祖国增添了无限秀色。

　　近年来，由于舞蹈教育的蓬勃发展，专业人才不断涌现，演出规模快速扩大，深受观众喜爱的民族舞蹈正积蓄着迅猛发展之势，准备迎接更加璀璨的明天。

　　但是，在人们期待着中国的民族舞蹈能够绽放更多奇葩之际，一些民族特色淡化、民族属性混杂的不和谐声音，却悄然出现于舞台上，令人忧心。

　　改革开放带来了文化交流渠道的拓宽。在各种艺术门类中，最不受语言、文字制约的舞蹈交流自然更为通畅。各种五花八门的外来舞蹈形式的涌入，令人眼花缭乱。在欣赏、惊叹之后，有的人理智地实践着"以我为主、洋为中用"的艺术规律，在借鉴中吸收新鲜养分，大大丰富和增强了舞蹈表现生活、反映时代的功能，推动了民族舞蹈本体的创新。但也有的人迷失了方向，舍本逐末，把舞蹈变成抢夺观众眼球、获取门票利益的工具，在喧闹的舞台上滥用一些千人一面、属性混乱，甚至是陈旧低俗的套路，营造了看似热闹的舞蹈阵势，实际上却听任舞蹈本体逐渐衰落。

伴随着社会生活的进步、人民群众欣赏要求的提高，一些史诗式的综合晚会，以及舞剧、舞蹈诗画等大型演出，陆续登上了庄严的艺术殿堂。这些经过精心耕耘的鸿篇巨制，大多因其震撼人心的艺术效果而大获成功。其中的民族舞蹈也因其风格浓郁、属性鲜明而使观众倾倒。人们在欣赏美妙的表演之时，对兄弟民族的尊敬、喜爱之情油然而生。

舞蹈是视觉艺术，主要靠演员的肢体动作来展现表达的主题，正如文字之于文学、线条之于美术、音符之于音乐。中国的民族舞就是由各民族以其特有的舞蹈动作语言为主要元素构建起来的。所以说民族属性就是民族舞蹈的灵魂。

当那些疲于奔命的编导们再也没有心思、没有时间去探索和创新舞蹈本体语言的时候，也就只好任由舞蹈民族属性淡化和混杂的弊端泛滥了。如穿戴着甲民族服饰，跳着乙民族舞蹈的"张冠李戴"；把一些外来或时尚流行的舞步，嫁接到少数民族的传统舞蹈之中的"偷梁换柱"；让身穿中国少数民族服装的演员，在茫茫的雪景前袒胸露脐大跳埃及肚皮舞；乱象种种，不一而足。

更有甚者，扭曲现实，无视历史，搜猎一些反常、阴暗甚至是无中生有的事物，胡诌白撞，强加给民族舞蹈。

草原上的牧女飞马鞭打心上人的习俗，洋溢着浪漫豪放的情调，搬上舞台自然是情趣盎然。可是随之而来的是，东西南北中的舞台上涌现出了大量打得越痛爱得越深的"传统风俗"。扇耳光的，打屁股的，捶得半推半就的，踩得龇牙咧嘴的，林林总总，近乎滑稽。人们不禁要问，怎么各民族的男女相恋，如此粗俗呢？

来自五指山区的竹竿舞，早已享誉海内外，被不少旅游景点引进，当作保留节目招揽游客，深受中外人士的喜爱。这本是民族文化交流的美事，但各地跳此舞者都称之为本民族的传统舞蹈，连地处高寒荒漠罕见竹子的

地方，也一口咬定用竹竿跳舞是本民族世代流传下来的。

烙有民族独特印记的舞蹈语言，如"三道弯""甩肩""摆胯"等，无不散发着独特的韵味，但经某些编导的肆意夸张和变形，扭曲成近乎怪诞的舞姿。难怪有的观众受不了舞台上的这种丑态，称之为"一群小儿麻痹症"。

中国幅员辽阔，民族众多。各民族因文化生态的差异，形成了各自的舞蹈形式和舞蹈语言。由于民族属性鲜明，特别是那些民间舞蹈活动比较丰富的民族，人们可以很容易辨别出，如藏族、傣族、维吾尔族、朝鲜族等少数民族的民族舞蹈。可是，当这种民族属性被淡化的时候，在一些表现民族生活的舞蹈或舞剧中，套用、雷同的现象就日益增多了。以双人舞为例，本应是表达主题和人物感情的核心舞段，编舞者却不顾地域、习俗的差别，不管人物关系是夫妻、恋人还是父女、母子，凡在营造高潮时，总是快步急冲、高抛托举、相拥静止。难度虽因人而异，套路却大体相同。采用的动作、舞姿几乎都是芭蕾舞的组合模式，再如一些展示演员高超技巧的动作倒踢紫金冠，如不加以说明，你是分辨不出属于哪个民族，出自哪部舞剧的。

当然，社会在进步，文化也不会故步自封。除了自身的演变以外，接受外来影响也是不争之事实。从交流、融汇中促使自己发展和提高，是永恒的艺术规律。但交融应该建立在博采众长、取优舍劣、为我所用的基础之上，绝不能以牺牲自己的民族精神和优秀文化传统为代价。在尊崇人文精神的新时代，文化艺术包括民族舞蹈的发展方向不应是趋同的。民族的精神和尊严应该得到维护，民族的属性特色应该有所增强。只有对民族的历史现实、风土习俗、感情喜恶等人文生态深入研究和理解，才能提炼出风格浓郁的舞蹈语言，编排出具有鲜明民族属性的舞蹈作品。任何弱化、异化民族属性的行为，都只会干扰和阻碍民族舞蹈艺术的健康发展。

舞蹈艺术的不断繁荣，民族舞蹈的保护和传承、发展和创新，是历史的必然。前进道路上出现这样那样的问题在所难免，然而，对于已经出现的各种消极现象，应引起有使命感、有责任心的民族舞蹈编导们的正视和思考。

20世纪90年代

找准岭南舞蹈的本体语言

——在"岭南舞蹈研讨会"上的发言

陈 翘

　　时下，有不少舞蹈编导不注重舞蹈的本体语言，不潜心于对舞蹈本体的研究。舞蹈的语言就是动作，舞蹈就是靠肢体语言来说话的一门艺术。脱离了这个根本，舞蹈就失去了其存在的价值。这次岭南舞蹈大赛还相当不成熟，艺术承载力、创作方向以及题材都显得底气不足。因此，我们对它的定位、评价都不太高，这是很正常的。但是我个人对岭南舞蹈的前景是持乐观态度的，我相信"岭南舞蹈"这个品牌，经过一次次的积累，甚至是一代又一代人的努力，在未来会成为岭南文化的精美名片，与其他各种艺术交流互通。

　　有感于此次大赛，我在此提出两点希望：

　　1. 希望媒体记者在舆论上给予岭南舞蹈以正确的导向，为舞蹈创作者营造良好的环境，为老百姓提供精美的精神食粮。

　　2. 希望当代的舞蹈创作者深刻理解岭南文化，潜心钻研岭南的民俗风情、时代精神，找准岭南舞蹈的本体语言，为岭南舞蹈的辉煌做出贡献。

2005 年 4 月

在"陈翘舞蹈研讨会"上的讲话

陈 翘

千言万语不知从何说起。不久前我对一位记者发牢骚，我说：目前一些一夜成名的歌星，备受人们的青睐，舆论一直围着他们转，而那些在幕后辛苦耕耘的作曲家、导演、舞蹈编导家等却不被重视。也许只有等到这些对社会文化事业做出积极贡献的艺术家百年之后，人们才会给予关注和评价。

我觉得我很幸运，现在我还活着，能亲耳听到大家对我这么高的评价。但当我不是做梦而是真正听到这些赞语时，内心却感到十分不安。不是觉得受之无愧，而是受之有愧。我理解同志们给我如此高的评价，缘于大家对舞蹈事业的热爱。尤其是我们这些从事民族舞蹈创作的编导，这几年来有些压抑，工作开展有困难，所以今天各位将最美好的赞语送给我，我感激大家的鼓励。在座的都是很有成就的专家：如黄素嘉的《丰收歌》风靡全国；冷茂弘的《快乐的罗嗦》跳遍全中国，饮誉海内外；黄石的《喜背新娘》也是深受海内外观众喜爱的优秀舞蹈作品；原中央歌舞团演员，现为中国艺术研究院舞蹈研究所所长、舞坛有名的才女资华筠同志，一本书一本书地出版，成绩显著；隆荫培、徐尔充两位研究员，几十年来推动舞蹈事业的发展，写下了不少有价值的论文；特别是在座的老一辈舞蹈家贾作光、梁伦同志，他们的巨大成就更不用说了。而我为什么能有这样的机会，在同一辈中首先举办个人作品晚会及研讨会呢？只能说我比他们幸运。

幸运的是，我处在改革开放走在全国之先的广东省，广东省经济比较发达，有一定经济实力。幸运的是，我在几十年风风雨雨中遇到了一批德高望重的老领导，他们把我从一波三折，有时甚至处于绝望中引导过来，

帮助我排除前进中的重重障碍，扶着我，使我有勇气继续在坎坷的道路上前进。幸运的是，那批老领导退下后，有一批有胆有识、对弘扬民族文化高度重视的新一代领导，如在座的省委、省侨办领导，这使我增强了信心，看到前面一片光明，因为我感觉到他们也会帮助我扫除各种障碍，能使我继续沿着这条十分艰难的艺术道路走下去。幸运的是，我有一位志同道合，几十年来相依为命、共同奋斗的伴侣刘选亮。我所取得的成就是他和我智慧的结晶，他对我的支持、帮助太大了，好多作品都是我俩共同创作的。我们之所以比别人略有优势，就是因为我们是两个人合作，这比在座的靠自己孤军奋战的编导家要强些。老刘一直不让我说，只有今天在这么多理解我的前辈、同辈和朋友面前，我才有机会说出感激他的话。幸运的是，有一批默默无闻，与我亲密合作了几十年的老作曲家、舞美设计师，他们一直热心帮助、支持我的创作，只要我提出要一座桥，他们便会想方设法造出令人满意的桥来。我提出要一辆车，他们不但造出来，还出了点子令车子动起来，获得了很好的艺术效果，而从来没提出要在作品的署名中出现他们的名字。我还幸运地碰到如今已经离开舞台的一批老演员，他们几十年艰辛排演，把我的作品推上舞台，虽然排练时我脾气大，要求极严，有些人受不了，会怨我、骂我，一时不理解，如今他们理解了我的严要求是出于对艺术的负责，所以今天他们也来参加这个研讨会，我感谢他们。还有大家看到的一批新演员，在今天每人只有一百多元工资，仍然兢兢业业地为民族舞蹈事业而努力拼搏着，实在是不容易呀。

总之一句话，我要感谢各级领导、各界人士，以及在座的各位老前辈、同辈舞蹈家、评论家，感谢你们一贯的支持与帮助，让我们共同放眼未来，为党的民族舞蹈事业而努力奋斗。

谢谢大家！

1990 年

深深的感激

——"陈翘四十年舞蹈作品晚会"致辞

陈　翘

仿佛就在昨天，我被领进了汕头文工团，填表的时候，因"陈霭翘"的"霭"字笔画太多难写，旁边的工作人员说："干脆把它去掉。"我如释重负。从此以后，每逢写自己的名字，都感到轻松多了。

一转眼，四十年过去了，多少风雨，多少悲欢。名字的笔画虽然少了，可人生的道路却并不因此而单纯些。回首往事，其中的酸甜苦辣，只能深深埋在自己心中。

总算走过来了，还能够把一些节目组合演出。尽管作品水平不高，但作为一个交代，好赖总是要让前辈、同行、领导、观众评议的。

面对这些已成历史的作品，我没有多看一眼的心思，倒是触发了埋藏多年的感激之情。是很多德高望重的领导同志，把我从一波三折的人生道路中引导过来了；是很多老师前辈的教导，使我敢于在舞蹈的殿堂中左冲右突。当然，我还要感谢几十年来默默地扶掖和帮助我的战友们，他们中有和我合作的舞蹈编导、作曲家及舞台美术设计师和服装设计师，还有众多的舞台工作人员，特别是一代又一代的演员们，他们用智慧和汗水把我的作品扶上了舞台，交给了观众，通过今天的晚会我将表达对他们的深深感激和敬意。

这台晚会的作品，只能作为文艺大花园中的一些小点缀。我坚信随着年轻一代编导家的成长，真正的民族舞蹈之花将会在新的历史时期争奇斗艳。我将会作为一名忠实的观众，为它们鼓掌、欢呼！

1990 年 12 月 22 日

有关文艺评奖的问题

——第九届全国政协提案之一

陈 翘

近年来，有关文艺方面的全国性评奖活动越来越多，有专业的、业余的、老人的、少儿的，但由于主办单位不同，造成有些评奖活动重复进行。如去年由中华人民共和国文化部（以下简称"文化部"）主办、在南京举行的中国艺术节舞剧部分的比赛和中国舞蹈家协会在浙江省宁波市举办的中国舞蹈"荷花奖"总决赛，在差不多的时间举行，所请评委有的还是同一个人。又比如去年文化部主办的全国少儿"蒲公英奖"比赛，中国舞蹈家协会也举行全国少儿"小荷风采奖"比赛，参加这些全国赛的都是各省市选拔出来的那几个节目和作品，这样重复的比赛就使得各地有关方面费钱费力，疲于奔波，无所适从。有的节目这边参赛获得金奖，那边拿的却是银奖、铜奖，而因此产生许多矛盾，有的甚至拒绝上台领奖，使原本积极的举措反而产生了消极的负面影响。

建议：1.每年有全国性的各种文艺赛事，中宣部、文化部应该规定时间、地点、参赛条件等要求，以红头文件统一发到各级政府。

2.凡是企业或政府部门举办全国赛事，应事先报中宣部、文化部审批，纳入统一的规划。

1998年

有关外借人才参赛的问题
——第九届全国政协提案之二

陈　翘

全国性的比赛、评奖，对艺术作品的繁荣创作有一定的推动作用。但近年来有的省市和单位为了比赛获奖，不惜斥巨资外聘编导、作曲家、舞美设计师和演员组合参赛，本来外聘优秀人才加盟是无可厚非的，但为了比赛、为了获奖这样做就有些不妥，体现在：

1. 影响了本省、本单位的创作积极性；

2. 不利于本省、本单位演员的培养和艺术水平的提高；

3. 由于外聘人员在比赛评奖结束后要返回原单位，造成投资巨大的作品无法演出，或成了一次性作品，造成巨大浪费，更不利于艺术创作的真正繁荣。

建议：今后凡为繁荣艺术创作而演出的作品，以出人才、出作品为目的的、政府性行为的比赛、评奖活动，增设资格审查，规定各省市、各地区参赛人员一律为本地和本省市的演员，以此调动各地艺术创作的积极性，以达到真正繁荣创作、出人才、出作品的目的。

1999 年

回顾·现实·未来

刘选亮

一、回顾

我们的歌舞团从1953年成立至今已28年了。这中间历经沧桑，七度易名。现在才正式恢复广东民族歌舞团的建制。

这个在边疆海岛上成长起来的艺术集体，在全团同志的努力下，走过了光荣的历程，为祖国的艺术事业做过一点贡献，把中华人民共和国成立时还处在刀耕火种阶段的民族艺术发掘出来，发扬光大，使其成为祖国艺术百花园中一束怒放的山花。有些节目还曾在全国广为流传，有些节目更是走出国门，登上了世界性的舞台，其中《草笠舞》还获得了金质奖章。

历任团长及一大批已经离团的老战友，他们艰苦奋斗、辛勤劳动，为我团的各方面建设做了大量的工作。他们的贡献，理应得到我们的尊敬和怀念。仍然留在团里的老同志不多了，他们长期为民族歌舞事业默默地工作，贡献了他们的全部青春和热血，并以他们的不懈努力形成了我团艰苦朴素、勇挑重担、团结战斗的作风，加上陆续补充到我们队伍中的同志们，大家构成了当前我团这样一个老中青相结合、以青年为主体的极有潜力的队伍。

尽管十年"文革"使我们伤痕累累，举步维艰，但是，170个人本身就是一股力量，只要我们团结一致，振奋精神，全力以赴投身我们的事业，相信仍会有所作为的。

二、现实

当我们再次担负起发展民族艺术使命的时候，有必要清醒地估量一下我们当前的处境。

1. 人才的大量外流，严重地削弱了我们队伍的整体力量。据不完全统计，"文革"期间离团而去的达90多人，其中去香港、广州及国外等地的30人。他们中不少是编导、作曲家、主要演员等业务骨干。历届舞校毕业生分配在我团的有20多人，现仅有4人。作为艺术团体生命线的创作组，现成员已寥寥无几，岗位残缺不全。目前全团号称170人，实为"虚胖"，真正的战斗力极为单薄。

2. "文革"留下的精神创伤，加上各种不健康的社会思潮的不断侵蚀，使队伍精神状态萎靡不振，军心涣散，胸无大志。有的人对前途、对现实失去信心。能走的千方百计走，不能走的就当起混日子的和尚。于是乎，打牌的、做家具的、钓鱼的纷纷出现，有些年轻人，一踏入社会就受到"病态"的传染，处于彷徨、空虚之中。在这种情况下，还能有什么事业心、进取精神？更谈不上在艺术上能有什么追求和长进了。

3. 建团之初，我们有明确的方向：为建设民族艺术而奋斗。当时，确有一批有志之士，克服各种艰难困苦，驰骋在莽莽五指山区。可是，正当这个团有所建树的时候，极"左"路线指导下的一次又一次政治运动，严重地打击和伤害了我们一大批战友。这个团就像一叶小舟，在惊涛骇浪中颠簸漂浮。服务对象、创作源泉、发展方向等一系列问题都陷于混乱。我们与少数民族接触少了，感情淡薄了，失去了一个艺术团体的重要根基——群众基础。今天，当我们来重建这个团时，队伍中的成员对民族工作的艰苦性和光荣感是否有足够的认识？民族化的道路又该怎么走？这些，都是不容乐观的未知数。

4. 物质基础十分脆弱，长期经费不足、捉襟见肘，不仅没有事业经费，有时还得借钱来发工资。因还不起电费而被剪断电线的日子记忆犹新。居住条件也十分恶劣，原来七八十人的住地，如今挤进170人，还要加上家属、孩子，其拥挤程度可想而知。居住条件以后可望得到改善，但欠债太多，若干年内，仍然会是相当困难的。

三、未来

当挂出广东民族歌舞团的招牌时，我们没有心情去放鞭炮庆祝，因为我们面对的是十分严峻的现实。现在需要的是意志和毅力，一步一个脚印向前走。根据我团"以创作、演出民族民间歌舞为主要任务"这一性质，我们准备进行如下几方面的建设。

1. 思想建设。我们已开始了建团后的第一次整训。其中重要内容之一就是开展关于如何建设一个民族歌舞团的大讨论。要明确我们是以广东各族人民为主要服务对象的艺术团体，是党的民族政策的体现者，这就要求我们应具有献身精神，立志做个发掘、发展民族民间歌舞艺术的坚强战士。通过学习、讨论，我们采取自我教育的办法、互相激励的办法，建立起我们这个集体的共同目标。反对一切唉声叹气、高谈阔论、冷嘲热讽、玩世不恭，自觉抵制各种不正之风的侵蚀。我们看到，虽然问题很多，阻力重重，但中国在共产党的领导下，正在顽强地前进，成为不可阻挡的历史潮流。当前，一场建设社会主义精神文明的运动正在兴起，作为社会的一个"细胞"，我们要不遗余力地树新风、树正气，努力把我团办成一个文明的、有较高艺术水平的、有事业心的、朝气蓬勃的集体。

2. 业务建设。我们应该有一套足以代表各民族的歌舞节目，从现在起，每年积累一点、更新一点、丰富一点，争取三年内我团能开始形成自己的特色。同时，要着手整理民族舞蹈教材，研究各民族民歌特点，整理出版民歌集，改革与运用民族乐器，探索建立具有民族特色的舞台美术，争取到20世纪80年代结束时，我团能成为广东民族歌舞艺术的权威，成为世人公认的广东民族艺术中心，既具有浓郁的民族特色，又有较高的艺术水平，无愧于时代对我们的嘱托。为此，我们提出"到民间去，到生活中去，向民间学习"的口号，分期分批，到民间去，到生活中去；同时，采取措施，轮训现有人员，造就一批有专长且为广大群众所承认的民族歌唱家、民族舞蹈家和民族演奏家。在艺术上，坚持探索敢于实践的精神，走出自己的路。为了适应我团小型多样的特点，我们提倡一专多能，提供学习和实践条件，培养出一批多才多艺的艺术多面手，使演员扩大视野，丰富修养，从而有效地提高艺术素质。

3. 组织建设。大力培养民族演员，逐步提高团内民族成分的比例，要选派出一批有责任心的骨干去担任伯乐，深入民族地区选拔人才。除了自己培养外，还要争取外援，训练一批有真才实学的骨干补充我们的队伍。对于现有队伍，要遵循艺术团体新陈代谢的规律，严格加以筛选，克服机构臃肿、人浮于事的现状，妥善安排。希望通过整顿，形成一支精干的、有战斗力的队伍。

同志们，随着我团的改制，一个新的阶段开始了。面对党和人民交给我们的使命，每个人都应以鲜明的态度来回答这样一个问题：我们歌舞团该怎么办，自己又该怎么办？希望每个人在经过深思熟虑之后，能得出一个像样的、果断的、有所作为的答案。

"志同道合"这个词虽有点老生常谈，但有真理在，志不同，道难合、事无成，我们就是要提倡志同道合。

1980 年

注：1980年，广东省委决定恢复广东民族歌舞团的建制，开启了这个小小艺术团体的新篇章。如何拨乱反正，重新走上革命化、民族化、大众化的道路，是摆在全团同志面前的严峻课题。受命于多艰之际的新任团长刘选亮在第一次全团大会上的发言，表达了全团同志的愿望和决心。

关于广东民族歌舞团如何适应形势的意见

刘选亮

一

创建于1953年的广东民族歌舞团，在党的民族政策和文艺思想的指引下，艰苦奋斗，始终坚定地走革命化、民族化、群众化的道路，35年来，创编了几百部反映各民族人民生活的音乐、舞蹈作品，培养了一批民族艺术家，并以其经常性的演出，活跃了民族地区的文化生活，歌声舞影遍及省内各民族地区，以及海南、广西、内蒙古、宁夏、青海、陕西、甘肃等省、自治区。本团四上北京，为中央领导及首都人民汇报演出，代表国家访问新加坡、法国、西班牙、奥地利等国家，到香港、澳门地区演出。本团创编的部分舞蹈节目更是传播到苏联、美国、日本、南斯拉夫、缅甸、柬埔寨、菲律宾、罗马尼亚、阿尔巴尼亚、芬兰等国家，受到国内外观众的高度评价。1962年，节目《草笠舞》获得世界青年联欢节舞蹈比赛的金质奖章。1979年在庆祝中华人民共和国成立30周年首都天安门广场的盛大游行中，由本团节目《喜送粮》的服装、道具、舞步，代表黎族人民组成的大型方阵经过天安门。1984年，本团被广东省人民政府授予"南粤山花"的光荣称号。1987年访问奥地利期间，联合国教科文民间艺术国际组织秘书长法格尔称赞我们："从你们的演出中，可以看到中国的文化政策和民族政策是成功的，足以成为很多国家的楷模。"

事实证明，35年来广东民族歌舞团为祖国的民族艺术事业做出了一些有益的工作并产生了良好的社会影响，我们有理由相信在新的条件下歌舞团能做出更大的贡献。

二

广东，是祖国南方的窗口，我国改革开放的试验区。民族艺术作为精神文明不可或缺的一部分，在这里理应起着两个辐射作用：对外，应让充满浓郁中国特色的民族艺术透过这个窗口，展现在踏上中国土地的各国朋友眼前，同时通过这个窗口，把我国各族人民的优秀文化投射到国际的大屏幕上，在世界的艺术舞台上赢得应有的位置；对内，应有意识地把国外的优秀文化介绍到国内的舞台上，力争为国内各民族的文化发展输送新鲜的血液。

广东是著名的侨乡。几千万名海外侨胞通过广东这一地理的、文化的桥梁和祖国建立起日益密切的联系。编织一条艺术的纽带，将有利于内外的双向联系和交流，一方面为海外游子送去富有泥土气息的乡歌乡舞，另一方面将侨居国的风物人情带回祖国。我团多次在国外演出，现场的华侨观众反响热烈，掌声经久不息，他们为一曲家乡小调而情不自禁泪流满面，为一支民间舞蹈而对祖国心生无限眷恋。这种舞台上下充满感情色彩的交流，是别的形式渠道难以代替的。

三

根据上述形势的需要，加上海南建省后，广东民族歌舞团的原主要基地已不存在，也脱离了主要的服务对象。目前，国家文艺体制改革的最新要求是每个表演团体应本着自身的条件开拓新的天地，以更好地实现为社会主义、为人民服务的根本目标。为此，建议对广东民族歌舞团做以下调整。

名称：由"广东民族歌舞团"易名为"南方歌舞团"。专属统战或侨务系统。

宗旨：以侨乡和民族地区为主要服务对象。继续发展和宣扬中国南方各民族的歌舞艺术。同时，适当介绍侨居国的民间艺术，以灵活多样的

演出形式满足各阶层观众的需要。通过以格调高尚、清新、活泼、优美、富有时代气息的小型歌舞为主的民族民间艺术，引导观众更加热爱和珍惜中华传统文化，努力办成本省一个有代表性的艺术表演团体。

建制：中型的综合性团体，编制为100人。业务建制以民族民间歌、舞、乐为主体，适当补充电声、西洋乐器和特殊民族乐器，以及西洋唱法、通俗唱法的人才，以适应多种形式演出的要求。

经营：以全国性的综合歌舞、民族歌舞剧晚会为主。同时，根据需要可组织轻歌舞、音乐、舞蹈专场演出。可与地区或企业挂钩，以各种形式有偿为合作者服务。除了代表国家出访或省内重大活动需用本团名义外，可以临时、定期以企业或地方的名义进行活动，如以正式合作者身份参与"台胞之家"的经营管理。

体制：为克服"大锅饭""铁饭碗""终身制"等弊病，引进竞争机制，对全体从业人员实行聘用任期制。

由上级机关聘任团长，任期两至三年。

团长根据办团方针和任期目标，决定机构设置，聘任管理人员，全面负责一切行政事务，包括人事、保卫、秘书、财务、经营管理、基建、对外联系、签订演出及合作合同。团长向主管机关负责。

团长聘任艺术总监，任期两至三年。艺术总监负责一切业务活动：根据需要聘任各类业务人员，组织、指导艺术创作、排练、演出活动；对本团的艺术方向及艺术质量负全部责任。艺术总监按合同要求向团长负责，并取得团长的全力支持。团长除验收各项艺术生产成果外，对一切日常业务活动不得干涉，以保证艺术总监的整体艺术构思的实践和实现。

实行各类人员目标责任制，定期考核，优胜劣汰。聘用人员工资待遇水平应适当提高，参照省内艺术专业人员的标准执行，并适当提高奖励标准，鼓励从业人员专心为民族艺术事业做奉献。一切应聘人员不得从事第二职业，不准兼职，不准从事庸俗、低级的演出活动。合同期满不宜再聘或因违反合同而解聘者，按文化厅对富余人员的处理办法执行，歌舞团不应背此类包袱。

经费：公办民助。作为国家的艺术事业单位，由国家拨给基本办团经费，包括工资及必要的事业费（创作、服装、布景、演出器材的购置和更新）和行政开支。由上级领导支持和牵头，争取机会，特别是华侨和企业的资助，建立民族艺术发展基金，与国家一起坚持民族艺术事业的发展。

除外事任务和省里交办的重要任务外，应经常组织到侨乡和民族地区演出，演出经费从演出收入中解决，不足部分由民族艺术发展基金补贴或由国家按演出场数给予政策性补贴。

国家按出节目、出人才的标准考核，鉴定歌舞团的工作，并对其成绩或失误给予奖励或惩罚，有重大贡献者给以重奖，无所作为者淘汰。歌舞团除从事艺术生产、提高艺术质量外，应根据自身条件，多方面开拓、争取获得更大的经济效益，既可减轻国家负担，又有利于创造更好的工作和生活条件，增强全团人员的事业心和凝聚力，鼓励全体从业人员努力奋斗，向"高、精、尖"进军，攀登艺术高峰，促进事业的不断发展，创造无愧于时代的民族艺术珍品，为社会主义精神文明建设做出更大的贡献。

1988 年

注：经上级领导批准，广东民族歌舞团于1989年5月正式易名为南方歌舞团。

述职报告

刘选亮

20世纪80年代后，歌舞团几位团长相继离团，大批骨干纷纷去香港、广州或国外等地发展。人心涣散，演出工作难以正常进行，在此情况下，我被任命为团长。歌舞团搬迁至广州后，1987年我又继续被聘任为广东民族歌舞团团长兼党支部书记，任期三年，现已届满。感谢上级机关和全团同志在这十年中给予我工作上的支持和帮助，使我能在这艰难的十年中和大家一起完成党和国家交给我们的一系列任务。近几年来，我们更是顶住各种思潮的冲击，没有出现大的滑坡和混乱，反而保持着比较旺盛的斗志，坚守在祖国交给我们的阵地上，有所作为、有所前进。十年，在历史上是短暂的一瞬，一个团体在祖国的伟大事业中更是微不足道，但对一个人来说，却是相当漫长的经历。其中的酸甜苦辣，一言难尽，平时忙忙碌碌难有反思的机会，加上整团搬家的艰难、领导关系的变动，从无机会向组织和同志们交心。感谢省侨务办公室领导，在我离开岗位之前，给我一次述职机会，让我把十年来的工作和思想做个汇报，特别是搬来广州后做了哪些工作。

首先，不是全部的工作，不列流水账，只记几件主要的工作。从这几件主要工作中可以看出，这十年来歌舞团在艰苦奋斗中，克服了多少意想不到的困难，终于走到了一个新的高度。不回顾这些，我感到对不起为之做出贡献的同志们。

其次，很可惜，在取得的成绩里面，没有多少我个人足以称道的作为，所以在谈别人的贡献时，也谈谈自己的甘苦，不是为了博取赞扬和同情，只是想说明，我在为之奋斗的事业中，虽然没有亮丽的业绩，但也还是兢兢业业，不敢偷懒。是否符合客观事实，听由领导和同志们去核查。

一、第一件大事：搬家

1981年广东省委决定搬团，由海南搬到广州。从筹备到正式搬迁花了近四年时间，从原有170人的编制，到搬出来只有60人。从原先一大片竹林到建起一排排建筑群，成为省内文艺团体羡慕的新团址，这其中的艰辛，不是所有的人都能理解的，从陈翘逐个说服省委领导，到广东省委宣传部部长陈越平、广东省民族宗教事务委员会（以下简称"省民宗委"）主任黄康老等人极力支持，从开始批准的10亩（6667平方米）地与60万元搬迁费，追加到15亩地与250万元基建投资。虽然革命尚未成功，但也是初具规模，这是一项繁重的大工程。当年多少人指责搬团之事是异想天开，结果在几年后终于实现，如果去年没有压缩基建，可能我们现在连剧场和民族艺术中心的框架也建好了。作为歌舞团的一分子，我绝对忘不了为之付出辛勤劳动的筹建组的全体同志。

当年，陈翘裹着军大衣，清晨5点多蹲守在规划局门口跟许多地产商一起等着见局长，只为提前拿到批复土地的红头文件。

当年，黄康老戴着草帽卷起裤脚，跟我们到处寻找未来的团址，最后在这里，站在窄窄的田埂上，畅想着新团址将要出现在这荒芜的土地上时，心里还总有画饼充饥之感。

当年，筹建组的同志一开始只有陈翘、许昭、国邦三人，后来再加上楚雄、礼意、福球、小叶，大家合住在省民宗委办公室。开工后，全体团员加上我一家三口（陈翘在北京参加《中国革命之歌》大歌舞作品创作），住在工地帐篷里，24小时开着风扇，洗个澡都要轮到半夜。中秋节团圆夜，我们买来两斤烧鸡、一瓶酒，就着蜡烛打火锅，周围一片凄凉和清冷，就这样算是过了一个中秋节。

当年，有2%回扣的行情，经过讨论，我们分文不收，但压低工程造

价，为国家节约基建投资，做到每平方米造价仅186元，是当时广州最低的造价，连建设银行都表扬我们。

就是这样，同志们拼死拼活，硬是让一幢又一幢的房子建起来。陈翘在北京与广州之间奔波，从地皮、资金到建筑材料，操碎了心，在北京大歌舞创作的剧组里完成任务后，还要赶回来解决各种棘手问题。基建组负责人许昭连新房子都没有住过，就回海南去了。

对这些做出贡献的同志们，我除了从心里深深地感激他们外，无力再做其他。实话说，一来我没外联才能，又有点臭架子、臭脸孔，到哪里都让人讨厌，只会把事弄糟，一介穷团长自身又拿不出什么可以奖励人家的，加上队伍都在海南，那一摊子已够我对付，没办法帮助他们，只有每次到广州时，和他们一起住办公室、住工棚，从不住招待所，以表达对他们的歉意。

难度同样很大的是关于人事的处理。为了这一次大搬迁，我们找了每个人谈话，特别是那些长期为歌舞团工作的老同志，尊重他们的选择，同时尽可能地选择优秀人才随团搬到广州。经过这一番较深入的沟通，这样的一次大搬迁，特别是只搬少数人、大部分留琼的大动作中，没出现大的波折，复杂且棘手的工作得到顺利处理。

当然，有些小插曲，也有遗憾。在回海南公布搬迁人员名单前，当时基本的队伍已到广州，正在为出访欧洲演出做准备，所以眼前面对的全是留在海南的同志。有人因留在海南而不满，扬言要报复我，好心人劝我不要去，另派代表或书面通知。我感觉如此重大决定不亲自去不行，自己被骂事小，但作为组织的代表如果不去，却有损党的形象。到海南后发现有人自费回琼，只为在暗中保护我，我很感动。事实上，大部分同志是通情达理的，他们还是愉快地接待了我，只是在会议开始前，有人点了一串鞭炮，大概是"送瘟神"的意思吧，以此来表示不满。宣读名单时并没有人站出来反对，对于留琼人员的安排问题，后来在省政府的关心下，我另派专人去与海南省政府处理。至此，搬迁工作才算完成。总之，在处理人事的问题上，我自问是敢于面对现实、负责到底的。

二、十年"三大步"

歌舞团重新组建时，我曾提出一个设想，奋斗十年在2000年前迈出"三大步"：冲过海峡、北上首都、走出国门。结果，目标提前五年达到。

最困难的是第一步，当时的队伍比较涣散，缺少业务骨干，经过发动组织，全团同志为重振我团雄风纷纷贡献自己的力量。组团后，大家排出一套优秀的保留节目，像《三月三》《喜送粮》《草笠舞》《野营大军过山来》等，再加上新排出的《摸螺》《村边的故事》《赶时髦》《摇篮曲》《请到天涯海角来》《卖西瓜》《调声》《女子弹唱》等新节目。1982年，第一步目标"冲过海峡"实现了。我们到粤北民族地区演出，回来向省领导汇报演出情况，省委主要领导都观看了，刘田夫、梁灵光等给予了十分热情的肯定和鼓励。1983年，文化部、国家民族事务委员会派我团到北京，参加五一劳动节演出活动。登上人民大会堂，在中央领导以及各国宾客面前演出，这是文艺工作者所能获得的最高荣誉。人生难得几回搏，这辈子还能有几次登上人民大会堂演出的机会？我们实现了第二步目标，同年还到西北五省巡演，也因此得到省政府一面锦旗和一万元的奖励。1984年，我们又实现了第三个目标，走出国门：先到新加坡演出，同时文化部还正式通知我团出访新西兰、斐济等国（后因经费原因取消）。

十年迈出"三大步"的目标，是全团同志共同努力完成的，我只是做了些组织准备工作而已。开始，在队伍涣散、岗位配备残缺不全的情况下，我把全团人收拢到一块，在拥挤不堪的场地工作，在随时有踩塌危险的排练场上排练出全部节目，在不足10平方米的综合仓库中完成全部舞美制作，当时没有任何营养补助、排练补贴、劳务费，但我们硬是把一个个节目排练出来，为胜利实现"三大步"的目标打下扎实的基础。每次演出，

大家都是挤公共汽车去剧场，演出结束后再挤公共汽车回住地；在西北演出时，有的人一边吸氧气一边坚持演出；为准备出国节目，全团挤在一栋刚完工的宿舍楼，没有桌子，创作人员趴在碌架床（双层床）上写作，在民工饭堂吃饭，排练场地则是广东珠影影视制作有限公司的饭堂。特别是去新加坡前，很多人都知道自己不在来广州工作的名单内，有情绪，但演出的演员不够，又不得不请他们参加，这造成队伍的管理难度增大了，个别人已不听指挥。好在大部分人是有责任心的，能自觉维护国家和我团的尊严，特别是老骨干、老同志能够以身作则，才使我团渡过种种难关，提前实现了建团后的三大目标。

但是，当时提出的一些目标，由于多种原因，其中包括我们的水平和精力不够而未能实现，如把我团打造成国内一流的专业团队，培养出一批有影响力的民族歌唱家、舞蹈家、演奏家，出版民歌集、乐曲集、舞蹈集等，这些不能不说是重大的遗憾。

三、在国际舞台上驰骋

搬来广州后，歌舞团没有中断过演出活动，相继到湛江、海南、浙江、汕头等地演出，接待过来访问、交流的苏联、菲律宾、波兰、泰国、日本、美国等代表团；举办过一些培训班，其中比较有影响力的是为香港举办的民族舞夏令营，还有全国少数民族舞蹈编导培训班；参加过各种专业的比赛并获得奖项。这些都是全团同志努力的结果，荣誉应归于同志们，其中还付出过血的代价，志华同志永远离开了我们，士民同志摔成重伤致残，这些都是为事业付出的代价。

对我们队伍的考验，集中表现在我们出色地完成了国家交办的几次访问任务：1987年赴法国、西班牙、奥地利访问，1988年赴意大利访问。特别是对西欧国家的访问，国家给予我们极大的支持，20多人的队伍踏遍大半个法国，每天住在居民家里，凭着自己的觉悟和信念，独立面对各种各样的考验。行前做充分的动员，对一些可能出现的问题做了预测和防范，建立了多种行之有效的制度和规定，使几次访问都圆满结束，没有出现跑人、走私等大漏洞。当时广东有些访问团出现过跑人事件，我们的访问团以实际行动证明我们是经得起考验的，是一支可以信赖的队伍，并为国家赢得了荣誉。联合国教科文民间艺术国际组织秘书长法格尔说："你们的演出太精彩了，在所到之处都太受欢迎了。"

访问是歌舞团的重大业绩，我个人的贡献不大。首先，是陈翘争取到国务院侨办、文化部的任务和各国艺术节的邀请的，每次出国的领队分别为省委宣传部部长、文化厅副厅长、统战部副部长等，经费由省政府特批，这绝不是我一个人所能做到的。而出色地完成任务靠的是全团同志，包括默默协助工作的林寅昆、高云鹤等人，他们为出国人员早出晚归地跑批件护照，自己却没有出国的分。

我只是在全过程中做了些组织工作，和同志们一道为维护党的原则，为国家的荣誉努力把大家团结在一起。作为一个组织者，借此机会，我向完成几次访问任务并给予我支持和帮助的同志们表示感谢。

四、制度建设方面

搬来广州后，全团处在比较动荡的状态，急需补充人才以完成多项任务。几年来，我团接待了全国各地要求来工作的很多同志，并从中吸收了一大批有志于民族艺术事业的人才，这些新鲜血液增强了我团的战斗力，让原来一个岗位配置残缺不全的队伍，能够完成超负荷的任务。几年来，调到我团的包括舞蹈学校毕业生一共63人，大部分人来团后都能积极工作，虽然需要一个熟悉、适应的过程，但大都能很快融入集体中，并为其做出贡献。这些新来的同志，克服了多种困难，立稳了脚跟，成为我团不可缺少的部分。当然，也有人感到不适应，原以为地处广州的一个有名团体，应该是待遇高、环境好的，有的人兴冲冲而来，甚至苦苦哀求

只为能被留用，到团后却因工作重、待遇低、要求严而感到失望，见到有高收入的地方，就跳槽走了，甚至还未上班就离开了。

20世纪80年代的最后一年，恰逢建团将要40周年团庆，为此全团同志投入了献礼活动的准备工作中，为完成舞剧的修改和排练工作，演员日夜奋战，终于把舞剧推上了团庆舞台。

我和陈翘同志对文艺体制改革进行了一些尝试。首先对乐队进行改革，撤销了原先40多人的混合乐队，留下一个独奏独唱小组。此外，我们组建了南方少女舞蹈团，并以全新的建团方式，即一个团两个招牌，演员从全国招生，训练出一批一专多能的、可适应多种演出形式的队伍，这一全国首创的做法，得到时任省委书记任仲夷的大力支持，并为南方少女舞蹈团题写"妙"字。这里特别需要提出的是，我们组建南方少女舞蹈团的初衷，即以青春朝气的形象演绎全国各地少数民族女性的舞蹈，展示多民族女性的美好及精神风貌。

经过一年的训练后，第一台演出晚会——"妙"晚会开排。但终因客观原因，南方少女舞蹈团及"妙"晚会遗憾夭折。

在歌舞团财力有限的条件下，1989年于我们而言却仍然是艺术上的一个丰收年。歌舞团第一部大型黎族舞剧《龙子情》获省会演一等奖，标志着歌舞团在艺术上又攀登上一个新的台阶，得到领导、同行以及观众们的认可，说明同志们对艺术的追求是孜孜不倦的，我们仍然坚持走在革命化、群众化、民族化的道路上。

五、自我评价

这些年，我自知不可能干出惊天动地的大事业，但觉得既然党和国家把一个团交给我领导，我就不能毁了这个集体，大事我干不了，就集中精力抓作风的建设，计划着建设一个好的团风。我是一个理想主义者，多少有点逆潮流的脾气，当人们断定歌舞团再也翻不了身时，我拼了老命接任团长一职；当西方文化激烈冲击中国大地时，我努力保留一方净土；当文艺受自由化思潮侵袭，躺倒在金钱脚下时，我憋着劲硬是要建立一块文化绿洲。虽然，个人是渺小的，但我始终在向同志们宣传人格、理想、骨气。当然，更重要的是以身作则，我认为作为基层的领导，不能靠开会、发号施令来主持工作，特别是小艺术团体中，领导更应该坚持战斗在第一线，没有带头冲锋陷阵的领导，就形不成一个坚强的战斗集体；没有一个生龙活虎的团长，很难带出一个生气勃勃的团队。对我这个曾做过群众工作（"土改"等）的人来说，歌舞团这些工作都难不倒我。可是岁月不饶人，毕竟老矣，每一次通宵夜战就像病了一场，几天缓不过来。不跟班演出发现不了问题，跟班时又多了一个闲人，深感自己已不能再待在现在的岗位上了。

办好一个团，光凭着带头是远远不够的，领导者的修养、管理才能都是必不可少的。由于缺少修养，我处事简单粗暴，挫伤了不少同志，借此机会，向十年来由于我的过错而受委屈的同志，表示深深的歉意。我终于明白了，我缺乏领导才干，在被人领导时，我可以年年是先进，一旦领导别人就暴露了自己的短板，这就是经过十年检验得出的结论。

随着广东民族歌舞团易名，我接任南方歌舞团第一任团长，虽然只有短短几个月，但在我的人生中也是光彩的一笔。目前，南方歌舞团已有了极好的归属，省侨办十分重视和爱护，在规划着南方歌舞团的未来，摆在面前的是一个世界性的绚丽舞台。现在又有了比较好的工作和生活条件，南方歌舞团有一批久经锤炼的骨干，有近百位有才华的同志，未来的团长如觉得我还可以做些什么工作，我会尽力而为。祝愿南方歌舞团前途无量，请允许我感谢同志们十年来对我的支持，对被挫伤的同志表示歉意。耽误了大家很多时间，感谢大家耐心听我讲完话。

1990年1月5日

南粤再度山花红

——民族舞剧《龙子情》观后

刘选亮

　　作为中华人民共和国成立40周年大庆的献礼剧目，广东民族歌舞团上演的黎族神话舞剧《龙子情》，以清新绮丽的格调、浓烈鲜明的特色，给观众留下了难忘的印象。把一个并不复杂曲折的民间传说搬上舞台，不靠粘金贴银营造辉煌的场景，不靠雄歌猛舞追求磅礴的气势，凭着艺术家们扎实的生活积累和艺术造诣，精心雕琢产生了扣人心弦的艺术魅力，可贵可赞。随着剧场帷幕的徐徐降落，我的心久久地漂荡在舞台上那滔滔南海的波涛之中，我在探寻着、思索着《龙子情》成功的轨迹。

　　一、源于生活　独辟蹊径

　　舞剧故事取材于海南岛五指山区的民间传说《龙子的故事》：南海小金龙同情并爱上了备受哥嫂欺凌的黎妹，每晚到山栏园里与她相会，偶然被黎妹的哥哥看见，哥哥便扮成妹妹伺机将龙子砍伤。黎妹在树下杀鸡杀牛祭拜，祈求龙子平安，榕树纷纷落叶，继而枝折树倒，黎妹得知龙子已死，毅然殉情，葬身南海。创作黎族人民生活的舞剧的作者，对民间传说有着独特的解读，从中提炼出符合舞剧表现的主题，传递热情，讴歌善良和爱情，并以浪漫主义的手法塑造了龙子与黎妹这对恋人的形象。

　　首先，创作者将传说中的龙子升华为一种美丽的化身，主导着全剧的走向，让他每次出现都急骤地推动着剧情的发展。为了追求人间的纯真爱情，龙子没有把黎妹带到龙宫仙境去享用玉液琼浆，而是陪伴黎妹栖身于山林，共度清寒时光。他想借人间一角搭建爱情小屋，这一梦想终被世俗的偏见、贪婪邪恶的人类破坏。他的神力不足以消除人间的不幸，自己也惨死于阴谋。我们不必嘲笑他作为神的无能，也不必要求舞剧作者赋予他更多的法力。因为，从龙子怜妹、爱妹、救妹，到最后为黎妹而死的一连串行为，已足以寄托人们对他的情愫和高尚的赞美，这正是悲剧所产生的感情内涵。

比起龙子来，舞剧中黎妹的形象显得更为丰满，更具有典型性。作者以大量篇幅描写黎妹的感情世界，让她始终处在剧情的焦点之中，从爱上龙子开始，黎妹的纯洁心灵就通过一个个具体事件呈现出来：从对龙子的思念到哥嫂逼嫁，从洞房受辱到被救，从山林欢聚到龙子遇害，从自我毁容到投海殉情，这一场场惊心动魄的剧变，像一排排南海巨浪，劈头盖脸地袭向这位脆弱的黎家少女，她抗争、挣扎、呼号，从而产生巨大的悲剧力量，震撼着观众的心灵。特别是在完成黎妹形象的最后一笔上，龙子被害后，黎妹失去全部精神依托，殉情是必然的归宿了，但作者不停留于让黎妹一死了之，而是深入挖掘人物的内心世界，另辟蹊径，安排了文身毁容的情节，并且色彩浓厚，尽情渲染，掀起了全剧的高潮，这一突起的高潮，虽然出乎人们的意料，却在情理之中。黎妹曾因美丽的容颜而获得同伴的羡慕和龙子的爱情，同时也带来了难以抵抗的苦难。高高在上的峒主之子，见其美貌而仗势强抢，好吃懒做的哥嫂以其美貌来换取钱财。追求独立人格、追求自由爱情的黎妹，面对没有道理、没有人性尊严的黑暗的人间，唯一的抗争手段就是毁掉自己的容颜，以此宣告与一切邪恶彻底决裂。当舞台天幕上出现滴滴鲜血时，我们仿佛看到黎妹的血在流淌，揪心的一笔收到了强烈的艺术效果。

从民间传说《龙子的故事》到舞剧《龙子情》，应该是艺术实践上的一次飞跃，艺术家的艰苦劳动让古老的民间传说焕发出新的光彩，犹如一

颗经过磨制的珍珠，璀璨玲珑，熠熠生辉。

二、舞随情动　情在舞中

过去看舞剧，往往有一种置身事外之憾，感情上难以引起深度的共鸣，原因是舞剧在处理剧与舞的关系上，常有相互游离之弊，但凡到了节日仪式时，就是大段大段的舞蹈表演，不管剧情是否需要，对人物塑造有无帮助。舞蹈有了，情节却中断了，到了交代剧情时显得单调乏味，或比比画画，或舞起来了却含糊不清，一些抒发性的独舞、双人舞则往往大同小异，缺少特点，只是在舞姿造型、技巧上寻求些变化而已，观众的注意力只能偏重于编舞者的水平或演员的功夫上来。

舞剧《龙子情》让人耳目一新，创演过一大批优秀文艺作品的广东民族歌舞团，在运用和发展民族舞蹈上的贡献是早有风评的，在第一次推出的大型舞剧中，再次显示出在提炼生活和驾驭创作上的功力。当然，像上述那种剧与舞游离的弊病，《龙子情》也不是绝对没有，几段双人舞，包括"月夜相会"这一重点舞段，也没有多大的新意，几个反面角色缺乏有性格的舞蹈语言，特别是峒主之子这一人物，更是哑剧味过浓，无舞可看，这些都有待以后逐步丰富和提高。不过，总体而论，《龙子情》不失为一部成功之作，在解决剧与舞的关系上，提供了十分突出的范例。

对民间节日"三月三"，舞剧以不少的篇幅重现这一传统的民间节日，作者以欢快的音乐配以轻盈的舞蹈，有别于早为观众所熟悉的舞蹈《三月三》的抒情风格；同时，穿插进峒主之子与黎妹之间的纠葛、小伙子们对黎妹的爱护等情节，让这一段舞蹈既保留了浓郁的民族色彩，又充满戏剧冲突，舞和剧融为一体，相得益彰。这样的例子还有不少，如下聘礼、村头迎新，以及尾声的滔滔南海等。最为成功的应是"山林欢聚"这场戏，作者利用人们熟悉的黎族竹竿舞，编排出占有很大分量的舞蹈段落，仍然保留着民间竹竿舞的韵味，却变化得异彩纷呈，把原来表演性极浓的竹竿舞化为剧情的组成部分。台上的十根竹竿千变万化,牵动着观众的想象力,漫游于作者构造的意境之中,长长的竹竿既是舞蹈中敲击节奏的道具,又是演员与观众共同置身其中的活布景。一会儿是山栏园里的小茅房,一会儿又变成星空下的瓜棚;一会儿是婆娑的竹林,一会儿又成了温馨的"隆闺"(未婚青年居住而不从事炊事活动的房子);而这一切变化都有机地衬托着龙子和黎妹的双人舞,没有一点为舞而舞的痕迹。不需要炫目的旋转和跳跃,以及惊人的托举和翻腾,朴素的舞姿和淳厚的生活气息,把情和景、人与物融为一体,达到了高度的艺术境界。最后当竹竿组成了竹床,一对恋人被高高抬起,"星星啰,月亮啰,风吹柳林轻轻歌,天间只有你和我"的歌声陪伴着他们的絮絮低语,看到这里,观众的心灵受到了震撼,艺术家们居然在这小小的舞台上展示了如此深邃动人的感情世界,他们惊人的想象力不得不令人叹服。

三、长期积累 终有所得

民族舞剧,顾名思义,应该表现民族的生活和感情,穿的是民族的服装,奏的是民族的音乐,跳的是民族的舞蹈,这些特点《龙子情》都具备了。在众多的因素中,除了传统节日"三月三"、黎族色彩强烈的《竹竿舞》之外,还有很值得一提的民族乐器叮咚和口箫。由口箫吹奏出来的悲歌,那苍凉的音色、揪心的旋律,把绝美的黎妹毁容殉情的情景渲染得淋漓尽致,这些源于生活的珍贵素材,使得《龙子情》极具艺术个性和民族特色,在祖国民族舞剧的花苑中占有它应有的一席之地。难怪剧场里和我坐在一起的一位舞蹈界朋友,在看完演出后脱口而出:"这才是真正的民族舞剧。"

长期扎根在民族地区的广东民族歌舞团,其成员虽然换了一代又一代,但仍然顽强地保留着自己的优良传统,认准方向,坚持走自己的道路,在前一段劲歌劲舞充斥舞台的日子里,他们甘于寂寞,仍然在默默耕耘,

没有满足于过去的成绩，在财力、人力极度拮据的情况下，硬是捧出又
一束绚丽的山花，没有他们长期的生活积累，没有他们不渝的事业心，
没有他们那惨淡经营的拼搏精神，就不可能有今天的《龙子情》，想到此，
我不禁对这些献身于民族艺术事业的同志产生了深深的敬意。愿借图书
的一角，呼吁全社会对他们有所关注、理解和支持，也希望有更多的有
志之士为发展祖国的民族艺术事业而含辛茹苦努力奋斗，为祖国培育出
更多的艺术鲜花。

1989 年

世纪之交，探讨中国民族民间舞蹈的足迹和走向

刘选亮

一、历史证明民族民间舞蹈不会消亡

随着中国新文化运动的兴起，尤其是中华人民共和国成立后的五十年间，中国的民族民间舞蹈冲破了封建主义牢笼的禁锢，昂首阔步，登上了历史舞台，在祖国的文艺大花园中，绽放出绚丽的光彩，并不断向全球散发着它的芳香。在国内，中国的老百姓，在崇高的艺术殿堂里欣赏着祖先传衍下来的优美舞姿，在诗情画意中隐约看到自己的身影和心态，感到无比亲切和自豪。在国外，不论是被古典歌剧垄断的神圣大剧院里，还是舞人云集的国际艺术节上，外国人对于情调独特的、既古老又年轻的中国民族民间舞蹈，总是如醉如痴，赞不绝口。毫无疑问，中国的民族民间舞蹈，在几代专业的和民间的舞蹈家的辛勤努力下，创造了有史以来最为辉煌的成就，在世界的舞坛上占据了重要的一席。

可是，在二十世纪的六七十年代，中国人民在遭到政治的、经济的挫折的同时，也无可奈何地吞咽着文艺舞台上百花凋零的苦果。待到阴霾散去、重现生机之时，蒙尘的舞蹈艺术已近一片空白，惨不忍睹。

修正了航向的中国巨轮，终于开进了百业俱兴的新时代。日新月异的社会进步，激起了舞蹈家们创作的热情，他们摩拳擦掌，期盼着重登昔日无限风光的舞台。也许由于人们遭到长期封闭，一旦得到解放，往往容易产生过急的情绪，矫枉过正也就在所难免。打开国门接纳各种新鲜事物时，一时鱼龙混杂。只要是国内没有的东西，就被认定是新的好的，甘泉与污水一概接受的事例层出不穷。反映在舞蹈界的是引进很多新观念、新模式，

此类引进使闭塞已久的舞蹈家们大开眼界、获益匪浅的同时，也把一些洋教条、洋审美一并收下，从而产生了妄自菲薄的心态，认为民族民间舞蹈陈旧、落后，在那些舶来品面前相形见绌，登不了大雅之堂。寻刺激者嫌其不露不酷，追时尚者嘲笑其土头土脑。国家剧场因其难有票房价值而婉拒门外，就连替歌星伴舞，也常因其不够先锋新潮而被嗤之以鼻。此等社会现状，对刚刚挨过长夜的民族舞蹈工作者们而言，无疑是一盆冷水，蒙头泼来，顿感矮人一等。一时间，舞台上弥漫着困惑、彷徨，民族舞蹈演员大量流失，不少专业团体濒临瘫痪。舞蹈家们震惊：莫非世代相传的民族民间舞蹈就将断送在我们这代人手上，为历史所抛弃？！

幸好，这段令人揪心的日子不算太长，在20世纪的最后几年，情况发生了变化。我们高兴地看到，具有广泛群众基础的中国民族民间舞蹈，以其顽强的生命力在祖国大地上不断成长、发展，随着人们观念的成熟，更显出其勃勃生机。哪里有欢乐的人群，哪里就有纯真而昂扬的舞影，这已成为社会生活的一大景观。投身其中的有志之士，借着民族民间舞蹈神韵的滋养，陆续创造出一批又一批的充满中国气派、民族情愫的舞蹈作品，在文艺舞台上逐渐站稳了脚跟。潮头正涌动，澎湃之势可期。中国的民族民间舞蹈，即将迎来精品如潮、五彩缤纷的新纪元。

二、当今三个舞台竞吐芳菲

——第一个舞台

90年代中期，国内评选出一批20世纪的经典舞蹈作品。其中，直接取材或提炼加工的民族民间舞蹈，占有相当大的分量。这是对长期与人民群众相结合，老老实实学习传统民间舞蹈，并推陈出新，终于铸出精品的舞蹈家们的肯定。此举大大振奋了国内舞蹈界，激励舞蹈家们在新的世纪里向新的高度攀登。

我们知道，流传于民间的舞蹈活动，有的往往比较零散、单一，有时甚至是原始落后的。加上在所有艺术门类中，舞蹈是较难完整保存和系统发展的品种之一。因为它是以形体动作作为主要表现手段的，在没有摄影、录像设备的年代，保留和延续靠的只有人与人之间的传授。授受之间，带有相当大的随意性，受影响于传承者的素质、能力、性格、情绪等，必然产生因人而异的差别。再加上社会变革、天灾人祸，更是左右着民族民间舞蹈的兴衰。可见发掘和学习民族民间舞蹈，困难不小。为了更好地发展和弘扬民族民间舞蹈，舞蹈家们还要系统地研究该民族和该地区的历史、环境、习俗、好恶等因素，以及这些因素综合形成的审美观，在此基础上，才能运用自己的专业知识和想象力，创造出具有艺术欣赏价值的舞蹈作品。难度当然更大。尽管这个过程需要付出心血，但除此之外别无他途。被评为世纪经典的作品，清晰地显现着这一艺术实践的脉络。

民族民间舞蹈，从相对单纯的活动中提炼成飞扬着民族风采，浓缩了百姓真情的艺术精品，进而升华为舞蹈史上里程碑式的标志，不仅得到国人的认可，授以经典之美誉，也得到国际上的高度评价，在众多的国际比赛中，摘金捧银就是证明。这无疑是民族民间舞蹈发展的一个重要方向，它代表着一个时代的一个民族，屹立于人类文明发展史的舞台上。

——第二个舞台

相对于不断推出优秀作品，以专业舞蹈工作者为代表的舞台来说，另一个更为广阔、更为斑斓的舞台，早已存在于各族人民生活之中。雪山脚下、大海之滨、茫茫草原、悠悠水乡，凡有人群聚居的地方，只要蓝天作幕，歌乐响处，几乎都有民族民间舞蹈活动的踪影。人们跳着前人流传下来的，经过无数民间艺人的承袭和创造的民间舞蹈，抒发对生活的热爱，表达对未来的憧憬，甚至融进了寄托着传统观念的礼仪活动之中。久居城市的人们大概很难理解在黄土高原飞扬的尘土中，击鼓劲舞的铮铮汉子。穿着高跟鞋、以娇为美的女士们更不会欣赏那些踩着高

跷、英气十足的乡村姑娘。但是，以乡土气息为精髓，以广场活动为主要形式的民族民间舞蹈，却不屑于他人的眼光，即使在备受冷落的日子里，龙照飞、狮照舞，篝火前依然跳到东方发白。同时，在自身的美学原则指导下，民族民间舞蹈不断充实和提高，日臻完美，魅力大增，终于风风火火地跳进了艺术殿堂，跳进了千家万户。在众多节日盛典里，一批带着浓郁乡情、潇洒土风的民族民间舞蹈，还频频跳进了万众欢腾的人海之中，仿佛一片片艳色丽彩，泼洒在神州大地上，为世人所瞩目。势所难免，中国民族民间舞蹈必将满怀豪情地跳进新的世纪。

——第三个舞台

随着国门打开，交通设施改善，地球变"小"了。与国外的交往正在呈爆发式扩展。由于生活水平提高，人们有了开眼界的意愿。于是，旅游业迅猛发展。一种权且称之为民俗村文化的现象，作为旅游业的副产品应运而生，无形中给民族民间舞蹈搭建了一个更能施展拳脚的舞台。一些独领风骚的大型景点、娱乐场所，为了树立自己的品牌，把民族民间舞蹈当作关键性的特点来经营。有的不惜投下巨资，聘揽人才，精心制作，推出了一台又一台令人耳目一新的舞蹈晚会。有的愿出高价，邀请国家一流专业团体进驻，以高水平的演出为他们的招牌镀上耀眼的光环。更大量的是分布在全国各地的名胜古迹、民族村寨、休闲胜地、旅游宾馆为了招揽游客、增加收益，纷纷组建的中小型表演团体，林林总总，数不胜数。他们的演出题材大多是本地习俗，寓风情于舞，发掘和介绍本地域、本民族的生活特色，并尽量让观者参与其中，共舞同乐。这类演出，对增进了解、加深友谊等方面产生了潜移默化的效应，无疑是对舞蹈功能的一种开拓。

当然，这个以商业性为特征的特殊舞台，有其自身的运行规律。借助雄厚的财力和灵活的机制，它既可以包容和支配前两个舞台的成果，又可以另辟蹊径，融合古今中外，形成独特的风貌。它的勃起，必将推动和影响民族民间舞蹈的发展和路线。说它是一个举足轻重的舞台，大概不至于太过分的。

上述三个舞台，构成了自成体系又相互促进的格局，为民族民间舞蹈营造了前所未有的繁荣景象，把中华民族几千年来形成的传统发扬光大。可以预见，在新的世纪里，广大的舞蹈工作者会在这三个舞台上，把中国的民族民间舞蹈跳得有声有色。

三、思考一个有关审美的问题

现在，嘲笑民族民间舞蹈土气、没劲的调门似乎低了一些，追捧新潮的狂热也有所降温，跳和看民族民间舞蹈的人数则有明显增多。那么，对于这些源自社会最底层的舞蹈活动，人们是带着什么心态，又是怎样评价的呢？本人没做过切实的调研，不敢妄加推测，只能就见到的一些现象，发一通自己的议论。

前不久，有位舞蹈刊物的编辑谈起如何提高可读性，我不假思索，脱口说了一句：是否可以"舞姿"为题，发表一些有特色的剧照，给舞蹈家参考借鉴，供爱好者欣赏品评。话未说完，旁边一位从事民族舞蹈教学的老师立即表示不以为然：民族舞蹈只有韵律，谈不上舞姿，都是些弯曲、蜷缩的形象，不像芭蕾舞拥有扩展、飘逸的线条，让人赏心悦目。我一时语塞，执教多年的老师尚有此评断，我感到有点悲哀。联系到近几年看到的一些舞蹈，大概编导也多少有这种疑虑，故在舞蹈中融入一些国外的招式、套路。结果，舞台只见陈腔"洋"调不断出现，却唯独缺少对民族传统的创新。不管内容是否需要，不管运用是否恰当。平白无故，前腿旁腿朝天指，双人舞里尽托举。为了追求所谓的人体美，一些编导更是变着法儿让演员袒胸露背，敞肚亮脐。胡乱跟在人家后面跑，是跑不出自己的鲜明风格的，只会导致质朴纯真的萎缩、乡土气息的销蚀，把民族民间

舞蹈折腾得面目全非。

我想，中国的舞蹈家们是否有必要来一番正本清源，研究和强化自己民族的审美意识，还民族民间舞蹈一个中国面孔呢？

如果说，过滥的照搬和模仿，对民族民间舞蹈的发展肯定不利，那么，那种从生活中搜罗一些阴暗、反常、不文明的东西，或偷梁换柱，或胡诌白撞，强加给民族民间舞蹈的现象，更加有害。

畅饮美酒是桩乐事，但饮而醉之却从来都是社会嘲笑的对象。即使是以豪饮著称的一些民族地区，醉鬼同样也为人们所不屑。不知为什么，如今的醉汉们却纷纷东倒西歪地登上了舞台。按理说，从醉拳演化而来的醉剑，表现忧国忧民之心，多少还有点美学价值，跟着而来的醉这醉那就不仅有东施效颦之嫌，且舞台形象又能美到哪里去？

受地域人文的影响，民族民间舞蹈的律动和形态等都会烙上本民族、本地区的印记，如顺拐、三道弯、甩肩、摆胯等，无不洋溢着其独特的韵味，但在某些编导的过度夸张和扭捏下，变成一些近乎变态的形象。何美之有？于是，我又想，中国的舞蹈家们是否有必要来一番打假，把那些强加的伪劣假冒清理一下，还民族民间舞蹈应有的美呢？

关于民族民间舞蹈，可供讨论的问题太多了。限于篇幅和水平，我只好绕开西瓜，捡几颗芝麻拨弄拨弄。挂一漏万，文不成章，权当引玉之砖，就教于大陆、台湾的舞蹈大师们。

20世纪90年代在"海峡两岸舞蹈研讨会"上的发言

第二章 灵感从何来

《三月三》和我

陈 翘

"新郎不见了。"

我第一次跟创作组下乡体验生活，来到了东方县西方乡西方村，一进黎寨，就见到了大榕树下正在举行婚礼，新娘是个五六岁的小女孩，却没见到新郎，难道是个童养媳？一会儿，人们把正在山坡上放牛的新郎拉了回来，原来是个年龄与新娘相仿的小男孩。

经了解，这种童婚制是黎族一个支系美孚黎族的习俗。婚礼之后，小新郎、小新娘各自回家，直到女方有了孩子，才正式落户夫家。

美孚黎族还有一个习俗"三月三"（农历）。童婚后新人们长大成人了，可以在每年的这一天去寻觅自己真爱的情人，就算已经落户了夫家的妻子，也可以在这一天去会见昔日的情人，丈夫也是如此，谁也不会干涉。可以说，美孚黎族的"三月三"是个不折不扣的情人节。说来也巧，我们这些外来人幸运地碰上了"三月三"。

随着鸡啼报晓，村里热闹起来了，一幅幅绚丽多彩的生活画卷呈现在我们面前。老人们围着米桶舂起糯米粿；小伙子昨夜上山打猎，抬回来猎物，他们把鹿角磨制成鹿骨针，作为送给情人的信物；姑娘们则忙于洗头、洗澡，梳妆打扮；最开心的是孩子们，就是那批举行过婚礼的七八岁的新娘、新郎，他们学着大人的样子，打着比自己还高的大黑雨伞，成群结队，早早就到山坡上玩耍。

下午，我们随着陆续到来的人群来到节日活动的中心——长满芒草和灌木丛的山坡上。到处是扛着大黑雨伞的男青年在游荡，却不见一个姑娘，心里有点纳闷。转眼太阳就要下山了，为我们当向导的妇女主任不知什么时候也不见了。

随着几声清脆的口哨声，男青年纷纷涌向草丛深处，用雨伞拨开茂密的芒草。突然，平静的草丛中冒出一群群的姑娘。原来她们早就藏在草丛之中。这时，她们用随手摘来的树叶挡着脸，透过叶缝观察和挑选自己的心上人，小伙子和姑娘之间的一挡一拨，引起阵阵嬉笑声，笑声中小伙子问姑娘："你要不要我？"如果姑娘说"我老了"，小伙子就会识趣地走开另寻对象。如果姑娘点点头就跑，小伙子便立即追随进入山林深处，他们用大雨伞挡在小路口，以示此处有人，请勿打扰，然后靠着大树干，弹着口弦，轻唱情歌，情投意合，直到第二天黎明才依依惜别。

…………

回团后，我迫不及待地把所见所闻，编成舞蹈《三月三》，大家看后极为肯定，但觉得一些男性动作不够理想，领导便指派男演员刘选亮来协助我加工修改。他没参加过"三月三"的活动，但根据我的详细介绍，在我的感染下，提炼出帅气的男子出场动作，并增加了一些构思新颖的舞段，在之后的演出中得到好评。

《三月三》在全国文艺汇演中，好评如潮，被选进中南海为中央领导演出，各省市争相来学习，把我们的驻地都挤爆了，很快就在全国各地流传开来，后又被参加世界青年联欢节的中国艺术团选上带到莫斯科演出，让黎族舞蹈第一次登上国际舞台。

1951年我和刘选亮认识，1953年开始同团演出，从创作《三月三》开始，我和刘选亮就更多地一起下乡体验生活、搞创作，我们之间的感情也在逐渐加深，1962年我们结婚了，大喜之日就选在三月三日，当时一起举行婚礼的还有其他两对。更有意思的是，我当选全国政协委员后，接到通知，政协每年的开幕式都在三月三日这一天。

也许由于舞蹈《三月三》为美孚黎族这个民间节日起到了摇旗呐喊的作用，广东省委批准三月三日为黎族的节日时，自治州副州长李明天到北京与在京的黎族同胞在中央民族学院共同庆贺，特别邀请我前去参加，当时我正在北京参与编导《中国革命之歌》大歌舞，我成为黎族北京盛会中唯一一个汉家女。李明天副州长代表自治州政府告诉我们：申报"三月三"为全黎族同胞的节日，有舞蹈《三月三》的一份功劳。我深深感谢黎族人民对我的深情和厚爱。

歌舞团搬到广州后，海南建省，我们回海南的机会就少了。今年有幸受到邀请，我高兴极了，忘却了刚刚访问欧洲八国的疲劳和身体的不适，赶到通什，参加"三月三"盛会。

自从"三月三"成为全黎族的节日后，每年的庆祝活动已不再限于美孚黎族地区了，海南通什是自治州原首府，自然就成为活动的中心。这一天，从各县来的代表都在这里开展文艺汇演、体育比赛等活动，以前那种纯爱情的内容已为各种文体活动所取代，充分体现了一个民族欣欣向荣的精神风貌。

当晚，我漫步通什桥头，这座当年只有一间小礼堂的小山村如今已发展成美丽的山城。当年错落于山谷河沿的船形茅屋已不见踪影，眼前是楼房林立，河堤舒展。山间别墅式的"五指山庄"已成为中外闻名的旅游胜地。入夜，我躺在有空调的舒适房间里，难以成眠。三十多年前，歌舞团初进五指山区，驻地在州府所在地通什，歌舞团的茅草房正是位于今晚下榻的"五指山庄"附近。当年在通什的往事一一浮现：《三月三》《碗舞》《草笠舞》等作品的创作，往事历历在目，有悲有喜，有酸有甜。但是，不管人生道路何等曲折，与黎族人民一起生活的日子却总是令人难忘，我从他们那里获得了最多的温情和智慧，黎家的"拜考"（黎语：姑娘）和"帕曼"（黎语：小伙子）的形象永远留在我的记忆中。这时我忽然意识到："三月三"对于我来说并不仅仅是一个传统节日，它实际上已成了我生命的一部分。

值此节日之际，我衷心祝愿黎族兴旺发达，祝愿五指山万年长青。

1991 年 5 月 15 日

诗情画意寓于生活

——记《草笠舞》创作的前前后后

陈　翘

　　1962年，一天清晨，中央人民广播电台播出一则新闻：中国《草笠舞》在芬兰赫尔辛基"世界青年联欢节"舞蹈比赛中获得金质奖章。同志们高兴地紧敲我家竹门（那时候我们都住在简易的茅草房），向我报喜，睡眼惺忪的我几乎不敢相信自己的耳朵，这对于一直工作在五指山区的小歌舞团员来说，可是件天大的喜事呀。

　　当年，《草笠舞》上演后，被东方歌舞团学了回去在北京演出，后被参加"世界青年联欢节"的中国艺术团挑选为演出节目，所以邀我专程到北京给出国演员排练。原定节目排完，我就可以回海南，但由于中央有关领导总审查后决定《草笠舞》由演出节目改为正式参加比赛的节目，我需要留京继续排练直到他们出国。后来《草笠舞》在比赛中获得金质奖章，虽是我创作的舞蹈，但节目得奖后我没有接到任何通知，也从未见过那枚金质奖章的模样。能把我视如亲人的黎族姑娘的形象呈现在国际舞台上，还得了奖，继《三月三》后再次为黎族人民争得了世界性的荣誉，我心里还是十分高兴的。

　　20世纪50年代的黎村还未脱离刀耕火种、牛踩田的原始生产状态，家里除了自制的竹木床、小凳子以及三块石头摆成的地灶和两根长年不熄火的树干外，只有吊在空中的一根挂满全家衣被的长竹竿。在这空荡而简陋的船形屋里，我发现每家每户都有两样不寻常的摆设：一是屋檐下一排排的鹿角、黄猄角等各种猎物的角和骨，那是男人善猎的明证；二是进门的一侧安放一个精致的竹架，那是搁放草笠的地方。草笠是男青年到深山老林采摘大而厚实的野葵叶编织而成的，加上手巧的姑娘编织彩带当穗子装饰，它既是劳动的用具又是爱情的信物，平时就放在进门的显眼处，成为家里最美最有感情色彩的物品。黎族姑娘窄窄的简裙和佩戴的高平顶圆形的草笠，成"丁"字形的样子，这引起了我的创作灵感，也为我后来的创作生活撒下一颗灵感的种子。

在和黎家姑娘一起生活和劳动时，我常因她们对我这个外来妹的关爱而感动。比如怕我睡不惯用小树枝铺成的竹床，她们就用厚实的椰子叶编成席子，下面再铺上一层厚厚的稻草，这样睡起来又软又有弹性；一起去割飞机草（用作肥料），给我挑的总是最轻的那一担；学跳打柴舞被夹了脚，是她们用烤热的木瓜片给我热敷。

每次下乡生活，我总会带些小药品，一些小毛病可以自己调理，黎族地区因卫生条件很差，眼病十分严重，我给她们点滴眼药水，减轻她们的痛苦，深受她们欢迎，我和她们互相关心，亲如姐妹。

我们创作组下乡，我是唯一的女性，傍晚都是一起到河边洗澡，利用一块大石头把男女隔开，我也练就了用一条裙子套着换衣服的本事。有一次，几个黎族姐妹跟着下河洗澡，我意外发现，原本内向的黎族姑娘一跳进河里就毫无拘束，大笑大叫，相互泼水嬉戏，还会越过大石头伸手向男同志喊着"少奋""少奋"（黎语：肥皂）。有个男同志低着头递给她后立刻溜开，惹来姑娘们大声嘲笑"伊加逊了"（黎语：害羞了）。等到洗完澡一上岸，她们又恢复到原来那种腼腆、单手遮脸细声细语的样子。

为了更深入地了解黎族姑娘，我们要到鹦哥岭，那边也是戴同样草笠的黎族人，坐汽车需两天时间，绕过当地人谈之色变的鹦哥岭山路只需六个小时，那条山路的山蚂蟥多到吓人。尤其那些细如发丝的山蚂蟥可以钻到身体的任何部位，造成人体凝血机能的损坏，向导也劝我们别走山路，我说走山路省时间，可以早两天到。向导只好为我们每人准备了一支山蚂蟥枪（用一大包盐绑在木棍上），若有山蚂蟥沾上，用自制山蚂蟥枪一抹，山蚂蟥就掉了。我还用绑带把裤脚扎了一圈又一圈，再涂上浓浓的肥皂沫，颇为自信地上路了。

随着向导的一声"注意啦"，我看到地上、石头上、齐腰的灌木丛里到处都是山蚂蟥，尤其是路旁伸出来的树枝树叶上也布满了密密麻麻、细如头发丝的山蚂蟥，沾在上面摇头晃脑地等待猎物。这时我才真的感到非常害怕，向导让我走在前面，趁山蚂蟥还来不及察觉猎物的瞬间先行通过，这时我只有豁出去了，一边用山蚂蟥枪对付爬到身上、腿上的山蚂蟥，一边加快速度飞奔，直跑到快喘不过气。好在向导边跑边鼓励我们，"山那边就没有山蚂蟥了"。我们终于气喘吁吁地跑到了另一边铺满阳光的山坡上，大家不约而同地四脚朝天，躺在翠绿的草地上，长长地呼出一口气。我突然感到小腿有点异样，裤脚也湿湿的，解开扎得很紧的绑带，一条吃得滚圆、大如拇指的山蚂蟥掉了下来，伤口仍在流血，裤子已湿了一大片。以后几年，每到阴天下雨，伤口就奇痒无比，一抓就烂。好像山蚂蟥在提醒我，作品的成功有它的一份功劳。因此，当年《草笠舞》在世界比赛得奖后，我曾戏称这是一枚带血的金质奖章。此是后话。

多彩的生活，再次为我提供了创作的源泉。一次在黎寨，因身体不适，我倚在半山坡"隆闺"门口，眺望对面山坡的层层梯田，只见田里一个一个圆点在缓缓移动，原来是姑娘们戴着草笠在插秧，时分时合、有前有后，组成了许多精彩画面，使我激动感叹，这不正是我所要追寻的意境吗？一时间，姑娘们以草笠遮阳挡雨、戏水时充当盾牌、走山路护在腰旁等可爱的形象纷纷涌现，很快在脑子里融汇成"瞧！我们多么漂亮呀！"的舞蹈主题。

于是，我又开始创作时的失眠了。每天夜晚，我蹲在茅屋角落，构思结构，设计动作。"三同户"（同吃、同住、同劳动）深夜起来偷看了我几次，忍不住叫醒与我同行的作曲家，问阿翘是不是"走神"（精神病）呀，半夜三更，不是抱头蹲在角落一动不动，就是比比画画蹦蹦跳跳。经作曲家解释，"三同户"才松了一口气。

接下来该用什么样的舞蹈语言来表达主题呢，就目前我所掌握的民间古老的舞蹈韵律是远远不足以表现姑娘们的精神面貌的，还是老办法，到生活中寻找，再提炼加工。

黎寨中，黎族姑娘们面对陌生人时，习惯手捂脸细声细语，因裙子窄而短，又喜欢几个人靠在一起，一脚为重心，另一脚轻松点地，双肩一高一低，形成自然的三道弯"形态"，站久了一个人换了重心，整排人跟着换。这种左右换重心的"动态"，加上节日里双手戴上颇有重量的银手镯，两脚戴上叮当响的脚环，为展示美丽翘起手腕前后摆动，抬起脚一踹一踹，让那脚环叮当作响的"心态"，神、形、动、心"四态"融合，加上戴上造型奇特的高平顶草笠所形成的"丁"字形的形象，（一个舞蹈的）主题动作呼之欲出了。

《草笠舞》登上舞台后，得到黎族人民由衷的肯定和欢迎，使我真心体会到灵感源于生活、创作高于生活的道理，而《草笠舞》所提炼的黎族舞代表性动作"三道弯""甩手腕""抬踹脚"等都成为我以后创作更多黎族舞蹈语言的依据，这才是此次创作的最大收获。

20世纪70年代

《喜送粮》创作体会

陈　翘

聚居于海南岛五指山区的黎族人民在中国共产党的领导下，跨过漫长的艰难历史，走上了新时代的大道，是国家的扶持帮助，使一个不久前还处在刀耕火种的原始生产状态的山村，正在逐步摆脱极度贫困的处境。

懂得感恩的黎族人民，随着生活越来越甘甜，他们的爱党爱国之情也越来越执着鲜明。现实生活中，把国家和集体的利益放在第一位的纯朴情怀，就像从心灵迸发出来的火花，随处可见。

在国家物资供应困难时期，我们创作组跟以往一样自己背行李、提"马灯"（联系群众的联欢会用品）、带足干粮，到深山环抱的王子公社深入生活。我们顶着烈日，攀爬在蜿蜒的山路上，临近山顶时发现一名中年男子昏倒在一对箩筐旁，我们把他弄醒，才知道他是饿昏的，赶紧把我们自带的干粮给他吃，一问才知道他是替供销社挑运物资进山的民工，我翻开盖着报纸的箩筐，原来是两筐饼干，黎族大哥说，别动，是公家的。这种即使饿昏了也不动公家一块饼干的境界，让我终生难忘。

海南岛每年都有多次台风、暴雨，对靠天吃饭的农业生产影响不小。每逢天灾，政府都会减免黎族人民应交的公粮，有时还会发放救灾粮，非常懂得感恩的黎族人民，在困难的情况下，宁愿自己饿昏了都不动公家的一块饼干，在大丰收的年景里，他们又是用怎样的行动来表达对党和国家的感恩呢？

这一年的金秋时节，村村寨寨的晒谷场上堆满了丰收的稻谷，我来到了汗流浃背的妇女们中间，和她们一起劳作，分享丰收的欢乐。透过充满喜庆气氛的场面，我感受到黎族人有一种崇高的情怀，人们把第一批收割下来的谷子，作为送交国库的公粮，经晒干，风谷机吹过，又用簸箕来筛，甚至手抓一把谷子吹了又吹，这种不厌其烦地选谷子，是极其辛苦劳累的，但它确是黎族人发自内心对党和国家质朴崇高的感恩之情，令人感动。

晒谷场的种种感受，激发出我强烈的创作愿望，于是，一个舞蹈"黎家喜送丰收粮"的主题产生了。

进行风谷、簸谷等劳动时，草笠是黎家妇女必备的抵挡酷热烈日的工具，一顶普通的草笠又一次把我引进艺术想象的空间。它不但可以遮阳扇风，还可以演变成簸谷的簸箕，甚至由多顶草笠组成风谷机。为了更充分地用活道具，我把作品中原来只当扁担用的一条黄绸子，活用成箩筐的担子、擦汗的水布、装谷的麻袋，当黄绸子搭在草笠上时又成了纷纷扬扬的谷粒。

为了渲染丰收的喜庆气氛，我要求舞台美术设计在台中央耸立一块硕大的谷堆景片，演员用轻快向上弹跳的动作，融入"顺拐"的韵律，抓住绸带两头做箩筐倒谷的组合动作，加上快乐的劳动号子，汇成一片喜庆的情境，使舞蹈一开始就把观众带进设定的情景中。

我想起多次参加谷场的手摇风谷机和双手簸箕挑谷的劳动场面，实在太累了，有一次有个姑娘说，"要是有个电动的多好呀"，这种落后的劳动方式的苦累我感同身受，引起我强烈的共鸣。我想把这些寄托着广大黎族人民理想的情节，哪怕是稍微先进的农业机械，安排到舞蹈《喜送粮》中，于是当演到由草笠组成的风谷机前面，领舞者先是手摇风谷机，然后转身在一边做推闸状，让组成风谷机的草笠飞速旋转起来，每次演到这里都会引起观众会心的掌声。

创作中，我曾为《喜送粮》的高潮苦苦思索，同样是生活给了我启示，想起不久前在另一山区体验生活，碰到该村新修的公路刚完工，一辆披红挂彩的解放牌汽车开上山来，山村里的黎族人民像过节一样兴高采烈地围着汽车，抚摸着这陌生的来客，有的老人家甚至还流下了激动的眼泪。一个不了解黎族过去历史的人是无法理解的，一台在我们眼里是那么普通的解放牌汽车，居然在古老的村寨掀起如此巨大的感情波涛。于是一个想法跳进了我的脑海，在我重温这一动人场面时，也为舞蹈《喜送粮》找到了颇让自己兴奋的高潮。

为了把汽车的造型搬上舞台，我接受舞美设计的建议，给大谷垛安上轮子演变成抽象的汽车，有了汽车就得有司机，这就不得不提到一个有趣的插曲。我对开汽车一窍不通，但上幼儿园的儿子却是个汽车迷，他说长大后一定要当司机，每次坐车都特别留意司机的操作，一次他看到我在设计汽车动作，开心地说："开汽车应该这样做：开锁，提杆，转方向盘，叭叭。"俨然成了我设计司机动作的小顾问。如果说，舞台上司机那段动作组合有点稚气、带点童心的话，那就是儿子为我带来的创作灵感了。

舞蹈就在这样的高潮中结束，台上的大谷垛演变成汽车，两个姑娘跳上来，插上"黎家喜送丰收粮"的横幅，其余演员一手拉着充当扁担的黄绸子作为装饰汽车的彩带，另一手拿着草笠贴在腰上当成转动的车轮，司机跳上汽车，开动汽车送粮去了。

舞蹈《喜送粮》是一次集大家的智慧为一体的创作，包括舞台美术设计、制作与乐队、舞蹈演员的激情演出，也包括儿子充满童趣的指导，最后才能在上演时受到广大观众的欢迎和喜爱，并在全国广为流传。

20世纪70年代

我们一起去摸螺

——从生活积累中找到舞蹈形象

陈　翘

　　我每次下乡体验生活，总是孩子们和我最早成为朋友，再以他们为纽带和他们的家长建立起友好的关系。据我的观察和亲身的体会，在母亲的眼里，不管自己孩子好不好看、调不调皮，她总能向他人说出自家孩子许多出众和超人的地方，这就是母亲。你喜欢她的孩子，建立了感情，她就会很自然地对你产生好感和信任。说来好笑，我这个连自己的孩子也没侍弄过的母亲，身上却沾了不少黎家婴幼儿的屎尿。至于唱催眠曲，摇摇篮哄孩子入睡，就更是经常的了。

　　20世纪50年代的黎村，生活水平处在相当贫困和落后的状态，一踏入村寨，首先看到的就是一群光屁股的孩子，他们瞪着大眼睛瞧着我们，继而试探着摸摸我们的背包和挂袋，也嘲笑我们说不准的黎族话。混熟之后，他们就蹦蹦跳跳地为我们当向导，带我们到生产队办公室。当生产队队长安排我们到哪家去住时，这家的孩子就兴高采烈地领着我们回家，一路上还带着骄傲的口吻，向左邻右舍介绍这个"拜考"（黎语：姑娘）是我们家的。

　　孩子们最感兴趣的是当我把他们带到河边，用香皂洗去他们头上和身上的泥巴时，他们快活得像刚刚认识似的，互相抚摸着变得漂亮的、干干净净的脸蛋，嬉戏打闹起来，有时还会互相追逐，拍打着小屁股，非常有趣。孩子们经这一洗刷，原来那特别乌黑的眼睛，就显得更加明亮，圆溜溜的十分可爱，身上也散发着淡淡的清香。回到家里，母亲们更是高兴地把孩子娇嫩的脸蛋亲个不停。

当年的黎族由于卫生条件极差，疾病流行，黎家儿童的存活率很低，村里的小孩子不多，夜里显得尤其冷清。孩子们只能等到有月亮的时候，在晒谷场中玩玩"打柴仔舞""转盘舞""单单双跳方格"。有一次，我跟房东劳动回来，见到这家孩子无聊地蹲在屋角，一个人敲打着堆放在屋檐下像小板凳似的一块木头。这引起了我的好奇心，原来这是一双很有特色的木屐。一段木头，用砍刀砍成高、宽三四寸，长一尺多的木屐形状的拖鞋。鞋面用铁烙了三个洞，再用藤或棕绳编成的带子穿在木屐上面，成了平时常用的拖鞋，形状与日本的木屐相似。据老人们讲，黎家祖祖辈辈都是穿这样又高又大又笨重的木屐。因为南方多雨，一到雨季，村里到处泥泞，穿起木屐，既防滑又不会把脚弄脏。平时洗干净了还可当小板凳使用。小孩子无聊时，常拿来敲打着玩耍，因为木头很坚实，发出的声音清脆好听。最有趣的是，孩子们喜欢凑在一起，穿起这大船似的木屐，追打嬉闹，因为脚小木屐大，容易前后跟相碰，有时会摔得四脚朝天，那种滑稽的样子，惹得四周围观的大人们开怀大笑。孩子们天真可爱的形象，给我留下了深刻的印象。

与黎家孩子们相处的最大快乐，莫过于和他们一起到河沟去摸田螺、石螺（稻田里的螺叫田螺，河沟里的螺叫石螺），它们是一种富含高蛋白营养的食物，在广东地区深得民众的喜爱。汉族地区炒螺是很讲究的，要放各种佐料。黎族地区则十分简单，洗干净煮熟，放点盐就可以送饭下酒了。

一次，听说我准备跟孩子们一起去摸螺，左邻右舍的小朋友都兴高采烈地来了，他们学大人的样子，腰间系着一个小竹篓，贴在屁股上，走起路来一撅一撅的，十分可爱。成群结队、蹦蹦跳跳地吆喝着奔到河边，寂静的小河边立刻热闹起来。这边的孩子们在比谁摸的螺大，那边的孩子们在比谁摸的螺多。如果碰到河沟里有条小鱼，就会引起孩子们更大的兴趣，他们会在河里不顾一切地追捕着小鱼。这时，清澈见底的河水就会被搅得混浊一片，有的孩子干脆扑到河沟里，打起水仗来，他们不把对方弄得浑身湿淋淋的，是绝不会罢休的。

若干年后，一次回村里探望"三同户"，大队书记听说我要来，早早等在村口，一见面就问："还记得我吗？"我摇摇头。"我是阿因呀，当年你在我村待多久我就陪你多久，每天到处去，我们还一起去摸螺呢。"一说到摸螺，我马上想起来："你就是那个光着屁股每天都跟着我的阿因呀。"说得高大帅气的大队书记满脸通红，邻居们也都大笑起来，瞬间触动了我，那么多年每次下乡，都是最先和黎家的孩子们玩在一起，我却从未想过把这些可爱的孩子们的形象呈现在舞台上，于是我决定通过摸螺这一生活情景，来表现黎家儿童天真活泼的形象。

黎族村寨总是傍着小河边建的，两岸来往都要涉水，雨天就得架起一道小竹桥或小石桥，成为行人的通道；晴天，则成了村民们搁置洗好了的食物、衣服或劳动工具的地方。因为这类小桥比较低矮，小孩子们最喜欢在桥下来回穿梭、嬉闹，这富有黎族特点的生活画面，被我用到舞蹈中来了。

黎族各个支系的妇女都穿筒裙，有的筒裙窄而短，有的筒裙长又宽，背后还打着褶，但黎族小女孩都是穿特别短的窄筒裙。我要求服装设计师把长裙后头打的结加到短裙上，就成为后来出现在舞台上的又短又窄还翘着尾巴的小裙子。

为了增加山区儿童的生活情趣，我设计在摸螺过程中，一个小女孩被螃蟹咬到的细节。这种绿身红脚的螃蟹是黎族山区小河边的一种双栖生物，经常到河里来喝水觅食。有时在河边不慎触到它，它马上凶狠地张开两个红脚钳，怪吓人的。我在舞蹈中安排了被螃蟹咬到的细节，借小孩子想抓螃蟹又怕被钳到的心理，既增加了生活情趣，又表现出孩子们之间的友爱和互相关心的亲密关系。

另外，我用黎家祖辈相传的木屐贯穿整个舞蹈，因为小孩穿大人鞋，玩大人的木屐，这本身就是一个十分有趣和可爱的形象。

舞蹈动作的设计上，我根据儿童高兴时总爱甩动手臂，哭闹时两脚重重地轮换踏地，撒娇时身体常常两边扭动等夸张动作，和生活中摸螺的动作糅合在一起，加上一些民间舞蹈素材，如"古老舞""打鼓舞""快乐舞"等过去少用的韵律，提炼出夸张的左手左脚前后摆动、一步一顿的出场动作，后面的敲打木屐的舞段多用横摆的动作。下河前大家一起放好木屐，趴在桥上吊身屈膝甩脚；摸螺时，一个小朋友摸到一颗大螺大家围着看，一闻却是臭的；结尾时坐在桥上，看着一个小姑娘挑着大家的木屐过桥时，双脚前后踢水……这些动作无不都是根据此情此景儿童特有的心态而设计的。

通过这些年来的实践，我得到了前辈为我们留下来的"源于生活，高于生活"的艺术创作规律，像海绵那样，经常到生活中吸取养分，并储存起来，一旦需要，打开储存的仓库，生动的人物形象、有趣的生活场景就会源源不断，任你选择、剪裁、融合、加工，成为你所需要的素材。

《摸螺》的创作使我越加坚信，长期积累，终有所用。

1981 年

取长补短　合作愉快

—— 回忆我们创作中的小片段

陈　翘　刘选亮

一

1956年的一天。

陈翘（以下简称"陈"）：我的第一个作品《三月三》编排出来了，大家看后，觉得男子的动作不够帅气，领导指派你来帮忙解决这个难题。

刘选亮（以下简称"刘"）：领导找到我时，我很为难，因为没有去现场，不了解情况，而且我只是个舞蹈演员，没有任何编舞的经验。

陈：　所以我给你介绍了黎族"三月三"节日的景象，还有我在黎村中跟巫公学到的一些"跳神"的动作。我的表达还是很生动的，加上你有比较扎实的文学功底，有一定的想象力，所以你很快就设计了男子出场的动作组合。

刘：主要是你详尽地描述了多彩的生活素材，绘声绘色的，让我有了身临其境的感觉。所以，虽然当时我毫无编舞经验，但这个偶然的机会，让我大胆展开了想象，根据男性的阳刚之美，设计出了动作，没想到还真是起到了作用。

陈：你还建议在舞蹈中安排一个场面，挑选意中人，我太高兴了，这样就有了情节，舞台效果立竿见影。我的长处在动作，在细节，但是在作品的整体结构方面，是不足的，你的设计恰好补充了我的短板。

刘：合作愉快。

二

20世纪70年代的一天。

刘：那一年，我们想对民间自娱自乐的打柴舞有所创新和突破，能够做出一个完整的节目搬上舞台。我们想得很苦。

陈：记得有一天，我们谈着谈着，到吃饭时间，然后一边吃饭，一边把筷子当作竹竿比画着舞蹈的各种动作，饭菜都凉了，孩子和保姆在旁边都看呆了。我们越讲越兴奋，越比画越来劲。

刘：打柴舞的突破，为后来《野营大军过山来》的编创提供了发展空间，特别是编排出了《削竹舞》，以架桥铺路表达了"亲人重走红军路，黎家永做架桥人"的舞蹈主题。

陈：《野营大军过山来》上演后，大受好评。珠江电影制片厂把它拍进《歌舞》影集中，影片导演王为一还夸奖说："你们把竹竿用绝了！"

刘："把竹竿用绝了"的赞叹，在当时一起拍进《南方之舞》影集中的《喜送粮》也是如此。一条黄绸，既当扁担又当粮袋；一顶草笠，是簸箕，是风谷机，也是车轮。

陈：一个脑袋可能想不到那么多，好在我们有两个脑袋互补，也就继续合作愉快了。

三

1979年的一天。

刘：道具可以一物多用，拟人化的手法也可以无限扩充，并在《踩波曲》中得到了实践。

陈：我们是一起到潜水基地去体验生活的，和中国第一代女潜水队员一起，登上小汽艇，迎着朝阳出海，潜到海底采摘麒麟菜。海底世界太让人着迷了，洁白的珊瑚、五彩的热带鱼群在其中穿梭。我设想，海石花由女演员扮演，编成优美的舞段，来衬托女潜水队员踩波逐浪的英姿，我一提议，你马上赞同。

刘：我是为你这个想法叫绝，这也启发了我，结果一想就是大半夜没睡着。

陈：你大半夜地叫醒我，你说既然海石花可以拟人化，碧蓝的海水也可以拟人化，让男演员披上象征海水的轻纱，可以微波荡漾，也可以狂风猛浪，还可以托举潜水队员在海里潜游……

刘：这样一来，海水、海石花都成了动态的舞蹈，给了观众更美好的感受。难怪该舞的作曲看后说："陈翘啊，都成了编舞精了！"

陈：应该说，这个舞蹈是我们合作的产物。

四

70年代的一天。

陈：这次你去苗寨，有收获吗？我们创作组对苗族的关注少了，应尽快创作个性作品。

刘：此行真是大有收获，甚至带来强烈的震撼。苗寨地处群山之中，交通不便，干旱缺水，为了解决困境，他们决定学某地从山腰辟出一条"红旗渠"，引水入寨，从此改善环境，摆脱贫困。我到的时候，正遇上全村青年自觉地攀上峻岭，抢锤砸石，硬是要用土办法把山那边的瀑布引到山这边来，因为山高路窄，他们只能轮流上场，打洞、埋炸药、点火爆破、排出洞里的烟雾，反复进行。我跟了两天班，根本帮不上忙，只能做点送水送饭的后勤。但同时，苗族青年们的英雄形象深深刻在我心中，我产生了要用舞蹈表现他们的欲望，舞蹈名字也想好了，叫《开山歌》。

陈：好啊，《开山歌》，还未见过舞蹈作品，我一听就好像看到苗族汉子的雄姿了。我曾经收集的一个苗族劳动号子"嗡——嘞——呀！"正好用得上，完全可以增强《开山歌》的民族风格和英雄气概。

刘：我连歌词都想好了，"举起大锤把山开，青山当鼓敲起来"，配上你说的这个曲调正合适，把抡锤击石的动作融合在苗族宗教仪式的舞步里，再把高山荡藤的特技运用起来，这个动作在舞台上还没有人用过，最后领舞者踩着人梯，单腿站在人梯最高处，一下一下，不断抡锤，舞蹈在号子声中徐徐落幕。

陈：太好了！这时肯定会响起观众热烈的掌声。

五

1992 年的一天。

陈：我想是时候要搞个潮汕地区的作品了。

刘：应该。

陈：我们虽都是潮州人，但毕竟家乡的文化积淀过于深厚，除了要继续去发现和加深认识外，如何为剧本结构选择生活素材及如何运用传统的艺术形式，必须仔细地推敲。

刘：既然是表现潮汕的历史，肯定要采用潮汕的音乐，如大锣鼓、潮州独有的二弦等。

陈：尤其要选用一些潮剧中的曲牌，包括表现喜怒哀乐的曲调，但不能原封不动地套用，要根据剧情进行改造和提高，让人听起来有新鲜感而又不失古老的韵味。

刘：既然《潮汕赋》是面向海内外潮人，所有唱词对白都应用潮州话，但潮州人听了很顺耳，非潮州人听了就很别扭，真是有利有弊。

陈：利大于弊，如果请著名潮剧演员姚璇秋来领唱，一定会催人泪下。

刘：潮汕的民间游神赛会中，有很多富有风味的形式，可惜大多没有采用价值。

陈：只有少女扛标旗、挑花篮，可以反映潮州姑娘的娇艳和清纯。

刘：充满豪气的英歌舞及象征力争上游的鲤鱼灯就大有用武之地。

陈：小时候，我常趴在大人的背上看潮州戏，一听到那支全世界独有的潮州长号吹响，就知道要开幕了，远近观众就会赶紧聚集过来，这支发出特殊声音的长号是潮州戏班才有的，我们可以用它来做《潮汕赋》开幕的引子，不是很合适吗？

刘：有特点，有气势，更有历史感。

注：两个脑袋的有趣互补，还有许多例子，虽然不会成为锦囊妙计，但零星的集思，对我们来说还是不无裨益的。

2023 年 8 月 10 日

第三章　鞭策记心中

"四台节目"的前前后后

陈　翘　刘选亮　管　琼

管琼（以下简称"管"）：你们二位在南方歌舞团，包括它的前身广东民族歌舞团，工作生活了将近五十年，差不多半个世纪，毫不夸张地说，你们的人生与民族舞蹈、民族艺术是融为一体的。没有舞蹈没有黎族，也就没有你们的艺术成就，这一点已是世人皆知的，特别是在中国的舞蹈艺术界，陈翘、刘选亮的名字已经成为一种象征、一种喻义，它包含着信念与坚守、理想与奋斗，也包含着一个直击人心的大话题：即生命意义的寻找与建立。2008年，《陈翘传》完稿，那一年陈翘老师刚好70岁，刘选亮老师是73岁。写在书籍上的人生暂告一段落，但是现实中的你们却没有画上奋斗的句号。如今这一晃又是15年过去了，在人生的晚境，你们不仅没有停下艺术创作的脚步，没有停止对舞蹈、对艺术、对文化的思考与探索，而且在退休后退而不休，与时俱进，甚至尝试更新舞蹈创作思路，探寻民族舞蹈艺术在新时代发展的更多可能性。歌舞史诗《潮汕赋》、中国共产党建党九十周年晚会的《红色河源》、世界客属恳亲大会的《多彩河源》和大型舞台秀的《桃花水母》，这四台节目就是最好的证明。四台节目题材不同、风格各异，合作形式也是各有特点，时间跨度从1992年到2015年。每一台晚会从确定主题、明确创作思想到最终舞台呈现，甚

至包括其中的舞段设计、音乐风格确定以及歌词创作，你们都亲力亲为。在这十几年间，陈翘老师还经历了两次重大疾病，连续多日高烧不退，几次命悬一线。但是，你们都扛过来了。我很好奇，是一股怎样的信念让你们支撑下来的，还能在舞蹈的道路上，继续向前。步入晚年，还拥有持续不退的创作激情，这背后是什么力量在起作用？这是我非常有兴趣知道的。今天，我们就借这四台节目，一起来谈谈当初的创作缘起，以及创作过程中遇到的问题是如何解决的，是否留有遗憾，以及这几台节目在你们的舞蹈艺术生涯中有着怎样的意义。

刘选亮（以下简称"刘"）：那就从《潮汕赋》开始。

管：《潮汕赋》首演是在1992年，是当年省内第一部以华侨为题材的大型歌舞。《南方日报》刊文称赞"这是一幅由血和泪凝成的历史画卷，是一曲对海上通途开拓者的深情赞歌"。《广东侨报》说它"就像一篇带着作者那浓得化不开的深情的散文诗，深深地打动了观众的心"。在首演地汕头，《潮汕赋》也被认为是一座里程碑，来自方方面面的评价都是极高的。刘老师您和陈翘老师都是潮汕人，这是你们创作的第一部潮汕题材的作品，这台节目的缘起是什么呢？

刘：我们从海南搬来广州以后，总是觉得要做一些事情。广东的地方文化如潮汕文化、客家文化、广府文化，很典型也很有特色。我对潮州音乐的印象一直很好也很深刻。我从小接触潮汕的传统文化，她（陈翘）就更多了，还演过潮剧。当时我们团的上级部门是侨办，侨办要做华侨的艺术作品。我曾参加政府的代表团去马来西亚，接触了很多同乡，他们普遍认为现在只有潮州戏，希望能见到更多不一样的家乡文艺形式。潮州民间艺术很多，比海南丰富，比这边的其他地方都多，它有成型的体系，历史悠久，很多东西比中原的还古老。像白字戏，还有其他一些地方戏，在潮州保留下来了。

陈翘（以下简称"陈"）：潮州的老太婆，她不识字但懂念歌册。

刘：潮汕的传统文化给我们的印象很深刻，是我们生活的源泉，也是我们最熟悉的，不在舞台上呈现很可惜，所以我们下定决心要做点什么。在构思创作的时候，我们选取了很多和华侨有关的元素，侨批、过番、卖猪仔，这些情节本身就构成了潮汕的历史，很有代表性，在这里可以吸收很多民间艺术。当时还不能说《潮汕赋》是舞剧，我们想用人物贯穿始终，把文化遗产、精彩的民间传统都穿插进来，剧本写了好几稿，因为所要表现的题材历史的跨度很长，前后写了八稿才定下来。其中关于作品使用普通话还是潮州话，大家争论了很久，最后决定用潮州话，要演就要演得原汁原味。在文字和歌词上，用潮州话念虽然显得土气，但是当地老百姓能听懂，不懂潮州话的人听起来就觉得不像歌词，这是个矛盾。最终我们克服了这个困难，坚持保留潮州话。当时请了潮州戏的老戏曲家，指导我们编写歌词，指导我们如何押韵。为了做这个节目，我们将整个创作组搬到了汕头。

管：创作组主要是广州的？

刘：就是我们团的，我们把整个创作组都带过去了。我们希望南方歌舞团的业务以后也包括潮汕地区。这次出去的规模很大，时间很长，连续几年参加地方的民间节日，包括各种逢年过节的迎神赛会，拜神、拜佛、拜老爷、拜祖宗，有些我们没有看过也不懂的，这次都看到了，比如说抬老爷去游街，各村各镇都有。但有一个风俗是拖打老爷去洗澡浸池塘，反映了民间老百姓的智慧与幽默。连续几年，身临其境感受潮汕的风土人情，感受鲜活的民间生活气息，这对团里的年轻编导是一个非常好的学习机会。

管：从有想法到开始写剧本花了多长时间？

刘：两三年吧。我们都是带着剧本下去，边采风边修改。实际上，从剧本来讲，它不是一个完整的舞剧结构，我觉得可以叫歌舞史诗，当时就是这么定位的。

管：所以是歌舞史诗《潮汕赋》？

刘：对。当时我们正在办南方少女舞蹈团，所以把南方少女舞蹈团也拉到了汕头，加上南方歌舞团的全部演员，我们在汕头排练。这种集体排练、集体住宿的情况有点像排演《东方红》，一切行动军事化，既很严格也能锻炼队伍。

管：一举多得了。

刘：是的。我们当时在那里，我的家也在那里，我都很少回家，因为排练点在郊区，全部演员都集中排练，是封闭式的。从《东方红》以后就没有哪个团体这样排练了。

管：经费从哪里来？

刘：我们将想法和具体的构思与汕头市委宣传部进行了充分的沟通，家乡的领导非常支持我们，认为歌舞史诗《潮汕赋》对潮汕的社会形象、潮汕文化是次极好的宣传，同时对吃苦耐劳、创造商业奇迹又热爱家乡的海外潮汕人来说，是一次高水平的艺术展示。汕头市委宣传部的态度是最好的支持，虽然没有经费给我们，但是由他们出面跟汕头海洋集团谈投资。汕头海洋集团的老板原是南方歌舞团的演员，回家后开始做生意，后来成立了汕头海洋集团，规模很大。老板有实力，又有来自政府领导的大力支持，就这样解决了经费问题，我们没有了后顾之忧，全团上下全力以赴地进入了创作准备工作中。

管：企业家赞助，是不是有条件？

刘：以前我们的经费很少，要做大项目就要靠外面的力量。这方面我们是有经验的。有一点原则是，我们从来不接受赞助商的无理或非专业的要求，相反他们要听我们的，舞台上的事，我们要怎么做就怎么做，以往合作过的人都觉得我们挺可靠。

管：经费问题解决了，接下来最重要的是剧本的构思，在有限的时间、有限的空间里，你们想表现什么呢？

刘：潮汕地区的对外开放是由来已久的，我们总结提炼出几个阶段：从民间自发到被迫下南洋，再到国家改革开放打开国门，曲折的历程浓缩在几个历史场景中。全剧虽然没有完整的故事情节，但通过对各个特定历史时期中的细节描写，产生撼人的感情波澜。观众不仅从某一主人公的遭遇中产生共鸣和同情，而且从历史的高度、从民族的国家的命运中受到感染和熏陶，激发出了奋发向上的精神力量。

管：《潮汕赋》在艺术表现形式上，有什么特色？

刘：我们吸收了大量潮汕地区民间艺术、民俗风情的素材，除了把著名的英歌舞、鲤鱼灯等搬上舞台，一些民俗活动，比如游神中的游标旗、挑爆竹担以及一些富有地方特色的道具，如尖笠、水布、花篮等，都被有机地融合到歌舞之中，大大地增强了潮汕特色，令观众感到新鲜和亲切。在音乐形式上则大量采用潮州戏曲、弦诗、民歌，并用交响化的方法呈现出浓郁的地方色彩，同时充满新意和美感。

陈：在《潮汕赋》前期创作准备工作中，我花了最多心思在音乐上，对于音乐的风格，我与作曲家的冲突很大。作曲家虽然是潮州人，但是学的是西洋那一套，完全接受不了潮州本土音乐的风格。而我小时候就参加"土改"，后跟潮汕文工团一小部分人被分配到潮州戏班，对潮州音乐、潮州戏是熟悉的，所以在《潮汕赋》的音乐创作方面，有一些曲牌和音乐，我坚持非用不可，作曲家很抗拒，我们就产生了很大的矛盾。

管：您是艺术指导，而且在艺术上从来都是坚持己见的。记得您在70年代创作《胶园晨曲》时，要求音乐要有春天的气息。结果，作曲家半夜三更来您家讨要春天。

陈：（笑）是呀，他说写不出春天的气息。

管：这位作曲家并非不懂潮州音乐，而是他认为潮曲太古老了。您是要原汁原味的潮州音乐吗？

陈：我的要求是从地道的潮州音乐中去发展，并非完全原汁原味，如果完全一样，我用潮州音乐就可以了。我反复强调，必须在潮州音乐的基础上去发展，而且还要让人听出来是潮州音乐。

管：这对音乐家的要求是很高的。您对音乐和舞蹈把控得很严。

陈：很严格的。现在回头来听这个音乐，我都感动得要哭。特别是"一肚目汁一船人"那一段，音乐配合得特别好。音乐写得真棒，比我们的舞蹈编得还好，完全和我想象中的一样。整场音乐听得出来是在潮州音乐的基础上发展出来的，严格遵循潮州戏的标准，使用二弦，每次一听到这里观众都要哭了。那一段音乐听起来很凄凉，而且二弦是潮州戏独有的，声音很震撼，音调比较高、比较尖，有点像京剧里面的京胡，这是全国其他地方没有的，效果非常好。

管：据说现场请了姚璇秋伴唱。

陈：是的，姚璇秋一开口观众都站起来了，大家都很熟悉她，是她的粉丝。歌词写得极有感染力。

刘：歌词的创作吸取了民间歌谣的精华，"一肚目汁一船人，一条水布去过番""昨夜灯花盏上开，开门静待番批来"都是通俗的群众语言，能生动地表现出人物的内心世界。

陈：在潮汕，水布是每个男人都有的，晚上可以铺着睡觉，平时可以拿来洗澡，反正干什么都可以的，百用。潮汕男人就带着这一条水布，什么都没有就过番去了。"南海水迢迢，家乡万里遥"，这句台词用潮州话念出来很押韵，听着也很凄凉，台下的观众感同身受。

管：舞蹈方面呢？

陈：编舞方面参考运用潮州民间元素，比如我们设计的花篮舞，每个人挑一担花，扁担很软，要上下摇晃起来。还有绣花舞，是从潮汕妇女人人必会的绣花中提炼出来的。当时我建议编舞要用潮州戏里的动作，这是我小时候在潮剧班里学戏时，在一个老师傅身上看到的，就是将食指竖起来，左右轻轻摇晃，眼睛随着手指而移动。

管：您的手势、动作，将年轻姑娘的美和娇，表现得充分到位。

陈：那时候每天早上4点起来练功，两手打开保持一个姿势，半小时不准动。这就是科班的训练。所以在《潮汕赋》中我也用了这个动作，并作为主题动作来夸张和强化。《潮汕赋》从英歌舞里提取了一些动作。舞台道具运用了水布，一条水布将舞台分成了海外和家乡，西装革履的华侨在那边，苦苦等待侨批的家乡亲人在这边。装着侨批的大信封，在象征着大海的水布上漂浮着。

管：舞美设计有什么特色？

刘：我们大胆地采用了虚实结合的手法，舞台上既有栩栩如生的红头船昂首岸边，又有极度夸张的大铁链表示着"横空锁国"。具体到表现方法上，舞台上有盲眼奶奶摸锁认子的细节，也有象征时空转换的"鲤鱼跳龙门"。整部作品可以看出我们是借鉴并运用传统的民族民间艺术来为表现现实生活中的重大主题服务。应该说，《潮汕赋》完成了它的艺术使命。

管：歌舞史诗《潮汕赋》完成了它的艺术使命，也成全了二位对家乡父老故土最深切的回望与报答。

陈：是的，我们工作在海南三十年，现在终于圆了几十年的家乡梦。

刘：这台节目在艺术上我们是尽了最大的努力，也达到了预期的效果，同时在对外宣传汕头的形象上，起到了一定的影响，特别是在海外潮汕人中引起了强烈的共鸣。

陈：首演结束时，领导和海外侨领上台，为我们祝贺，还有侨领在演

出谢幕时现场送上厚厚的现金，真诚地感谢我们。我是第一次遇到这样的场面，完全不知道怎么办呢。

管：海外潮汕人的感情是真诚真心的，这也是他们的表达方式。

陈：是的，他们很认真，希望我们改成小型版，到海外演出，我们非常感动。

管：接下来我们说说《多彩河源》，这台节目创作时间是2010年。河源是客家地区，是什么机缘让二位走进了河源？

刘：当时河源要主办世界客属恳亲大会，因为看过《潮汕赋》，对我们印象很深，所以，当时的市长陈建华点名请我们去做一场晚会。

陈：广东三大文化，广府文化、潮汕文化和客家文化，也都是我们计划中要一一去完成的。我们刚搞完熟悉的潮汕文化，准备做客家文化。在世界各地的客家人，有很多杰出的人物，客家人性格中的坚毅忍耐是相当突出的。我们还没有接触过，所以正好借这个机会去深入了解客家人，用我们的舞蹈语言来表达一份尊敬，这是我们的荣幸，也是一份责任。

刘：我们带着创作团队深入地方去走访采风，这一下去就发现了很多好东西。在河源，有中国客家文化的地域性质和特点，有许多突出的历史事件和感人的故事，还有丰富的民俗特色和当地艺术形式。

管：这是你们一以贯之的创作思路，从生活中来，到生活中去，了解民间，了解历史，再精心提取闪光的主题思想，以歌舞艺术的形式展现出来。

刘：在这个过程中我们熟悉了客家的舞蹈和山歌。我们的思路是把客家的好东西都展现出来，给来自世界各国的客属亲人们看。从这个角度出发，我们开始考虑整体结构、写剧本。不是舞剧，是组舞的形式。每段舞蹈之间并没有情节上的联系，都是不同的片段。我们用了客家的围屋来贯穿全场。

陈：后来我们才知道，在台下观众席里有一位客家观众，他是一位很有家乡情结的企业家，在看演出的过程中很感动，也很激动，特别是对节目中的客家山歌非常有共鸣，所以，他当时就产生了和我们合作的想法。几年后，我们真的一起合作了《桃花水母》。

刘：说到客家山歌，演唱者李翔是我们的歌队演员，他的声音条件虽然一般，但他的演唱很有味道，他演唱的客家山歌《夜夜都来对山歌》很有名。

陈：这个歌词很有意思，讲的是有一个老太婆，每天晚上都在唱歌，一个老大爷每天都来和她对山歌。大家很好奇为什么他们两个人关系这么好，原来他们是两公婆。

刘：还有一首是《卖西瓜》，观众很喜欢，是当地的一支民歌，没有被广泛传播，我们这次就选用了。

管：整台节目中，歌舞是合起来的还是分开的？

刘：都有。我们这个是组舞，一个片段一个片段的，每个片段不一定有联系。这是一场大活动，由广东省政府主办，河源市政府承办，是高级别的，由省政府出面审查节目。

陈：省委领导看完演出，说很有特色、很精彩，当时做的节目单很好看，我现在还留着一份，它就像围屋的外形，可以展开。

刘：河源当地人说从来都没有看过这么好的演出。

管：他们觉得好在哪里呢？

刘：他们就是没看过啊。开始我们觉得广场太大了，担心没有那么多观众，结果广场挤得满满的。观众们看了很高兴。这台晚会给我们积累了很多东西，包括举办大型晚会的经验和收集一些客家的素材。采风的时候，我们每走一个县就把他们最好的东西都收集起来。

管：你们一般怎么采风？有当地人做介绍吗？

刘：有向导。给我们带路做介绍，只要他们介绍的地方，我们都会去看看，我们希望看到什么，也会提出来。

陈：当时为了看火龙等到了半夜，那天下雨，我一直陪着他们等，我那时候大病初愈，腿脚也不灵便，团里的那些年轻人都特别感动。当时我和刘选亮不直接接手编舞工作，因为团里有很多年轻人，如谢晓咏、高波、裴华松，我们希望通过这次机会可以培养他们。所以我们两人是甘当人梯了，我们不上手，只是给出一些点子。

管：这台晚会锻炼了年轻人，也牵动了世界各地的客家人的乡情，意义很大。

陈：是可以这么说的，既锻炼了年轻人，又打开了南方歌舞团在河源的影响。最大的收获就是让河源人第一次看到了这么大型、这么好看的晚会。

管：这台晚会成功的主要原因是什么？

陈：我们用到了很多客家文化元素。有代表性的东西都有了。所有的歌舞都是为了表现客家人的多元文化的家乡情结，在这一点上，我们做得很充分。

管：所以成功的因素是抓到了客家文化的核心。

刘：这台节目原本叫《绿色河源》，但因为观众都是来自世界各地的客家人，是世界性的。所以，我们将节目改名为《多彩河源》。

管：这是你们"河源"系列的第一部，第二部就是为庆祝建党90周年创作的《红色河源》。庆祝建党90周年活动是省里的大型活动，为什么会选择在河源呢？

刘：1929年，五（华）兴（宁）龙（川）县级苏维埃政府成立，这是闽粤赣边区建立的第一个县级苏维埃政权，五（华）兴（宁）龙（川）苏区的发展和巩固，在当时对推动中央苏区的发展、壮大做出了重大贡献。因为这些史实，省里决定在河源举办晚会庆祝建党90周年，这是最合适的。又因为《多彩河源》的成功演出，陈建华市长再次找到我们来负责创作，我们自己也很感兴趣。在之前采风的时候，我们就已经了解了很多河源的人民英雄的故事，收集了很多相关的素材，印象最深刻的就是"血染丰碑"。在河源有一块田地，是国民党枪杀共产党人的地点，田地被共产党人的鲜血染红了，当地人叫它"血田"。我们当时就被共产党人宁死不屈的精神感动了。我们还了解到当时的五（华）兴（宁）龙（川）县第一苏维埃小组的7个人中，有两位是河源人，这都是很好的创作素材。所以我们更深入地去了解当时第一苏维埃小组在河源如何活动、如何斗争，例如经河源转移一批香港的文化名人进入内地，这项重要的任务就是由第一苏维埃小组负责完成的，还有其他的重要事件，我们在采风的时候一一了解并整理成了创作素材。

管：你们是如何用艺术的形式将这些故事表现出来的呢？

陈：用舞蹈和朗诵，为"血染丰碑"这些片段加入了伴唱，这些艺术形式结合起来进行演绎，很感人。我们花了很多工夫，在舞台美术和设计上提出了很多要求，要在体育馆演出，需要面积更大的舞台，我们设计了一个旋转舞台，同时也思考该如何运用到节目中去。"血染丰碑"枪决的场景用了旋转舞台，送文化名人过封锁线的场景也用了，还有送儿女参军、打碉堡等一系列场景都用到了。整台晚会用史实来贯穿主题，虽然里面没有主要人物，但每个事件都是有联系的，看起来是很完整的，像史诗一样。

刘：最感人的片段就是敌人枪决烈士的场景，烈士们倒在舞台上，音乐响起，舞台开始旋转，舞台有一个斜面，旋转过来后观众就看到满地的鲜血，演员相继摆出造型定格在那里，有跪拜母亲的造型，有战友手拉手继续革命的造型，表现出一种人亡而革命不止的精神，烈士的形象都塑造

出来了。观众的情绪也都被调动起来，掌声雷动。现场响起了悲壮的歌声。下一幕送文化名人过封锁线的场景，也是用了旋转舞台，舞台变成一个船头，文化名人一个一个登上船头，游击队员在下面保护他们，所有情节都利用到了这个转盘，演出效果很好。

　　管：参加演出有多少人？

　　刘：有几百人，艺校就有100多人，珠海的艺术团来了20多个，花鼓灯山歌剧团也有人来。

　　管：这是一次很好的革命党史教育。

　　刘：是的。武警部队都来参加了，有40多人，演出场面宏大、震撼。我们看了"血田"之后就下决心要把这些历史搬上舞台，我们专门找了撑竿跳的运动员来完成炸碉堡的表演，要把效果做到最好。那个运动员是真的拿着两个炸药包跳上去了，看着很真实。这个节目不是单纯的舞蹈表演，它糅合了舞蹈、伴唱等。我自己看了都热血沸腾。

　　陈：老刘比较擅长舞蹈造型，在《潮汕赋》的过番歌里，有一幕是一个年轻人拜别母亲，他先走到母亲面前跪下，然后站起来转身向前走，母亲亦步亦趋地跟着他，再跪拜别，如此反复三次，三跪三别，观众看完都很感动。我们在《红色河源》里也用了跪姿，效果也是非常好的。

　　刘：就是在"血田"那里，有一个儿子跪别母亲的造型，母亲抱着儿子。

　　管：这个创意特别好。舞台转过来，观众看到共产党人牺牲了但是灵魂不死，精神不死。这就很感人，同时也升华了主题。

　　刘：这些造型很感人。这完全是烈士们的革命精神给了我们启发。

　　管：如果说《多彩河源》是一部歌颂乡情联谊的作品，那么这部《红色河源》歌颂的就是一种大爱了，歌颂的是对党对革命先烈的崇敬和热爱，两台节目都落实到了一个"情"字上。对于共产党的感情，你们二位也是在经历了无数次的磨难后，依旧保持着对党的深厚感情，特别是陈翘老师，从小母亲就告诉您，只有跟着共产党才能有明天，您是深信不疑的。《红色河源》作品里这些为国家为民族献身的共产党人，他们为信仰奋斗的一生跟你们为民族舞蹈事业奋斗的一生，在精神层面是一致的。所以，这台节目的创作过程和最终的演出效果，同样是你们很深刻的体验。

刘：我们一辈子靠的就是坚定不移地以表现当代人民的精神面貌来进行舞蹈艺术创作的，从来没有动摇过。

管：我们接下来再谈谈《桃花水母》。与前两台节目的性质不一样，《桃花水母》是单纯与企业家的合作，可以说是一场与商业旅游相结合的产物。虽然说《潮汕赋》也是由企业家投资，但毕竟由宣传部领导出面，其目的是宣扬潮汕文化，弘扬潮汕人的拼搏精神。

陈：当时有一位企业家，看完歌舞《绿色河源》和《红色河源》后，被舞台上呈现的客家文化深深感动，他觉得河源是一个有故事、有情感的地方，客家人自古流传下来的精神值得今天的人们重新认识。作为商人，他有了一个想法，将舞台艺术与商业旅游相结合，既可以传播民间优秀的文化艺术，又可以带动当地旅游业的发展。他的想法比较大胆，他找到我们并直接表明了态度。当时我们没答应，认为河源地理位置相对偏僻，不可能开发旅游，也担心做不好。不过这位企业家很坚持，一定要搞，而且坚信一定会成功。我们被他的信任和执着感染了，答应试试。

刘：纯商业演出，我们还是第一次，思前想后，也想试试接受新的挑战。既然答应了，就要搞出水平来。还是老办法，我们开始调研，收集素材，在这过程中慢慢找到切入点。其中有两点给我们留下深刻的印象，一是恐龙，二是桃花水母。

陈：河源有很多的恐龙蛋化石，世界上发掘较多、出土较多恐龙蛋的地方就在这里。还有一次，当地旅游局的人拿来一个水杯，里面有透明的东西在游动，他们告诉我那是桃花水母，是万绿湖里特有的一种水母，正是因为万绿湖水质好，所以桃花水母才能生存。我当时就觉得这个素材很有舞蹈价值，在创作《绿色河源》时，我提出编排有河源特色的桃花水母的舞蹈，为此还专门成立创作小组，但是舞蹈效果没有达到我的要求，桃花水母那种透明轻盈的美没有表现出来。所以，《绿色河源》里没有出现桃花水母的形象。到《红色河源》时，我又要求一定要编排桃花水母的舞蹈，希望我们的形象是阳光的、美的，同时还要有河源特色，因为《红色河源》整体的故事情节和人物情绪都是比较惨烈的，所以想要加入一些柔美的东西，我要求将万绿湖结合起来。编舞效果和主题不吻合，和前面的内容又没什么太大的联系，加上编舞不理想，所以再一次失败了。直到这一次要做与旅游相关的题材，我觉得桃花水母放在里面很合适。

刘：在不断更改之后，这台晚会既不像舞剧，也不像其他的既有形式，干脆就叫"秀"，"秀"就可以有很多想象空间。企业家提出，要有河源当地客家人的特色，一定要有客家山歌。客家山歌不是我们创作的，是客家地区自古就有的。这个剧本是虚构的，我们用了几个素材，有恐龙、民间故事中的百花仙女，还有万绿湖的桃花水母。

陈：最终我们决定用桃花水母做主角，为什么呢？就是想让观众产生联想，由桃花水母联想到万绿湖，万绿湖因为生态环境好才能有桃花水母，从而达到一种宣传效果。如果观众接着往下联想，就会联想到万绿湖在河源，河源为了保护生态环境、保证优质水源，坚持多年不搞大工业，拒绝任何有污染的工业。我们用"桃花水母"命名，就是想让大家不断联想、不断追问，把河源这种舍小家为大家的精神弘扬出去，同时在社会上多宣传河源，让更多的人知道美丽的河源。

管：桃花水母和剧情有着怎样的关系呢？

陈：剧情也是很有意思的。恐龙王子喜欢上了美丽的桃花水母，但他长得太丑陋。百花仙子让恐龙王子去红颜洞转转运。万绿湖有个神奇的红颜洞，传说不论长得多丑的人只要进去，出来都会变漂亮。我们利用这个传说，让丑陋的恐龙王子进入红颜洞，恐龙王子出来后果然变成了英俊小伙，后来桃花水母和恐龙王子在一起了。这个节目最大的创意在于舞台美术，半个舞台都是水，用投射灯光使舞台形成水上水下的意境，让舞台效果更加精彩。我们还用上了很新的道具，当时没有人用过，就是现在孩子们玩的一种能自动前进的踏板车，百花仙子出场就有飘然而来的仙人的感觉。

刘：我们在演出最后，设计了一个很有意思的环节。演出结束的同时，写有百家姓的灯笼在观众席上缓缓升起，演员们给观众们派送桃花水母玩具。

陈：可惜时间太赶了，节目中的很多细节没落实就要求上演了，我都没看过现场，因为剧场是新盖的，油漆味太大，我刚生了场大病，闻不得那个味道，我没进去。

刘：我也没有进去，他们在里面演，我们在外面等。

陈：因为受到太多限制了，就算有不满意的地方也没办法，没有修改的余地。我们就只能在剧本上做到精益求精。

管：你们是随着时代的变化，逐渐发展到和商业资本合作了。很多时候艺术就由不得你们精雕细琢，达到完美。

刘：按照我们的要求，有一些舞台上的试验还是很成功的。比如水上和水下，效果做出来了，舞台令人惊艳，这种设计还从来没有人用过。

管：怎么就弄成了水上和水下？

刘：用一个悬空的竹排给观众造成一种错觉。竹排上面就是水上，下面就是水下。"水"是用灯光和道具打出来的。竹排在水平面上横着出来，恐龙王子划着竹排出场，桃花水母在水下，两个人就在水上和水下一起跳舞。场景很唯美，但是因为时间太紧来不及编排舞蹈，只能口头要求让杂技演员先自行发挥。观看效果是很好的，但是没有时间让我们在舞蹈排练上发挥，这是一个极大的遗憾。

管：对这台《桃花水母》，你们的评价是什么？

陈：有遗憾，我觉得如果能全部都按照我们的设想来，肯定可以做得更好。

管：局限在哪里？

刘：时间。

管：还是资本方说了算。

陈：是的。一个时间，一个投资，都把我们卡住了。

刘：如果按照我们的进度，就绝对赶不上那个时间演出。我们还需要更多次的彩排和更改，但是投资方不同意。他们请来了总管，基本上他说了算的。

管：完全是市场化运作。

刘：对，他说不能再拖了，再拖就要亏本了。

陈：我们在"红颜洞"片段的表演准备了很多内容，希望和观众有互动，但是最后什么都没有，因为他们要控制演出时间，节约成本。

刘：在我们的创作生涯里，这个节目是最有探索性的，我们耗费了大量的时间和心血。但是很遗憾，舞台效果没有完全达到我们的预期。

管：就当是做了一次尝试。

陈：这个节目需要更多的时间与舞美灯光磨合，什么都来不及，只要能照明就演出了。

管：从完成上级领导、政府的文艺工作任务到和投资方合作，直接进入商业资本市场，艺术家也要改变许多，以适应新的形势，服从市场，只能委屈了。

刘：从另一个角度来讲，这个剧本是成功的，它让投资方赚到了钱，每一场都是有很多观众的。一共演了100多场。

管：演了100多场也算没有辜负你们的心血。

陈：不过也算很好了，毕竟在全国也没有哪个投资方，为了一个剧本投资一亿多元建造剧场。

刘：这个剧场在建设的时候就征求我们的意见，我们提出的要求都达到了。

管：那是很特殊的待遇了。

陈：是的，企业家为了我们这个剧本专门建造了剧场，这件事还是让人很感动的。当然，现在这个建筑也成了当地的地标性建筑。我们的剧本是很好的，对发展旅游有很大的帮助，希望它能被传承下去，继续发光发热。

2023年8月20日

（本文录音整理宋紫姣）

离开生活我无法创作

陈翘　管琼

管琼（以下简称"管"）：在您的舞蹈创作过程中，人民是您表现的主角，人民也是您心目中的观众。1949年以来，中国的发展道路并非一帆风顺，中间也是曲曲折折，您个人经历了动荡，有荣誉加身的时候，也有迷茫无助的时候。是什么力量让您对舞蹈不离不弃？

陈翘（以下简称"陈"）：在我10岁的时候，或者更早的时候，我就知道我要跳舞，为了跳舞离开家乡去完全不了解的陌生的海南岛，可以为了长久地留在舞蹈世界里自学编导。为了歌颂时代和人民，我愿意付出毕生之力，没有任何理由。

管：理由就是因为热爱，从热爱到责任。

陈：跟我同时代的舞蹈家，受中国共产党的培养教育，从20世纪50年代到现在，我们用作品说话，完成了我们的时代使命，包括中华人民共和国成立后的欢欣鼓舞，这种欣欣向荣的生活，全国的舞蹈编导都在用作品反映时代、追随时代，我个人的作品放在他们中间只是沧海一粟。所以说我们无愧于那个时代。可是，改革开放以后，中国人民富有了，我们从羡慕别人到慢慢自信起来，我们用舞蹈表现，现在还很少见，尤其是反映改革开放以后的时代精神。

管：在舞蹈艺术门类里，您觉得对时代缺乏足够的反映。

陈：缺乏足够的反映。比如广东的改革开放题材，广东是改革开放的排头兵，广东人是第一个摸着石头过河的人，是第一个敢吃螃蟹的人，也是最先富起来的。我觉得这方面作品偏少，我讲的不是文学，是舞蹈。

当然舞蹈完成不了那么重大的任务，但是从侧面，抓住改革开放的精神面貌来表现，这些都应该有。

管："岭南舞蹈"概念的提出，也是源于这个思考吧？

陈：我是有这个意思，但是我更多的考虑是，为什么有岭南音乐，有岭南画派，没有岭南舞蹈？同样生活在岭南文化氛围里，所以我觉得这一步一定要迈出去，你不迈谁来迈，你不迈以后不一定有人迈，或者有人再迈也慢了，至少比我慢，比我晚。而且不管是"岭南舞蹈"也好"岭南舞派"也好，都要通过积累。一个人做，一群人做，一代人做，一代一代的人在继续在坚持，将来自然就会形成一个派别。我现在不敢提"岭南舞派"，我提的是"岭南舞蹈"。什么叫"岭南舞蹈"，我当时也是想得很简单，岭南的民族民间舞蹈，岭南的民俗风情，岭南的时代精神风貌，岭南人在改革开放中的时代精神，是他们的作为、他们的自豪。岭南舞蹈大赛到现在已是第五届，十几年的时间已经形成了一个模样。最近舞协还举行了一场岭南舞蹈精品的展演，我看了以后很开心。还有关于岭南舞蹈理论的补充，广东舞校在做了，华南师范大学也创办了岭南舞蹈网站。大家都在一点一点做，坚持下去，岭南舞蹈的特色就会越来越突出。

管：岭南的地理风貌、风土人情、饮食习惯等与北方地区都不一样。

陈：岭南人的感情表达跟北方人不同，我们是比较温和的。比如说，我经常讲潮州戏，因为我学过潮州戏，我在潮州待了一年多，从早上四点钟就起来练功，后来我们也专门学过京剧里的动作，那是不一样的，潮州戏里的动作是很细致的，现在有些雷同了，这就麻烦了。舞蹈也是这样，南北方的差异，需要很多有识之士、有心的人来共同研究。

管：真正沉下来慢慢地研究。实际上您所有的初心使命，都是因为生在这块土地上，要表现这里的人民的情感，表现他们的喜怒哀乐。还是一句话，艺术作品从生活中来，为人民服务。这么多年以来，您这个宗旨从来不变，从个人创作到后来领导广东舞蹈界，进行探索、研究，我觉得为人民创作的初心是一以贯之的。

陈：是的，离开生活我就无法创作。提出"岭南舞蹈"这个概念，我只是开了一个头，后面的路还很长。但是我认为很应该、很值得。

管：好在广东舞蹈界这些年轻的后辈们也意识到了这个使命。

陈：我经常跟年轻人说，你们要靠自己的特点，提高竞争力，只有你有别人没有的时候，你的作品才有竞争力。这是我一辈子的追求方向，我的作品都是追求唯我独有。以前每次出国我都要跳打竹竿舞，因为全世界只有菲律宾和越南以及海南有打竹竿舞。我们努力加强它的艺术性、技术性，变换着各种不同的打法，完全有别于他们，又优于他们，所以每次这个节目压轴的时候，都会轰动全场。

管：您讲到把打竹竿舞带出去，因为别人没有的我有，说到根本就是我们自己的自信，文化的自信。

陈：很多年前，我在一个电台做一个采访节目谈到民族文化时，我说，一个不重视民族文化的政府是没有文化的政府，一个不懂得尊重民族文化的国家是没有自尊且被人瞧不起的国家。这句话被媒体放大到报纸上，引起了非常大的反响。

管：您知道芭蕾舞团与交响乐团，在您看来，学习西方的艺术是需要的。但是更加重要的是，发展我们自己民族的艺术，传承我们自己民族的文化。应该说，改革开放初期，国门打开，在大量西方潮流涌进来时，我们对自己本土的民族文化，或多或少是忽略的甚至是轻视的。

陈：所以，我才会大声疾呼，希望政府大力支持我们的民族文化、民族艺术，也希望我们的艺术家可以洋为中用，创作出更多、更新的反映中华文化的作品。

管：文化自信的前提是对民族传统文化的认识与了解，只有真正理解了其价值所在，才会带来民族自信与民族自豪。

陈：中国目前是世界第二大经济体，我们有实力了，更要迫切地关注到中华文化，我们的优秀文化可以输出到世界各地，因为，这是全人类的精神财富。

管：您是如何看待新时代的新的舞蹈艺术形式的？

陈：我不反对西方各种艺术形式流入我们国家，我们可以借鉴和丰富我们的文化生活。但是我们的艺术家一定不要丧失了自己，不要以为跟着别人走就是与国际接轨，接轨不是没有了自己，应该是强化了我们自己。

管：文化自信的同时，不能忘记民族是我们的根，这句话是您当时说的。

陈：对，我讲得很短，但是这句话引起了强烈的共鸣。

2017 年 12 月

附录：

理想：建一个民族民间歌舞基地

龙迎春

2010年7月6日，由广东省委宣传部、广东省文联、广东省文化厅、中国舞蹈家协会主办，广东省舞蹈家协会和南方歌舞团承办，为著名舞蹈家陈翘举办的"从艺60周年"系列活动在广州举行，来自海内外上百名舞蹈界的老中青艺术家分享了陈翘的艺术成就和她的人生点滴。

本报记者特地走访了这位老艺术家，72岁的陈翘依然活力四射。她心中始终有一个信念，要为中国的民族民间舞蹈争得一席重要之位，"我怕的就是我们这一代人倒了，没有人再呐喊了"。

一、成就："黎族舞蹈之母"

记者：跟了您一整天的活动，听到那么多人对您的评价，很感动。如果没有您，黎族的舞蹈就不会成为舞台艺术。

陈翘：20世纪50年代初，黎族舞蹈多次上京和在国外演出，使得这个少数民族备受瞩目。1979年的天安门国庆游行方阵上，《喜送粮》方阵大放异彩，黎族人都十分自豪，这是他们的荣誉。"三月三"原本只是黎族的一个分支美孚黎大型活动的节日，后来黎族人向政府申请，从此"三月三"成为整个海南黎族的民族节日。在早期，我编导的黎族舞蹈多次走出国门，《草笠舞》还获得了金质奖章。黎族的头人王越丰为此要将我吸收进黎族，但我没有同意，因为我知道，这样做对我热爱的民族不利，他们需要有自己民族的舞蹈家。

记者：舞蹈界的人都称您为"黎族舞蹈之母"。

陈翘：有一句话，你一定要替我写上，他们称我为"黎族舞蹈之母"，我承受不起，因为黎族舞蹈的母亲是黎族人民，而我做的只是传承和发展黎族舞蹈，如果能认可我为"五指山的女儿"，我将感到莫大的荣幸。

二、理想：建一个民族民间歌舞基地

记者：广州芭蕾舞团团长张丹丹说您有着深厚的民族责任感，有话就说，她一度也觉得，您是因为有成就、有作品，所以可以站着说话不腰疼。

陈翘：我的性格就是有话直说，所以得罪了一些人，我走到哪里就吼到哪里，说政府一定要向民族的东西倾斜。很多人认为我反对芭蕾舞、反对交响乐，其实不是的。芭蕾舞、交响乐是西方的东西，作为一个世界强国，你有我有，还能在世界获奖，展示一个泱泱大国的实力。但人家这些文化艺术已经有几百年的历史了，而中国民族民间舞蹈艺术，是新中国成立后才由文艺工作者创作、积累起来的，短短几十年取得的成就已令外国人望尘莫及。只有民族性的东西，才是"我有你无"的，这是需要国家扶持的。我经常说，中国的民族舞蹈艺术什么时候才算强大了呢，不是我们的芭蕾舞团、我们的交响乐团跟外国编导指挥学习一出舞剧、一部交响乐作品，而是外国成立了一个中华民族民间歌舞团，来中国学中国的民族舞蹈，那时中国的民族舞蹈艺术才是真正的强大了。

记者：您其实不保守，而是坚信只有民族的东西才能立于世界之林。

陈翘：我曾经带着我们的民族歌舞团跑了几十个国家，看到外国人对我们的服饰、舞蹈和文化发自内心的赞叹。有一年，我带着歌舞团的姑娘们去意大利参加艺术节，当地市长要来参加晚宴，我特地让歌舞团的姑娘们全部穿上旗袍，把她们最漂亮的珠宝都戴上，当舞蹈团的十多个身材高挑的姑娘齐齐亮相的时候，全场响起了长时间的掌声，艺术节组委会当即决定，第二天的开幕式由漂亮的中国姑娘主持，取代了原先安排的意大利姑娘。后来到法国，跳竹竿舞，外国人被我们在竹竿上精湛的动作变化和舞蹈跳跃惊呆了。他们把我们留下的竹竿锯成一小段一小段的，然后请歌舞团的姑娘们在上面签名，说要当成来自中国的艺术品挂在墙上留念。但在国内，迎接我们的不是鲜花，不是掌声，我们被认为是"土里土气"的，这是多么大的反差啊！

记者：工作了一辈子，您现在最希望的是什么？

陈翘：建一个民族民间歌舞基地。南方歌舞团有一块政府拨给我们的土地，搁置了很多年，因为我们没钱，团里连个剧场都盖不起，一排大型节目就要去外面租剧场。我希望在我的有生之年，这块土地上能盖起一座民族民间歌舞发展中心，一层是剧场，上面有不同民族的展览厅，我要将边远贫困地区的民族歌舞团都邀请到广州来，给民族歌舞一个演出的平台。我希望这里能成为长江以南民族民间舞蹈文化的推广中心，让边远地区都能感受到广东强烈的文化氛围，成为对外展示的窗口。这么多年来，我一直在呼喊，却一直没有回答我的声音。我也想过民间融资，但我做了多少年领导，就做了多少年的"乞丐"。我寄希望于政府，在建文化强省的当下，我希望有关部门能再次聆听到我的声音。

《广州日报》2010 年 7 月 12 日

广东舞蹈《喜送粮》惊艳春晚
——创作者陈翘讲述台前幕后的故事

陈祥蕉　黄建凯

在2007年中央电视台春节联欢晚会上，有一个节目引起了羊城观众的注意——南方歌舞团的黎族舞蹈《喜送粮》。这个舞蹈是歌舞重头戏《欢乐和谐·四季风》的重要组成部分。姑娘们独特的舞蹈语言和极具民族特色的服装，成为春晚歌舞节目的一个亮点。据业界人士介绍，除广州军区战士歌舞团军队系统的演出团体，广东还没有节目上过春晚。昨日，记者采访了该舞蹈的创作者、广东省舞蹈家协会原主席、"黎族舞蹈之母"陈翘。

一、村里人觉得特别亲切

记者（以下简称"记"）：看到自己创作的《喜送粮》在春晚上亮相，您有什么感受？

陈翘（以下简称"翘"）：当然是非常高兴的，因为广东一直没有什么作品上过春晚。遗憾也是有一点的，我原来排的时候是突出群舞的特点，送粮的男司机最后才出现。然而春晚导演组进行了一些改动，司机一开始就出来了，"挡住"了后面的年轻姑娘们，从视觉上来说太过抢眼。另外，他们把服装也改了，加强了民族舞的感觉。但不管怎样，春晚能够将这些经典的民族舞蹈再现出来，我还是很高兴的。

记：春晚之后，您收到什么反馈？

陈：收到几十个电话，基本上都是熟悉我的人打来表示祝贺的。其中一个比较特别，是我家的小保姆从老家打来的。她回家过年了。她说，他们村里人看了我们这个节目，觉得特别亲切，因为里面有挑谷、簸谷这

些反映农村生活的场景。

记：《喜送粮》是您20世纪70年代的作品，为什么会进入今年春晚的视野？

陈：听说有关领导希望今年春晚有几支经典的民族舞蹈，所以导演组就从经典的民族舞中选了几支，做成一个舞蹈串烧。《喜送粮》是其中之一。这个节目原来是有七八分钟的，现在压缩到1分15秒，主要表演几个中心舞段。别人都跟我说，能够在春晚露个脸不容易，我觉得我们的节目能够从那么多的经典中被选出来，确实很不容易。节目出来的时候，屏幕上打出了我们的名字——南方歌舞团，我很开心。

二、当年跳到扁担都折了

记：据说这个作品一出来就非常轰动？

陈：是啊！这个作品是在"文革"后期创作出来的，那时候大家已经没有什么节目跳了。我当时被下放到"干校"，后来被调回来准备全省的会演，就搞了这一个舞蹈。《喜送粮》一出来就被总政歌舞团带出国去表演，去了前南斯拉夫和日本，当时是请我去帮他们排舞的。在国内几乎每个省市都在学，学到很多人一见到我就唱《喜送粮》的音乐，真的是太普及了。这个舞蹈，专业的在跳，业余的也在跳。当时我就说，全国舞蹈团的"扁担"都给跳折了。

记：歌舞团因这个舞蹈名声大振？

陈：并没有很明显，但是黎族舞蹈又有了一个属于自己的代表作，新中国成立30周年国庆，由《喜送粮》的服装和舞步组成的方阵游行经过天安门，其他的方阵都是大民族舞，黎族是小民族，但是我们的服装特别漂亮，黑白上衣、红裙子、黄绸缎，颜色非常鲜艳。还有一年全国文艺会演，我听见有观众在议论，说海南没有节目就算了，怎么还来跳总政歌舞团的《喜送粮》。他们不知道这是我们原创的，这也说明这个节目多么深入人心。当时很少人表演民族民间舞蹈，只有我们在做。所以这个作品就像给文艺界吹来了一股清风。那时候不敢署我的名字，因为强调集体创作。但一拿到北京去演，熟悉我的老艺术家都说，肯定是陈翘的作品，因为个性很突出。

三、民族舞让外国人惊奇

记：现在民族民间歌舞比较火，比如《云南映象》《多彩贵州风》。

陈：是的，这几年是比较火，但还不够。我认为这一类艺术应该成为主流，有些艺术是"你有我有"，而有些艺术是"我有你没有"。你有现代舞、芭蕾舞，我也有，这就是"你有我有"。可是"我有你没有"那才是真正了不起。他们没有的就是我们民族的东西。我有二胡，你没有；我有民族舞蹈，你不会，你就得来跟我学，你就该来拜我为师。对于高雅艺术，当然要培养观众去欣赏，但很多人对我们这种民族的东西却没有这种热忱。

记：听说你们在国外演出很受欢迎？

陈：对。我们每次出国表演，都有一大帮外国人追星似的跟着我们。我们去法国跳竹竿舞，法国观众很惊奇：几根竹竿竟然能跳出这么好看的舞蹈！走的时候嫌太重，我们把竹竿扔掉。结果法国观众把它们捡起来，锯成一段一段的，拿给我们签名。我们跳《草笠舞》的草笠他们也想买，我们说，这是我们跳舞的道具，多少钱也不能卖。他们问能不能借他们戴一戴。可见他们很喜欢我们的民族民间舞蹈。

《南方日报》2007年2月21日

民族舞蹈的振兴

张　雪

张雪（以下简称"张"）：您作为广东省舞蹈家协会主席，请您谈谈在当前改革开放形势下广东民族舞蹈发展的方向。

陈翘（以下简称"陈"）：一般人认为民族舞蹈就是少数民族舞蹈，这个概念不完整。中国是一个包括汉民族在内由56个民族组成的大家庭，所以从广义来说，表现中华民族的精神、风格的舞蹈才能叫作中国的民族舞蹈，它包含民间舞蹈和少数民族舞蹈的多种因素，也概括了中华民族过去和现在的精神风貌及舞蹈语汇中的民族性格和特征。

在广东少数民族并不多，如连南的瑶族、壮族，潮州的畲族等。但民间舞蹈是有不少的，如潮州的英歌舞、韶关的采茶舞、陆丰的钱鼓舞和佛山的广场艺术、秋色、飘色，至于舞龙、舞狮、舞鲤鱼等更是流行于省内很多地方。

中国的民族舞蹈必须表现出中华民族的精神。广东发展自己的舞蹈，应该带有广东的特色，即岭南风貌的特点。要创作出具有岭南风貌的舞蹈，其中应对广东的历史文化风俗有深切的了解。广东走在改革开放的前沿，怎样才能代表广东的风貌，代表岭南的特色，在我省系统地形成具有广东特色的"岭南舞派"，是当前广东舞蹈工作者面临的历史性使命。要完成这一任务除了要求编导者有较深厚的功力和素养外，还要深入生活，理解生活，了解广东的历史沿革，感受时代的脉搏，把握住广东人民在改革开放中的喜怒哀乐，才能创造出无愧于时代的优秀作品。

张：这几年来，文化艺术进入市场已既成事实，而民族舞蹈在文化市场中的位置又是如何呢？

陈：目前民族舞蹈在国内演出市场卖座率不高，我想应该有多方面的原因。其中演出的民族舞蹈作品没有出新，缺乏创造性，未能吸引更多的观众。同时，观众的思想意识上的某种倾向，也有很大的关系。我到过许多国家演出，看到当地的群众对自己本民族舞蹈很有感情。当舞台上出现自己民族的舞蹈时，台下的观众就会报以热烈的掌声和欢呼声。我想这就是民族自尊心和民族情感的表现。我认为如果缺乏民族自尊心和民族情感，就会与自己民族的艺术有距离，不认为自己民族的艺术应该珍惜。所以我们应该花大力气来培养人们对民族艺术的感情。当然，只有不断拿出富有感染力的高水平的作品，才能吸引住观众，从而逐步提高观众的鉴赏能力和欣赏水平。

要发展和振兴民族舞蹈，非常需要实业界的大力支持和合作。当前的情况是，某些企业热衷于赞助流行歌曲的演出，舆论界也是或多或少地支持"追星"，而对在发展民族文化中具有战略意义的振兴民族舞蹈问题，却缺少情感和兴趣，这是非常遗憾的。当然，要使民族舞蹈在演出市场取得成功，主要有赖于民族舞蹈本身的努力，但也与社会各界出于民族情感的支持是分不开的。

张：民族舞蹈应如何吸收现代艺术呢？

陈：民族舞蹈应该吸收外来文化的精粹，但是必须融进创作中去，而不要留下痕迹。舞蹈的语言是靠动作，如果让观众感觉到这个动作是芭蕾舞、这个动作是现代舞，这本身就不是创作，至少不是成功的作品。我一直在舞蹈创作研讨会上强调，年轻的编导要积极创作民族舞蹈，走别人没有走过的路子，创造出别人没有的舞蹈语汇，这才是民族舞蹈得以继续发展的关键所在。

《广州日报》1994年2月1日

第四章　感恩与怀念

永远的师长贾作光

陈　翘

　　他是一团永远燃烧着的火，在祖国各地都留下了他激情似火的舞姿，感染着千万的观众。他那开拓式的创作民族舞蹈的精神和成就，影响着几代舞人的艺术人生，他就是我们熟悉爱戴的贾作光老师。

　　老爷子、祖师爷、老大哥，这都是舞界对他的昵称，但我更愿叫他贾老师。我虽不是他的直系学生，但从他那里得到的教诲铭记终生。他写给我的充满着一位师长的关怀和爱护的信件，我一直珍藏着。

　　1962年，我为中国代表团出国演出排练《草笠舞》，当天审查节目后，中央有关领导和专家（不知贾老师是否在场）开会，我们等在会议室外面，如果审查通过，我第二天就可以回海南了，宣布结果却大出意外，原定为演出节目的《草笠舞》代替《走雨》成了正式参赛节目。于是，我也就留下来继续排练了。有一天，贾老师来指导排练，他热情地对我说："《草笠舞》很有特色，你创作的抬起腿、脚丫子一踹一踹的动作很有特点啊。"几年后见面时，他还做起了这个踹脚的动作，并风趣地说："你一踹就踹出了个世界金质奖章来。"作为一代宗师的贾老师这样风趣的评语，对我这个扎根于五指山坚持民族舞蹈创作的后辈来说，无疑是一种鼓励和鞭策，更坚定了我到生活中去捕捉、创作本民族特色舞蹈语言的决心和努力。

　　1990年，广东省有关方面举办我从艺40周年活动，我收到贾老师给我和选亮的信："老妹子办四十周年，我怎能不来祝贺？写上一篇拙文，说上几句大实话，表示对老妹子的一片赤诚。我们真挚的友谊不会被任何东西干扰，我永远把你们刻在心坎上。"更使我感动的是，他不但在百忙中亲自来了，还带来了演出服，亲自化妆上台表演他的独舞《鱼舞》。在我的作品晚会中，他精彩生动的表演，成了一道特别的风景线，给人们留下了深刻的印象。前不久他告诉我，这是在全国舞蹈界许多个人举办的活动中唯一一次他亲自上台正式化妆表演表示祝贺。这份殊荣唯我独得，终生难忘。去年我举办从艺60周年活动，贾老师又前来祝贺。啊，近半个世纪的师生情谊啊！

贾老师待人热情、爽直，从不掩饰他的真情，前些年我重病住院，他来看我，老远就听到他大声说："老妹子呀，你怎么什么病都不得，偏偏得了个绝症呀！"同来的人暗示他别这样说，但我理解他，也很感动。这是对我痛切、关心的真情流露，虽说他来看生病的我，反倒是我想法子安慰了他半天。

毕生献身于民族舞蹈事业、成就辉煌、才华横溢、激情奔放的贾老师，永远是我学习的榜样，我从心底里祝福他健康、长寿，祝我们师生之谊长存！

1985年

我的挚友、偶像资华筠

陈　翘

　　20世纪50年代，由于我创作的舞蹈《三月三》被中央歌舞团选中，将去日本演出，又参加了莫斯科第六届世界青年与学生联欢节的演出，他们请我去北京给出国艺术团排练，使我争取到在中央歌舞团随团学习的机会，这在50年代是唯一的学习、提高业务的途径，多么难得的机遇，我十分珍惜。除参加低班的基训外，我也学他们上演的《十大姐》《花伞》等节目，但最享受的是到演员班看基训。

　　记得我第一次有机会坐在角落里看课时，一位身材修长、面容端庄的演员跃入眼帘，资华筠那与众不同的气质深深地吸引着我，当轮到她做劈叉、倒踢紫金冠大跳时，两条修长的腿、极好的柔韧力度，那一刻她成了我的偶像。因为她在演员班的基训课上最为突出，也最吸引眼球，我经常等在演员下课的门口，为了可以近距离看她一眼。这时的她，对我们这些来自各省基层的随团学习演员，总是礼节性地点头微笑，在这微笑点头中我感受到她那与生俱来的骨子里的高傲。难怪她们团里人常议论她的"高傲"，背地里称她为"骄傲的公主"。我却常在心里为她辩护，有本事才能骄傲，要不你试试看，你能像她那样表演"孔雀""白荷""飞天"吗？

　　舞蹈演员常被贬为"四肢发达、头脑简单"，不能否认，选择了舞蹈这门既美又痛苦的事业，舞者都要从十一二岁的小小年纪开始训练，在不太讲文凭的二十世纪五六十年代，往往更注重专业方面的成就，所以也形成了一支文化水平偏低的舞蹈队伍，我是其中的一员。一直以来，我十分崇拜有文化、能挥洒自如地写文章的人，特别是当我在舞坛上渐渐成熟时，更感文化底蕴的不足。看到舞蹈界的许多现象以及创作上的迷茫，我苦于无能力写出理论性的文章来表达。但我的偶像资华筠却能敏锐地一针见血地抨击不良的"舞八股"，在舞蹈界引起震动，文章把我郁闷于心的话说了出来，我像吸了一股清新空气似的痛快。又比如某"文化名人"评论"中国舞蹈大都是皮相敷衍，与国际的现代舞接通了血脉，才能直逼生命的本真"，还认为"舒巧是追随台湾林怀民之后而获得进步"。对这些看法我很反感，但却无反驳能力，资华筠却能写下十分中肯的文章予以反驳。

资华筠也是从小练舞，仅有初中文凭，二十世纪五六十年代已是中央歌舞团的主要演员，在许多光环和鲜花簇拥中仍保持着清醒，自觉地到北京师范大学中文系进修，后来又刻苦勤奋地学习英语。如今，她出国讲学不用翻译，在世界论坛用英语发言。经过多年的修炼，她著书立说，写出了几百万字的文章，是舞蹈界唯一享有双项正高职称的国家一级演员、研究员，也是表演艺术家唯一获得博士生导师资格的。她带出的博士生（于平、冯双白、罗斌、明文军等）都是舞蹈界的领军人物。我从心底里佩服这个同年代的偶像！由于艺术上和做人做事上的看法一致，我们成了无所不谈的挚友，同时也是能够相互提意见的诤友。一次舞代会期间，我们促膝谈心，谈及我俩共有的毛病"得理不让人"时，她说了句："看来你比我处理得好些。"谁说她傲慢、不虚心，其实她时时在反省、提醒自己要尽量做到平和待人。而凡是与她接触较多的人，尤其像我这样与她深交的人，都真切地感受到她是个极具侠义心肠的舞侠，最爱打抱不平、为民请命。朋友有困难找到她，她可以两肋插刀。跟她在一起，常说的话题是"某某的才华没有得到充分发挥""某某的职称应该呼吁一下"，甚至与她并无交情的人求她帮忙解困，她也为之奔波。一次，我说起很想到某地看看，她立即拿起电话和相关的朋友联系，细枝末节交代得清清楚楚。对方的接待非常周到细心，有如她亲临现场一样。从中看出她与朋友都是真心交往，关键时刻显真情。

我大病中，她是第一个帮忙"问医寻药"的。这次我举办从艺 60 周年活动，希望她能参加，又怕她身体不好来不了，但她却说："你的人生大事，爬也要爬来。"大会发言时，她的第一句话"我的挚友陈翘"，使在场的人为之动容。

我为我俩近一甲子的友谊而骄傲，为有这样一位美丽、风韵依然的学者做挚友、偶像而自豪！由衷祝福资华筠健康长寿！保重！再保重！

2010 年

文章收录于《甲子归哺——资华筠舞蹈艺术生涯 60 年纪念文集》

永远难忘的长辈领导

陈 翘

　　第一次见到陈越平同志，是因时任广东省委宣传部文艺处的谭德莉无意中听到我向老首长诉说，我们托管给海南的广东民族歌舞团（南方歌舞团前身）在"文革"后一夜间走了30多个骨干，无钱交电费，团里被停水停电，排练厅地板塌陷，濒临解体的境况。而战友歌舞团、总政部队艺术学院、东方歌舞团，还有新成立的北京市歌舞团都在争取调我们夫妻俩过去，当时我们自己正处于北上京城或出国两条路的选择，没想到热心的她马上向陈部长汇报，并通知我第二天见面。当天陈越平部长站在他的办公室门口迎接我，我说："以往只在报纸上读到您，今天总算见到了真人。"他哈哈大笑："果然是艺术家，讲话也不一样。"他的平易近人，安抚了我忐忑不安的心情，于是，我一股脑把多年来团里堆积的问题向他倾诉了几个小时。这一次见面奠定了我以后见到他无话不说的基础。

　　广东民族歌舞团搬迁至广州这一巨大、艰难的工程中，陈部长是最大的支持者和起着最关键的作用。当北京一位领导带着我去见北京军区政治部主任时，没想到我表态不想去北京，更不愿放弃长期从事的民族舞蹈创作而参军，也不想出国。主任很惊讶地问："你有什么想法？"我把一直在思考的想法说了出来："想把广东省托管海南的团搬去广州。"主任沉默一会儿，说："我很理解，但有相当难度。"他表示愿意帮助我，要我找刘田夫省长，就说是他介绍我去找他的。刘省长听我陈述后态度非常明确：一不能调北京，二不能出国，把团搬迁广州十分支持，但他说他只有一票，要我去说服其他几位常委。这时我首先想到应向陈部长汇报这件事，他本就十分同情我在海南的处境,听到刘省长的意见后很高兴,并出主意:首先找主管文教的常务副省长黄静波,还有常委尹林平,他说"应彬常委的工作我来做"。至于搬团的报告由他和田蔚副部长研究起草。

说起田蔚副部长,她也是我要深深感恩的一位好领导,她知道当时我已经有好几个作品分别被各中央团体带出国演出,有的还参加过世界比赛并获金奖,但我本人却因出身,一直是内控人物,别说出国,连到西沙体验生活都没资格,得由他人去采风回来告诉我才能创作。当时适逢香港举办亚洲第八届艺术节,田蔚同志决定派广东"五人小组"舞蹈家前去观摩,其中就有还在海南的我们夫妇俩。这次我们终于有机会跨过罗湖桥。

得到陈部长的具体意见后,我分别去找黄静波副省长和尹林平常委。他们很耐心地听取我的申述并表态支持。"人才不能流出广东""民族民间艺术应得到保护和发展"。黄省长说,搬迁广州后还要大力宣传,要让离团他去的人都知道我们搬团了。当我兴高采烈地向陈部长汇报几位常委的谈话结果时,他很激动,高兴地连说"好,好"。这时他提醒我接下来最重要的事,是向省主管部门汇报此事经过,要我不能逃避,争取省主管部门的理解和支持,我听从陈部长的意见,硬着头皮来到省主管部门。面对表情冷漠的领导,我把团的现况和省长及几位常委都同意迁团的情况一一汇报,果然不出所料,主管部门领导拍着桌子说:"不可能!你想把团搬来广州?谈何容易,谈何容易。"当我小声嘀咕地说"省长和几位常委都表态同意了",他沉默了一会儿,表示没接到通知,让我先回去。没想到他随后向省委宣传部告状:陈翘假传圣旨,说省里领导同意把团搬迁广州。

陈部长马上要田蔚同志派谭德莉到几位常委那里了解情况,谭德莉了解情况后汇报,不但情况属实,而且黄静波副省长还描绘了如何选址、如何在搬迁后扩大宣传等方面的运营蓝图,有了这些准确的材料,终于在陈部长和田蔚同志的帮助支持下,我洗刷了"假传圣旨"的罪名,但也从此与主管部门关系更加尴尬。

这时省里有关领导正在研究广东民族歌舞团（一直托管给海南）搬迁的有关问题，陈部长考虑到我团是民族歌舞团，与原主管部门关系没处理好，就向省委建议搬迁后由广东省民委主管，业务由广东省文化厅协助管理，广东省委采纳了陈部长的建议。当红头文件下达广东省民委时，当年的主任黄康老和副主任李杜清、文艺处处长王承尧均表示热烈欢迎，不但马上做预算，打报告要省下拨搬迁费、基建费，还特许晚上把文艺处的办公桌拼成床给迁团筹备组住宿，黄康老还无数次顶着烈日跟我在广州市找地皮。这期间有关搬迁的事无巨细，陈部长都要过问，从基建预算到去规划局找局长，到地皮选择和确定都是他在帮忙策划。那时一份地皮批文要跑几十个单位部门，要盖几十到上百个公章。记得我们批文有几个章卡了很久没盖上，原来是掌控盖章的人暗示要两张海南的藤椅，另一个人则要一辆永久牌的自行车。而我们筹备组三人中，我借住在原海南军区老首长家，两个男同志食住在民委办公室。别说劳务补助，连每天在市内找地皮赶不回省府饭堂吃饭的误餐费都是自己负责，仅有的一点点办公费则用来报销市内交通。那时谈地皮全在饭桌上，我们却全靠领导打电话、找关系求情。当我把迟迟盖不了章的原因汇报给陈部长时，我永远记着那张慈祥的脸一下子气得抿着嘴哆哆嗦嗦地说："想法给，给，明年整党再说。"

搬迁至广州后，我们的每次创作，像获优秀作品一等奖的黎族舞剧《龙子情》、获"中华人民共和国成立四十周年"优秀作品奖的《潮汕赋》，陈部长都有请必到场观看，给了我们很大的鼓舞。《摸螺》这支儿童舞蹈，富有生活情趣和独特的表现手法，如对舞台空间的利用，我称之为"立体交叉"，以及从生活中提炼了"左手左脚"顺拐的律动，塑造了可爱的儿童形象。这在发展黎族舞蹈的语汇上，又有了新的突破。整个节目给人耳目一新的感觉，演出反响强烈、好评如潮。但在参评鲁迅文艺奖时，有人认为再好的小节目也不能和一部大舞剧相比。争议到了陈部长那里，他的意见是："一个好作品关键看艺术质量的表现和群众的反映，不能只看形式的大小。"《摸螺》最终获得鲁迅文艺奖一等奖。

　　之后，陈部长退休了，我们又经历了由民委主管换到侨办领导，又由侨办回到省文化厅主管。有一次去看他，他对我反复说"不容易啊，不容易啊"，这一句"不容易啊"只有我和他才能真正地理解其中的含义。在他退休的前几年，我去看望他，他都会说："有什么问题，趁我现在还说得上话，还可帮你。"我当然不会让他再为我操心，更不愿把那些烦人烦心的事告诉他。那几年，每次见他我都会拿出当演员的表演才能，强作欢颜笑嘻嘻，以一副开心的样子回答他的询问："很好，很顺利，一切都好。"又过了一段时间去看他，他却突然说："现在帮不上你了。"他是早从别人那里就听说了我的许多困境，我的心在滴血，竟要如此关心和爱护我的长辈领导费心！

　　最后一次见他，相对无言。我看着他那双浑浊的眼睛，他不能说话，我只能在他手上写"我很好"，直到告别颤巍巍的他，在电梯里我强忍着的泪水才夺眶而出。

　　现在我会时时感觉到他在天上提醒我："要改改你那得理不让人的犟脾气，凡事多争取别人的理解啊！"我的长辈、领导，我的亲人，我需要你给我力量，帮我改正啊！

2013年

给市规划局王局长的一封信

陈 翘

王局长：

您好！由于历史的车轮倒退了十年，才使我们——"戏子"与地皮商（社会主义的艺术家和实业家）有幸地相识了。从另一个角度来看，这是十分有趣的，但对您来说这是件十分烦恼的事情，对我来说却是一件近乎痛苦的事情了。三个月前，我从美好的艺术创作境界中，来到了熙熙攘攘犹如小说中描写的交易所——规划局。生活给我打开了另一扇五光十色的大门，我接触了各式各样的人物，看到许多人物的各种嘴脸，在这个为地皮而搏斗的平台上，没想到我也充当了一名演技十分拙劣的演员。说实在的，除了"文革"外，因我创作了些有点影响的作品，我几乎都是在人们朝我微笑，手捧鲜花向我致意的境况中度过的，从未向任何人低过头或祈求过什么，没想到为了党的文艺事业（拯救一个在危亡中挣扎的团体），日夜奔走，经过各种关卡，历尽艰辛。这些被认为是十分合理的现象，人们都习以为常了，但我却是百感交集、思绪万千，有时甚至是十分委屈。后来听说只要局长批了就能先要到地，于是有一天，我裹了一件军大衣一大早冒着寒风，跟怀着同样心情的一群地皮商，蹲在规划局门口等您（因我不认识您），有人喊"来啦!"，我马上跟着人流，第一个挤进您的办公室。您好奇地询问我是怎么回事。了解情况后，您说"待在海南好吗？免得我麻烦"，您大概没想到您无意中的一句俏皮话，却给了我不少鼓励哩!说明您还是吃人间烟火的，有人情味的，是能够理解我们文艺人心情的领导，因为一个刻板、无情的官员，是无幽默感的，是不会说笑话的。

说实话，如果没有您对我们的另眼相待和大力支持，我早就丧失信心了。

在这里，我还特别要向您的家人致谢，他们给我留下的印象太深刻了，尤其是您那位笑眯眯的夫人。因为我们总是在吃饭和休息的时候打搅你们（因为只有吃饭和休息的时候才有可能遇上您），她也总是那么客气、礼貌地倒茶水接待我们，她的和蔼态度使我们深感歉意的心稍微平静，而您的儿女们也没有干部子女的那种恶习，没有因他们父母的特殊地位而傲气十足，或给来访者难堪的脸色。王局长啊！尽管您说过有问题随时找您，可是您是没法理解我每次去敲门的复杂心情的，我多么害怕迎面而来的是一副冷冰冰的面孔和一双恶狠狠的眼睛啊！但我们一次又一次地证实您的儿女是很有教养、很有礼貌的年轻人，我没有在他们身上看到那种不顾客人而旁若无人高谈阔论的作风，从他们身上可以看见长辈对他们的影响和教育。我深深地感谢您的家人给我精神上的鼓励和支持，使我有勇气一次又一次地请求您的帮助，才能在短短的时间里解决地皮问题。这是决定我团和每个艺术家命运的关键，我们将永远感激您！

今年3月，中央民委特派记者来采访我，写出了《阳光照耀着槟榔树》的报告，现送给您望您有空一阅，目的是让您了解我本行工作实况，以感谢您当初对我们歌舞团的支持。

此致
敬礼！

陈翘

1981年12月13日

附录:

青春永驻　舞留民间
——我所认识的陈翘

贾作光

在中国舞蹈界一提起陈翘，大家都晓得她是一位爽朗的南国女强人。她对舞蹈事业的执着追求，尤其在发展黎族舞蹈方面取得了非常突出的成就。我认识她时，正是她风华正茂的时候。20世纪50年代初，她创作的舞蹈《斗笠》《三月三》被选为出国参加世界青年联欢节的节目，那时她来到北京，而我被组织分配去帮助她修改节目。她那矫健的身材、爽朗坦荡的性格，让人印象深刻，一见面我们就熟络了。她滔滔不绝地、热情地向我讲述了她在黎族地区深入生活创作舞蹈的全部过程，使我对这个初次见面的广东姑娘产生了十分亲切友好的感情。节目还没看呢，她便对我说："贾导演你就砍吧，节目太长，动作也可以砍，没关系。"她太直率了，纯洁得像一张白纸，搞得我反倒很难为情，心想，我也没到过海南岛黎族地区，对黎族人民的生活一无所知，怎么去改人家的东西呢？当时我回答："看看再说吧。"她以惊诧的眼神看着我，接着又像拜菩萨似的说："那怎么能行？你就砍吧。"她的语气没有半点虚假。我心想，黎族舞蹈我从来没有看过，更谈不上接触了，便表示："如果提意见只能从节目时间长短、结构、画面美与不美和演员的表演上来要求，修改还是由你陈翘自己来剪裁。"我的意见被她接受了，舞蹈改得比较精炼，演员的表演也加强了。她比较满意，高兴地说："贾导演你看改得好不好？"充满孩子般的天真，哈哈笑个不停。她那直爽热情的个性、对舞蹈事业的追求、对生活的热爱、对黎族人民炽热的情感，给我留下了深刻的印象。之后由于工作关系，接触就多了。如开会、舞蹈汇演、观摩。她经常来北京，见面就谈创作问题，谈她如何深入生活，如何到黎家寨子和老乡同吃同住同劳动，又如何学习黎族民间舞蹈《打盅盘》《跳竹竿》，她边说边做动作，兴致非常高。她深入生活，晒黑了皮肤，干裂了嘴唇，跋山涉水不怕苦不怕累，而且还受到蚂蟥、蛇蝎的威胁，她都无所畏惧。她年复一年地吮吸着人民的乳汁来充实自己的创作营养，培养自己锲而不舍的学习精神。生活把这个年轻姑娘的意志磨炼得如钢铁般坚强，身体结实得像个小伙子。她那果断的个性，在她当团长的时候显得更加突出。她开拓精神极强，在工作的时候就是不怕犯错误。她说："怕犯错误就不要工作。"她这句话倒让我想起罗曼·罗兰的话："要永远不会犯错误，只有一事不做了……"是呀，勇于前进就是她的本色。为了坚持党的文艺方向，她始终如一地面向人民大众，每年定期率领大家深入生活。无论在农村还是在城市演出，全团都以人民公仆的身份出现在驻地，她亲自带领大家打扫卫生、帮厨，辅导群众开展文艺活动，走到哪里就演到哪里，始终保持着为人民群众服务的品质。

陈翘同志数十年来无私无畏，主张正义，在艺术上严格要求，一丝不苟。她的舞蹈质量好，别具一格，她搞创作始终坚持深入生活，如她在大型音乐舞蹈史诗《中国革命之歌》中编导"海底"一场，就是在天津大港深入生活之后创作的，她富有想象地把海石花拟人化，表现了石油工人与大海的感情。她把革命的现实主义与浪漫主义的创作方法相结合，展现了新时代石油工人的精神面貌。她的许多作品都非常注意突出舞蹈形象、民族特色与生活气息，如她创作的《摸螺》，其舞蹈风格、民族特色与生活气息是显而易见的，表现了她的审美观和价值观。她的舞蹈作品都着眼于是否为群众所喜爱。她对党的文艺方针坚定不移，不为错误思潮所影响，不愧是党的优秀舞蹈家。数十年来，她始终不渝地在民族化、大众化的艺术大道上驰骋，使她的艺术人生充满了民族风情和时代气息。更可贵的是，她舞虽好，不嚼别人吃过的馍，但她也尊重别人。她勇于探求，勇于创新，在黎族舞蹈这美丽的园地上洒下了辛勤的汗水，为奠定黎族舞台的根基树立了先驱者的形象。她为弘扬中华民族的舞蹈文化做出了重要的贡献，我祝愿她青春永驻，舞留民间。

《舞蹈》杂志 2005 年 4 月

追寻陈翘舞蹈创作的足迹
——《中国当代舞蹈精萃·陈翘专辑》拍摄散记

隆荫培

1991年7月，中国艺术研究院舞蹈研究所成立了《中国当代舞蹈精萃》电视系列片专题组（已被列入国家重点科研项目），1991年11月下旬至12月中旬拍摄了《中国当代舞蹈精萃·陈翘专辑》，此片不久即将面世。下面是从我参加陈翘专辑摄制组时所记的手记中选出的几个片段。

一、古老的黎族舞蹈文化

在广州的舞台上拍摄完陈翘的《三月三》《草笠舞》《摸螺》等代表作后，我们摄制组一行来到海南岛，追寻陈翘从20世纪50年代开始从事艺术创作的历史足迹。

12月，祖国的北方，已进入寒冷的冬季，而海南岛还是温暖如春。清晨，我们从海口出发。公路两旁滴翠成荫，高耸的槟榔树和在微风中摇曳的椰林，都好像在欢迎我们这些从首都来的客人。海南的美丽风光，甜润的空气，令人心旷神怡。第一站是毛阳县的黎家山寨。我们在这里将要拍摄黎族古老的巫公舞和黎族妇女的舂米舞。30年前陈翘曾在这里深入生活进行采风，向黎族人民学习古老的黎族传统舞蹈，她获金质奖章的《草笠舞》就是据此发展创作的。

当我们的汽车一到毛阳县什益村时，早在那里等候我们的四个上了年纪的黎族妇女，便把走下车来的陈翘紧紧地围了起来，拉着她的手，亲热地寒暄着。陈翘向我们介绍说，这几位黎族老大娘都是黎族舞蹈的能手，是30年前和她生活在一起的十分要好的小姐妹，今天她们要为我们表演黎族古老的舂米舞。

在当地干部的带领下，我们一行登上了黎家的山寨，选中一个比较平整的约有4米宽、8米长的村中空地作为拍摄现场。

先由四个黎族老大娘表演舂米舞。她们每人手拿约1.5米长的粗木杵，围在圆木桶的周围，随着木杵在桶底、桶边、桶里、桶外敲打出轻重缓急的节奏，她们微颤着身子，双脚做踏步的移动，并根据木杵敲击木桶方位的不同，变换着不同的舞姿。这个舞蹈是从黎族过去舂米的劳动中演化而来的，虽然动作并不太复杂，多是单一的往返重复，但从那铿锵有力的击打节奏中，从那古朴健壮的舞步中，却涌现出一种强烈的力量，像是在叙述着古老的黎族生活历史，表现出黎族人民坚毅的性格特征。而这些，在专业舞蹈的表演中往往是我们难以体验到的。据当地干部介绍，村里上了年纪的妇女才会跳舂米舞，现在年轻的黎族姑娘都不会跳了，也没有人愿意学它了。

巫公舞表现的是一位巫公驱除邪祟给人治病的过程。由一位黎族老人扮演病人，他头上系一条红布带，坐在屋门口。人们抬来一坛老酒，烤一只小猪，当众人喝完了老酒便在巫公的带领下每人手持一枝绿树枝，随着锣鼓的节奏在病人面前跳起舞来。跳巫公的是一位60多岁的黎族老人，他那顺拐的舞步，全身上下颤悠的韵律，真是精彩极了。相比之下，跟在他身后的群众，特别是一些年轻人跳的则显得一般化了，其神韵和巫公大相径庭。舞蹈高潮过后，巫公拿起竹制的弓箭，众人排成一队跟在他的身后，陆续钻出用树枝扎成的寨门，巫公向着出山寨的小路射出一箭，象征着把病魔邪气逐出山寨。

什益村的领导是一位当年参加过琼崖纵队的战士，如今已是70多岁的老人了，但他仍然十分健壮，精神抖擞，声音洪亮。他告诉我们，跳巫公的，过去就是一名巫公，所以"来神"非常容易。由于该村好久没有搞这种活动了，有些年轻人都不懂跳这种舞，所以跟在巫公后面跳的那些人动作都显得有些生疏。

在离开黎家山寨的路上，陈翘对我们说，黎族的巫公舞难在它的即兴性很强，每次跳的动作都不一样。如果舞蹈时情绪高涨，就常会出现意想不到的特别漂亮的动作。但是，它的基本动律是不变的，只要掌握了它的动律特点，起来就会非常自如，毫不费力了。当年她创作舞蹈《三月三》时，就是采用了巫公舞的基本动律，根据所表现的生活内容和人物的情感予以发展创造的。今天我们拍摄到的巫公的舞蹈，是非常珍贵的镜头。（1991年12月5日）

二、番茅的"黎族旅游寨"和黎家的甜酒

番茅是离自治区首府通什市（现五指山市）不远的一个黎寨，是陈翘创作《草笠舞》并深入生活过的地方，那里有当年和她同吃同住、在一起唱歌跳舞的姐妹。当我们坐车来到番茅时，得知当年陈翘的小姐妹之一桂民现已成为著名的黎族歌手，每天都在番茅旅游村内演唱，所以我们就先去这个旅游村参观。番茅旅游村是为了适应游客参观黎家的生活习俗和民间歌舞的需要而修建的一个庭院。院内设有可供参观的黎家竹楼、黎家姑娘的闺房，以及观众席棚、旅游纪念品服务部等。庭院是歌舞表演的场地，由番茅寨的青年男女为旅游者表演歌舞。据了解，一般均以旅游团包场的方式进行演出。在旅游的旺季，每天要表演好几场，一般的淡季每天只演出一两场。我们进入旅游村时，歌舞演出已经开始，所以我们只看到了黎族青年的欢乐舞、桂民的女声民歌独唱、一对黎族青年男女表演的情歌对唱和最后全体演员参加表演的打柴舞，他们在竹竿的开合中跳了几遍以后，便主动邀请来宾和他们一起跳。由于这个舞蹈必须按竹竿开合的节奏伸脚踏地，如不按节奏脚便会被竹竿夹住，所以被竹竿夹掉鞋子的游客大有人在，每当出现这种场面，便会引发欢乐的笑声。这个节目，往往是人流

最多的。

　　歌舞演出结束后，桂民带我们一起到了真正的黎寨——她们居住的地方。这时又会见了陈翘的另一个姐妹桂南。桂南是个心灵手巧的黎家姑娘，如今上了年纪不再去农田劳动，而是在家织黎锦。陈翘领着我们参观了桂南的家。那是用竹子和草泥搭起的十分低矮的茅草房。从外面进入屋内，黑洞洞的什么也看不清，只觉一股潮湿的气味迎面扑来。待了一会儿，眼睛适应了屋内黑暗的光线，才看清这是一间三米多宽、六七米长的屋子，只在和门相对的方向才有一个很小的窗子，从窗口射进微弱的光线。屋内除了用竹子搭成的床、一个小方桌和一个小柜子外，再没有什么东西，显得空荡荡的。陈翘告诉我，她当年来深入生活就住在这里。那时没有床就睡在稻草上，由于潮湿所以身上长满了"小动物"……桂民和桂南要请陈翘和我们一行喝黎家的甜酒，我们也正好借此机会拍摄一些生活的镜头。室内光线不行，只好借邻居仓库前的门廊摆上小桌，大家围坐在桌旁，为陈翘和桂南、桂民的重逢相会举杯庆贺。当我们把杯子斟满甜酒时，桂民站起来用黎语深情地唱起了歌。陈翘给我们翻译，歌词大意是："喝酒没有菜，只有浓浓的情感，把你想念！喝酒没有菜，这个酒也很香甜……"桂民唱完，陈翘紧接着也用黎语唱了起来，歌词大意是："我们年轻时在此相遇，姐妹们在一起相好。如今年纪老了，我又来到这个地方，和姐妹们相见，两眼泪汪汪……"我们大家都为她们歌声表露的真挚情感所深深打动。桂南坐在陈翘的身旁，静静地、默默地、目不转睛地看着陈翘。陈翘唱歌时，只见她不时地用手擦着从眼里流出的泪水。在我们返回招待所的路上，一位陪同我们的当地干部以十分内疚的心情对我们说：这里解放都40年了，黎家山寨还没有从根本上改变贫穷的面貌，每当我到黎家看到有些人还住在那低矮的茅草土屋时，心中总不是滋味，这都要怨我们的工作没有做好……（1991年12月6日）

三、我们一起去摸螺

我们上午在白沙县芭蕉村采访，拍摄了黎族老人制作木屐和这里特有的黎族妇女的超短裙的镜头后，下午到白沙镇拍摄黎族儿童摸螺的镜头。这时，晴空万里，天色碧蓝，远处山峦起伏，近处绿树成荫，虽然已是初冬季节，但是在阳光的直接照射下，还是感到十分温暖的。我们来到村边小桥时，当地小学的老师领着一帮小学生也赶到了那里。为了提高孩子们摸螺的兴趣，当地干部特意找来一大篓螺事先撒在小河沟中（因为冬季小河沟中的螺少）。这些孩子知道今天是来拍电视的，所以个个都十分认真投入。当老师一声令下，他们很快地把鞋子脱下整齐地放在桥头，挽起裤腿，挂上小竹篓，和陈翘一起下到小河中摸起螺来。如果说这些孩子刚下河时都还有一些兴奋和紧张的话，那么当他们真正开始摸螺时，就渐渐忘记了演员的身份，而像往常在小河沟摸螺一样。由于河中的螺比较多，他们不大一会儿都有了较大的收获，所以一个个都显得十分开心，摸得兴高采烈。我们的摄影师老郭从桥上跑到桥下，从小河南岸跑到北岸，以各种角度拍下了这具有浓郁的黎族儿童生活风情的画面。（1991年12月7日）

四、西方乡的友情

清晨从白沙县出发，不到中午便到了东方县的东方镇。午饭后乘车到西方村。这里是陈翘从事舞蹈创作生涯的第一个生活基地，她的处女作《三月三》便产生在这里。由于西方村是西方乡的所在地，所以这个村子比较大，住户也比一般的黎家村寨多得多。我们的车子一停到村口，便被一群黎族的孩子围起来，以好奇的眼光看着我们这些不速之客。在我们进村的路上，陈翘陆续碰到了闻讯前来迎接她的30年前的好友。经陈翘介绍，我们认识了稳娘、桂珍、梅向、拜波莉等黎族老大娘。其中稳娘给我们留下了非常深刻的印象，虽然她已是半百的年纪，但仍然十分俊俏秀丽，在她们一伙当中显得特别活泼热情。当我们一起坐在乡长的庭院喝着刚从树上砍下来的椰子水时，稳娘主动拿起一顶草笠，唱着舞曲跳起来。跳完后她对着陈翘说："你走后，每年过春节时，我们这些姐妹都要聚在一起跳你编的舞，唱和你在一起唱的歌，这时我们就想起你的面孔……"稍事休息后，陈翘便和稳娘等人一起来到她们当年经常在一起聚会的村口大榕树下，讲述她当年创作《三月三》时深入生活和编舞的过程和体会，最后还和这些好友一起跳起了打柴舞……陈翘和我们摄制组一行，在浓郁、热烈的友情包围中，度过了令人兴奋激动的一个下午。当太阳落山，淡雾已经升起，夜色就要降临的时候，我们才恋恋不舍地坐上汽车，向送我们到村外的黎族姐妹和父老兄弟招手告别。（1991年12月8日）

五、黎族舞蹈的黄道婆

结束了在海南岛的拍摄工作，即将返回广州的前夕，海南省侨办主任黎良端和海南省副省长王学萍为我们饯行并共进晚餐。王学萍向我们敬酒时说："我衷心地欢迎你们来海南，欢迎你们再来，多来！你们这次做了一件非常有意义的事。你们就应当多宣传和介绍像陈翘这样的舞蹈家。你们拍的陈翘就是海南'黎族舞蹈的黄道婆'，没有陈翘对黎族舞蹈的加工提高、创新和发展，就没有今天的黎族舞蹈。我们黎族人民是永远不会忘记陈翘对黎族舞蹈做出的贡献的。"这位出身于黎族的王副省长说的这一席充满深情的话，使我们摄制组的每一位同志心情都十分激动，给我们留下了海南这一行最深刻的印象。

当我坐上返回广州的班机时，看着坐在我身旁的陈翘，不禁又想起了王副省长说的黄道婆。在通什市参观博物馆时，我看到陈列在那里的黄道婆的画像和对她事迹的介绍。从那里我知道，黄道婆是700多年（元代）前的人。她出生在松江乌泥泾镇（今上海市华泾镇），出身贫寒，幼年时乘海船流落至崖州（今海南崖县），在那里度过了30多年的漫长岁月，向黎族人民学习了纺织技术。元贞二年（1296）返回故乡。她结合生产实践改革了纺织工具，推广了轧花车、弹棉花弓、纺车和织机等先进工具，把纺织技术传授给松口地区人民，促进了当时我国纺织业的前进和发展。王副省长把陈翘称作"黎族舞蹈的黄道婆"，这个比喻和评价既形象生动又十分恰当。陈翘像黄道婆一样，也在海南岛与黎族人民共同生活了30多年，向黎族人民学习舞蹈，学习黎族的历史和古老文化，并在此基础上对黎族舞蹈进行了发展。是她创作出第一支登上新中国舞台的黎族舞蹈（《三月三》），也是她第一个使黎族舞蹈（《草笠舞》）走向世界舞台，并在国际上获得金质奖章的殊荣。是她多年如一日的辛勤劳作，是她在艺术上不断的追求和创造，才使中国和世界广大的观众认识了中国的黎族，欣赏和领略到黎族舞蹈的绚丽多姿。我又不禁想到，我身边的陈翘，不正是新中国培养起来的新一代舞蹈家的典型代表吗？陈翘所走的路，也就是我们先人黄道婆走的路，这无疑是一条正确的路，是黎族人民和中华各族人民欢迎的路。在当前改革开放的时代，在各种社会思潮、各种文艺思潮大量涌入我们国土的今天，这是否还是一条应当坚持和继续走下去的艺术道路呢？

"请系好安全带，飞机就要在广州白云机场降落……"航空小姐的话语打断了我的沉思遐想。（1991年12月12日）

《舞蹈研究》1993年第1期

舞剧文学台本《五指山的女儿》

于 平

一、缘起

本剧以著名舞蹈家、有"黎族舞蹈之母"之称的陈翘为舞剧首席的原型，通过舞剧形象的塑造，讴歌文艺工作者深入生活、扎根人民的精神，揭示不朽舞蹈佳作诞生的奥秘；同时，将《三月三》《草笠舞》《胶园晨曲》《喜送粮》《摸螺》等舞蹈佳作有机地糅合在舞剧之中。舞剧深度刻画人物性格，观众在重温"经典"中产生审美愉悦，提升审美品位。

二、背景

20世纪50年代中期至80年代初期发生在海南岛的一段文艺工作者的故事。

三、主要人物

1. 阿翘：广东潮州人，十七八岁，五指山民族歌舞团主要舞蹈演员。因生活之美的驱动而创作了舞蹈《三月三》，从此一发不可收拾地走上了舞蹈创作之路，并且视舞蹈为自己的第一生命。

2. 阿亮：与阿翘年纪相仿，与阿翘同乡，也是五指山民族歌舞团的主要舞蹈演员，同时具有较深的文学功底。内心深爱着阿翘，但因为自己家庭出身不好，在那个年代不愿牵累阿翘。后因阿翘的不畏不惧、不离不舍而与之组成了生活中和美、事业上精进的家庭。

3. 阿超：五指山民族歌舞团主抓艺术创作的副团长，作曲家。比阿翘、阿亮稍年长，经常与阿翘一起深入黎族村寨采风，是阿翘深扎黎族创作的重要合作者与见证人。

4.符阿秀：海南东方县西方乡黎族姑娘，与阿翘年龄相仿；阿翘第一次采风时与阿秀相识，以阿秀作为原型创作《三月三》；后二人保持了近30年的友谊。

5.符老爹：阿秀的父亲，在家务农，十分熟悉黎族舞蹈。

四、群众人物

男、女黎族乡民若干，歌舞团男、女舞者若干。

序幕：初心

1.暮年的阿翘，斜靠在家中阳台上特意安置的一张荡椅上，悠闲地享受着午后的暖阳；这荡椅挂在舞台下场门的前区，荡椅轻漾中，暮年的阿亮从下场门侧幕后走上来，他轻轻推了推荡椅；回过神来的阿翘，娇嗔地拍了阿亮一下，阿亮灵巧地往旁一闪；似乎有些不依不饶的阿翘跳下荡椅，绕着荡椅追逐着阿亮；故意让阿翘追上的阿亮，用手向斜后方指去……舞台上场门后区的定位光下是一个相框，相框中是五指山民族歌舞团建团之初文艺工作者下乡采风的照片——照片上的五个人分别是年轻时的阿翘、阿亮、阿超、符阿秀和符老爹。

2.下场门前区切光，荡椅撤离；上场门后区的相框也撤离。五个人这时分成两拨：阿翘、阿亮、阿超在原地，符阿秀和符老爹已撤至下场门后区。只见符阿秀和符老爹一旁又上来许多盛装的青年男女，一起热情地欢迎三位文艺工作者的到来。

3.阿超是领队，建议三人分散到黎族乡亲中去，舞台上先后形成了三个光区：先是阿翘被一些乡亲强行灌酒，在一片"唠边"之声中连灌三碗而不胜酒力，符阿秀在旁陪伴并责怪起哄者；接着是阿亮急着向乡亲学跳打柴舞，因动作生疏而被粗大的竹竿夹了脚；再接着是阿超在虚心地向符老爹请教，符老爹追忆起情人间如痴似醉的情歌，阿超飞速地记谱……

4. 三个光区的场景消失后，整个舞台是太阳落山后的草坡，姑娘们三五成群地藏到树丛中，并用带叶的树枝遮挡着自己的脸；小伙们则从树丛中拽出姑娘，拨开她们遮挡脸部的树枝。有的两情相悦离去，有的不对眉眼散去；离去的情意缠绵，散去的也不恼不怨。

5. 阿超招呼阿翘、阿亮聚在一起，先是阿翘简略地比画，比画手中拿着像帘子一样的凤凰树叶的姑娘；阿亮却要阿翘模仿几个巫公的动作，待阿翘做出"提线木偶式"的同边顺的蹦跳动作后，阿亮却把它变化成小伙的动态；在阿翘为之叫好之时，阿超也给予了首肯。（幕落）

第一幕：采风

1. 符老爹、符阿秀正送阿翘、阿亮、阿超走在出山的路上……翻过山坡后，符老爹、符阿秀与阿翘等告别；当符老爹、符阿秀远去后，阿翘等三人由阿超开道、阿亮断后，向前赶路……突然，阿超一阵尖叫，不顾一切地向前跑去；不明就里的阿亮则向后退去；这时阿翘才注意到路上都是大蜈蚣，更是尖叫着向前撵去。待到三人聚齐，阿翘火不打一处来，指责两人丢下自己不管，两人赶忙道歉并做出"护美"状，阿翘才破涕为笑，一起赶路。

2. 台中台的表演，阿翘编舞的《三月三》进入最后的连排。先是她在一旁指导，阿超和阿亮也在旁观看；然后该阿翘出场了，原来她自己安排的角色是舞中的女二号——这是一个极富个性、极富表演性的角色：她被小伙拉出树丛，害羞地背过脸去，心里却想多看看情人，于是用树叶半掩着向情人抛媚眼；在与情人双双离开时，还用忸怩的动作表现少女的娇嗔、羞媚。她的表演引来众人的一片叫好！

3. 大伙散去后，就剩阿超、阿亮、阿翘三人。舞中的女一号跑来将阿翘拽到一旁，悄悄地递给她一张照片，又用手指了指阿亮，阿翘表示"明白了"。此时的阿翘，希望阿亮、阿超两人多提提意见，当然，她的目光更多地停留在阿亮脸上。见此情状，阿超要求阿亮提提意见，自己去做正式演出的准备。阿亮本想表示与阿超一起去，却不想被阿翘一把拽住；这时的阿翘完全没有了刚才表演时的娇嗔，表现出她娇蛮的另一面；阿亮只好说让我想想，晚上再谈……

　　4. 舞台时空切换，阿翘和阿亮相约在附近学校的操场上，操场上有一根两头分别用绳子固定吊起的"浪木"，两人来到"浪木"旁……阿翘似乎想起了什么，从身上摸出那张照片递给了阿亮，顺便模仿了一下女一号的神态……阿亮似乎一惊，赶忙将照片递回；谁知阿翘不依不饶：这么好的姑娘你都看不上，你是不是想离开这儿？阿亮忙表示不是想离开，而是自己有心仪之人了。那是谁？阿翘咄咄逼人，阿亮赶忙转移话题：咱们今天不谈这个，还是谈谈《三月三》吧……我觉得这个地方还可以处理得更细腻些——于是拉着阿翘比画起来……

　　5. 舞蹈《三月三》的正式演出，是到乡民中为乡民演出。演出在一个华彩舞段后结束，符阿秀和符老爹在阿超和阿亮的陪同下来到后台，背着草笠的符阿秀看起来兴奋不已，情不自禁地拉着阿超跳起来，阿超有些笨拙地应对着……换好服装的阿翘到了，却对符阿秀身后的草笠紧盯不舍；符阿秀爽快地把草笠递给阿翘，并说我们这儿的姑娘都有草笠，而且花样繁多……

　　6. 只见符阿秀一招手，来了七八个姑娘，姑娘们争相把自己的草笠递给阿翘、阿亮、阿超看；阿翘一边欣赏着不同花样的草笠，一边瞥眼偷看着阿亮，看见有个姑娘拿着草笠要与阿亮搭讪，她就上去将草笠夺来表示自己喜欢。这时符老爹说，比草笠更好看的是戴着草笠在田间劳作的姑娘，希望他们来年开春再到乡村小住；阿超正迷恋着符阿秀的纯真，赶紧允诺一定要去。（幕落）

第二幕：传音

1. 翌年的开春，富有山区特点的梯田里弥漫着薄薄的雾气；待薄雾缓缓消散，只见一排排妇女正弯腰插秧；她们都戴着圆圆的草笠，远远看去，只见一排圆点整齐地向前向后或左移右挪；偶尔有人站起身，头戴的草笠便改变了整体的队形，梯田中的图形就这样不断地变化着。

2. 插秧的舞者逐渐向下场门方向边插边行，渐至远去。上场门方向由符阿秀调皮地推出符老爹，然后又招呼阿翘、阿亮和阿超……阿翘手中拿着草笠，兴奋地告诉众人：我已经有创作灵感了——她做了一个八拍的动作，特别强调第八拍的后半拍要停顿，要有个亮相。

3. 符阿秀模仿着阿翘的那个"亮相"，因无舞蹈美感而做得特别可笑。符老爹却觉得虽然不是这样"插秧"，但这样的"亮相"很好看，要符阿秀好好向阿翘学习……阿翘得意地向阿亮和阿超"显摆"，阿亮直夸阿翘，阿超却觉得自己一时想不出音乐如何与舞蹈"合拍"；符阿秀很喜欢阿超的憨样，拉着阿超去找"灵感"……符老爹向阿翘和阿亮摆摆手表示分别，随阿秀与阿超离去……

4. 场上只剩下阿翘与阿亮：陈翘先是大大咧咧地要阿亮对自己刚才提炼的"主题动机"提意见，看到阿亮只微笑不作答，于是做起《三月三》中女二号的"忸怩"动作，故作"娇嗔"。阿亮这时认真起来，帮助阿翘分析：这个舞蹈虽然以草笠取代了《三月三》中黎族姑娘手中的树叶，但基本的顺拐动律还在，因此要有所发展，要与《三月三》拉开距离——阿亮比画着，阿翘强化着：姑娘们双手叉腰，上身放松，斜身出胯，一脚为重心，一脚弯曲点地，同边顺拐，左右轮换重心，然后冲向台口，下巴向上抬起……看着阿亮故作女性的表演，阿翘忍不住内心的激动，突然亲了阿亮一口；看到阿亮愣着缓不过神来，阿翘开心地向阿超他们离去的方向跑去，却不料与拽着阿超跑来的符阿秀撞个满怀。这一撞，阿翘注意到符阿秀戴着的手镯和脚镯，不禁为心中的"灵感"而得意；阿超也兴致勃勃地告诉阿翘和阿亮，自己也找到"第八拍后半拍要停顿"的感觉了！

5.《草笠舞》正式演出（截取开头、中间的片段，然后结尾），演出后演员谢幕，然后是阿超谢幕（掌声），最后是阿翘谢幕，黎族姑娘捧上鲜花，大幕徐徐拉上……

6. 突然，大幕又急速地打开，是《草笠舞》在世界青年联欢节演出的谢幕。这次既没有阿超也没有阿翘，只见一男一女两位苏联主办方代表，将一枚闪亮的金质奖章挂在领舞者的胸前。而这边则是阿亮代表团里的同志再一次把鲜花献给阿翘，阿翘则把鲜花塞在阿亮手中并当场宣布与阿亮结为夫妻，演出了现实版的《三月三》……（幕落）

第三幕：沉香

1. 阿翘与阿亮终于有了属于自己两人的温馨。在这里，阿翘完全没有了忸怩娇嗔，但阿亮似乎仍不愿与阿翘过于亲昵——后来的事情告诉我们，他是担心自己不能选择的家庭出身影响了阿翘的进步。突然一下子屋里热闹起来，原来是团里的同事来到家中，女同事带来了刚买的花布，与阿翘商量如何做衣服；阿亮则端出一大盘切好的菠萝条，请大家品尝……（灯光渐暗，众人下，阿翘、阿亮仍在琢磨创作，然后在沙发上进入梦乡）

2. 突然，两人被一阵喧闹声吵醒，曾经的同事似乎一夜间换了一副面孔，推搡着阿翘、阿亮出门。舞台上移步换形，由两人温馨的家转入了"牛棚"。

3. 舞台转暗后，众人列队，在每人胸前挂上大牌，又给每人发一张电影胶盘和一支棍，阿超则被要求挂上了小鼓。小鼓在阿超手中变成了节奏和情绪：一会儿欢快，一会儿激越，一会儿又变成了激昂；加上其余人用棍敲胶盘的配合，不像是被批斗的游街而像是去欢庆什么，引来不少路人观看，符阿秀和符老爹也夹杂在围观的人群中……突然，他们发现已有数月身孕的阿翘明显体力不支，从队列中挽出阿翘迅速隐去……"革命群众"来不及反应，只得勒令其余人"偃旗息鼓"，返回"牛棚"……

4. 暗转后的舞台，阿翘被安置在符阿秀家中已数月，产下的孩子由符阿秀帮忙照看……不一会，符老爹领着阿亮到来，有段时间不见的阿亮与阿翘热烈地相拥，符老爹赶紧使眼色让符阿秀离开，符阿秀则赶紧将孩子送到阿翘手中，阿翘掩不住内心的欣喜与阿亮分享着自己的喜悦……突然，阿翘将孩子往阿亮手中一交，意思是你该看护孩子，我还要搞舞蹈创作呢！正在为难间，符老爹和符阿秀进屋来，符阿秀接过孩子，表示我们就爱看你们表现我们黎家的舞蹈，孩子由我来带，符老爹也表示让阿翘和阿亮放心……

5. 虽然日子还是很艰难，但两人又沉浸在黎家的生活深处：先是走进了凌晨的胶林，看胶林中矿石灯星星闪闪下的割胶女工（女子群舞《胶林晨曲》）……接着是来到开山造梯田的工地，看黎家小伙移走巨石、造水平带（男子群舞《开山歌》）……然后是路遇喜送公粮的黎家妇女，她们边挥汗如雨边与阿翘、阿亮打招呼……

6. "文革"后期，阿翘、阿亮被要求回到团里，他俩与阿超一起商量着女子群舞《喜送粮》的创编：阿超拿起一根扁担，意思是拿着扁担怎么跳？阿翘灵机一动，扯下搭在脖子上的纱巾，一根柔性的"扁担"上下飞舞；阿超递过一只簸箕，阿翘将纱巾与其一并端在手中簸，纱巾宛如"粮食"翻飞；阿亮也不甘示弱，拉着阿翘手里的纱巾一起形成一个麻袋口，然后"吃力"地搬着"粮食"……紧接着便是排练场的连排开始，在女演员笑逐颜开的表演中，阿翘、阿亮、阿超完全将不公正的待遇抛在脑后——他们一心所想，就是为符老爹、符阿秀这样的黎族人民奉献出具有生活美、幸福感的舞蹈佳作！（幕落）

第四幕：飘馨

1. 20世纪70年代末80年代初，阿翘和阿亮面临着多种选择：在下场门的光区中，是阿翘的大姐动员两人出国发展；两人感谢大姐的好意，表示离不开"舞蹈"……在上场门的光区中，不时有中央团体来人动员两人到北京发展，阿翘与阿亮互问，中央团体能有多少"黎族舞蹈"……在底部中线的光区中，两人决定什么也不想了，进排练场排《摸螺》……舞台灯光骤亮，阿翘认真地传授着《摸螺》的动作，阿亮在一旁仔细地记着什么……

2. 阿超带来了两位上级单位的人，招呼在场的同志列队聆听上级指示——原来是上级任命阿亮和阿翘分别担任正、副团长……大家高兴地祝贺二人；此时阿翘把上级单位来的人拉到一旁，表示任命阿亮就行了，自己只做编导工作……说着就比画着《摸螺》中夹着小姑娘脚的"螃蟹"的动作，说明自己解决不了日常的矛盾……还未等上级单位来人表态，演员一拥而上，争相表示"我们信任你""你能行"……然后簇拥着上级单位来的人一起离去……

3. 场上只留下阿翘与阿亮，两人陷入往日的沉思：阿翘首先忆及的是那次有惊无险的"蜈蚣"遭遇，说你不能再遇到难事甩下我不管；然后忆及的是"浪木"旁的"恳谈"，说你不能再遇到难事闷葫芦不吭声；最后忆及"文革"期间的遭遇……阿亮赶忙讨好地表示，你生孩子我照顾你，表现还不错吧……对，阿翘要求阿亮就要那样关心自己；不，阿翘说，我俩要像照顾孩子一样照顾好这个"歌舞团"……

4. 在阿翘与阿亮的絮语中，阿超突然跑上场，让二人看自己把谁带来了。原来是符阿秀、符老爹前来为二人的任职道喜；同时告知二人，符阿秀也在村里担任支部书记了……符阿秀很认真地递上一份邀请，希望歌舞团在几天后的"三月三"去为乡亲们再演《三月三》……现在的年轻人没看过，让他们了解了解老一辈人的生活……阿翘与阿亮对视了一下，由阿翘告诉符阿秀：去！一定要去！

5. 阿翘和符阿秀商议，歌舞团与乡亲们在"三月三"搞一场联欢活动，同时也邀请游客一起参加……场地上游客往来穿梭，一对黎族妇女在精心织锦，观光客拿起织好的成品在身上比画；几位黎族姑娘捧着草笠叫卖，脚下穿着的木屐踢踏出清晰的节奏；这时几位男青年拍响了竹竿，先是一位乡亲带着一位游客跳入，然后一对一对接着跳，其间以符阿秀、符老爹这一对舞得最为精彩；数对跳完之后，乡亲们请歌舞团的舞者进入，舞步的技巧明显高超起来；最后几乎在场的所有人都要求阿翘和阿亮参加表演，联欢达到高潮。

6. 符阿秀出来做了一个让全场安静的手势，告诉大家今天还有一个重要的仪式，那就是要为阿翘颁发锦旗，众人屏息观看：只见符阿秀缓缓展开一面绣着"黎族舞蹈的传扬者"的锦旗，众人掌声热烈，阿翘接过后交给阿亮；那边符老爹又给符阿秀递上一面锦旗，待符阿秀展开后，上面绣的是"五指山的女儿"。全场沸腾起来，只有阿翘在深深地感恩黎族乡亲。（幕落）

尾声：夙愿

回到序幕时的场景，仍然是阿翘站立在家中的荡椅旁，仍然是她在追忆往事、畅想未来。当她向舞台深处走去，那儿有她熟悉的阿亮、阿超、符阿秀和符老爹。他们手拉手向观众走去，身后的群众演员从两旁跟上；演员数排跟上后，由中间断开呈向台前敞开的"八"字形，天幕上投影出一行字：人民是文艺工作者的母亲。（剧终）

陈翘的行走
——陈翘同志从艺六十周年纪念感思

于　平

　　行走，在当下是一种时尚：作家不再"坐家"，而是向读者洞开自己"行走"的世界；世世辈辈在土里刨食的乡里乡亲乘飞机"行走"外出旅游；相亲相恋的情侣在"行走"中领略蜜月的甜蜜；还有那些想体验超常人生的"独行侠"去珠穆朗玛峰攀登，去密林露营，去大漠跋涉，去长江漂流……但对于我们的舞蹈家陈翘来说，"行走"是她一生的信念，是她永世的追求、永世的夙愿！

　　陈翘的行走，从《三月三》《草笠舞》《喜送粮》到《摸螺》，走出了民族民间舞的勃勃生机。

　　1950年1月1日，刚跨入人生第12个年头不久的陈翘就开始了她职业的"行走"——她成了汕头文工团的一名团员，成了一名革命文艺工作者，只不过起初她是学着拉琴，学着为潮州方言的歌剧伴奏，但仅仅过了两年，她就边演潮剧的青衣，边为剧目编起舞来。你的确不能不说陈翘"行走"的速度有些惊人。当然，更惊人的"行走"是在1953年7月1日，曾经懵懵懂懂编过些剧中舞蹈的陈翘，因为爱上了舞蹈，便从汕头的潮剧团跨海行走，来到了刚刚成立的海南民族歌舞团，从此开始了伴随她一生的"舞蹈的行走"。

　　海南对于陈翘来说是一个机缘，而陈翘对于海南来说，却绝对是一个奇迹。当若干年后，有人因为她对发掘、编创黎族舞蹈的贡献而称她为"黎族舞蹈之母"时，她会真诚地说那些勤劳智慧的黎族人民才是我的"舞蹈生涯之母"。可不是，在她的处女作也是成名作《三月三》问世之时，她才只有18岁；当次年该舞引起舞蹈界惊羡并追问成功的奥秘之时，陈翘只会坦诚"《三月三》来自生活，我只是再现了生活的美"。实际上，她很早就体会到"人民是文艺工作者的母亲"，要想有所成就就要经常深入人民的生活中。也就是说，要敢于"行走"、勤于"行走"、乐于"行走"。当然，这句话是我对陈翘的认识。

此后，陈翘不断地行走，佳作也就接踵而来。于是1960年有了《草笠舞》，1971年有了《喜送粮》，1980年有了《摸螺》。尽管陈翘的创作远比这要多得多，但《三月三》和上述三部作品称得上是新中国的民族民间舞蹈创作在各自所属时期的时代标杆。我很同意资华筠先生对陈翘作品的评价，她说："从《三月三》到《摸螺》，陈翘完成了两种质的飞跃：第一种是将黎族自然传衍的舞蹈升华为具有社会主义时代属性的舞台艺术品；第二种是通过自己的一系列作品对黎族舞蹈语汇系统进行构建。"我能够补充的是，这是陈翘长期地、不断地"行走"而实现的飞跃，她的"飞跃"是建立在扎实"行走"的基础上的。

陈翘的"行走"在戴爱莲和杨丽萍之间，这是一段应当铭记但容易被当代人遗忘的历史。

其实，在中华人民共和国成立至"文革"前的社会主义建设时期，将我国各民族民间"自然传衍的舞蹈升华为具有社会主义时代属性的舞台艺术品"的舞蹈工作者还有一些，比如创作《鄂尔多斯舞》的贾作光、创作《快乐的啰唆》的冷茂弘、创作《红披毡》的黄石以及创作《丰收歌》的黄素嘉等。他们与陈翘一样在新中国的新文化建设中，催生了我国民族民间舞蹈的勃勃生机！而陈翘的不同之处，在于她"对黎族舞蹈语汇系统的构建"。在这个意义上称她为"黎族舞蹈之母"倒也十分贴切。

五四新文化运动以来，中国的文化人在"启蒙"和"救亡"的双重担当中前行。以这一时期中国新舞蹈的一代宗师而言，有"中国现代舞蹈之父"之称的吴晓邦，更强调反封建的舞蹈"启蒙"；而更关注反殖民的舞蹈"救亡"的戴爱莲，被称为"现代以来以文化人类学眼光重建民族舞蹈自尊的第一人"。戴爱莲1946年3月在重庆首演了"边疆音乐舞蹈大会"，这其实也是戴爱莲赴边疆少数民族地区"行走"采风的收获，在中华民族及其文化面临生死存亡之际，戴爱莲的"行走"暗合了先贤"礼失求诸野，乐失亦求诸野"的主张。

半个多世纪之后，在"野"求"乐"的道路上"行走"着杨丽萍。明眼人很清楚，从《云南映象》到《云南的响声》，无论是"原生态"还是"衍生态"，其实都是杨丽萍作为"民族民间舞蹈朝圣者"的一种策略。多年来，杨丽萍一直"行走"在"彩云之南"的乡间林间山间云间，她通过自己的"行走"来回答自己的发问，她说："谁是民族舞蹈家？不是关在练功房里，穿着紧身衣按照芭蕾基础训练反复踢腿的专业人士，而是那些汲水能歌、取火能跳、对着山林田野都在起舞的人。"杨丽萍的"行走"，对于全球化进程中的民族文化保护与传承，无疑是很有意义的。但她或许不知道，从戴爱莲先生到她的半个世纪间，有执着地"行走"着我们可敬可爱的老大姐陈翘。陈翘与她那一代人为焕发出民族民间舞蹈勃勃生机的"行走"，是一段不应被我们忘记的历史！

陈翘的"行走"，在匆忙间使她忽略了许多人生的风景，但她执着的"行走"却成了我们舞坛亮丽的风景。

我很喜欢管琼写的《陈翘传》。除了文笔清新、用语亲切之外，我觉得最可贵之处是写人"传神"。比如写到陈翘应同伴之约去转达对刘选亮的爱慕之情时，刘选亮出人意料地对陈翘表白，爱的是陈翘本人……《陈翘传》写道："'不可能。'陈翘脱口而出，态度语气变化之大令她自己都吃惊，前一秒钟还脸红心跳，现在却全盘推翻，彻底拒绝，冰冷无悔。

这一次陈翘的头昂得高高的，心里是一种痛快的狠劲，终于知道了这个人内心的真实想法，自己还是极具魅力的……知道了，一切就变成另外一回事。"我与陈翘相识大约也就15年，但深知她善解人意，原来她自有一套洞察别人内心的方法，更绝的是她将人看透了还能装出什么都不明白的样子！我以为这正是她的"大智若愚"之所在。

《陈翘传》中另一处让我钦佩的传神之笔，是陈翘肺部感染绿脓杆菌"死去活来"后的感受，管琼写道："当轮椅车将陈翘带到二沙岛，当空的明月成了陈翘一生中见过的最圆最亮的月亮……她还从来没有如此依恋过一阵清风、一轮明月。她曾经是一个浪漫的人，几十年的风雨人生，早已将这份情怀荡涤干净了。20年来，深陷于行政事务，纠缠在现实的人际网中，在内心深处对于生命温柔的渴望此时越发地强烈起来……从来都是永不退缩的陈翘，并不认为自己的能力有多大，但也从没有怀疑过自己。现在她的想法有所改变，真的开始改变——比如不再执着，而是放下。"其实，正是在陈翘在重症监护室40多天昏睡不醒的日子里，我和广东舞蹈学校的李永祥校长来到她的病榻旁。那时我真以为这是与陈翘相见的最后一面了，心里不免有些酸楚、有些悲凉，尽管我并不相信陈翘会以这种方式"谢幕"……

在我的印象中，陈翘的出现总是与爽朗的笑声相伴的；而每当接听她的电话，那声音也是格外地清脆响亮。因为自打认识陈翘后，我就想起20世纪70年代初我所任职的江西省歌舞团总在演出的《喜送粮》，想起那轻捷欢快的舞步和轻松欢悦的情态……其实，陈翘哪里放得下，你看看她与台湾著名舞蹈学者刘凤学的交往就会认识到这一点。20世纪90年代，我曾为刘凤学率舞团来访演出的《布兰诗歌》所震撼；2002年当她应陈翘之邀来访演出《曹丕与甄宓》时，陈翘邀我前往广州观看并与刘凤学进行了交谈。彼时我深切地感受到，刘凤学很看重陈翘几十年间执着于黎族舞蹈的"行走"。刘凤学曾说："对我个人来说，为了避免传统舞蹈美好的一面在今日社会里变成孤立的个体，所以我想将其转化整合为我理想的中国现代舞之形式及精神。这一直是我心甘情愿的负载。"其实在这一点上陈翘正与她相类。我们前述的从《三月三》《草笠舞》《喜送粮》到《摸螺》，都是由陈翘创作的"黎族舞蹈"，都是由陈翘"转化整合"的形式及精神。我总在想，一辈子执着于在"黎族舞蹈"中"行走"的陈翘，肯定不得不忽略甚至是不得不放弃许多"人生的风景"。但这样使得她"执着行走"的人生成了我们舞坛，特别是我们民族民间舞蹈发展长河中亮丽的风景。

陈翘的"行走"，体现出一种真正意义上的"文化自觉"。她足以让我们的文化人躬身反思还有多少"自觉"。

"文化自觉"是费孝通先生早在十多年前提出的警醒。他明确指出："文化自觉只是指生活在一定文化中的人对其文化有'自知之明'。明白它的来历、形成过程、所具的特色和它的发展趋向，不带任何'文化复归'的意思，不是要'复旧'，同时也不主张'全盘西化'或'全盘他化'。'自知之明'是为了加强对文化转型的自主能力，取得决定适应新环境、新时代文化选择的自主地位。"其实我们追踪陈翘"行走"的历程，在"蚂蟥蜈蚣都不惧，东风西风都无关"的表象之下，看到的是一种真正意义上的"文化自觉"，看到的是她在多年采风生涯中对黎族舞蹈文化的"自知之明"。

你看她在《三月三》中，把亚公跳神的动作加大跨度，左手左脚顺边抬起之时重心左右移动，于是有了潇洒帅气的黎族男青年的形象；再看她在《草笠舞》中，让黎族姑娘横列一排斜身出胯，在延续顺拐动律的同时强化挺胸、提胯、蹬脚的主题动作；至于《喜送粮》，她更是因为情绪变化的需要，将缅甸舞和苏联的民间踢踏点化在黎族舞蹈的动律之中；而在《摸螺》中，她完全不用考虑黎族舞蹈本身的风格韵律问题，在人物形象塑造中自然而然地流淌出的语汇，也自然而然地体现出黎族舞蹈文化的"原汁原味"。最有代表性的是时任海南黎族苗族自治州州长的黎族头人王越丰的看法：他认为陈翘从本质上已经完完全全是黎族的一员。因为没有一颗黎族的灵魂，就不会有陈翘舞蹈中流淌着的黎族的血液。而其实，陈翘正是在深入黎族人民的生活中，在执着的、不懈怠的"行走"中，帮助黎族舞蹈"取得决定适应新环境、新时代文化选择的自主地位"。

　　大约在5年前，我曾就一次民族民间舞蹈的赛事发表了看法，题为《"原生态"价值取向与民间舞"善本再造"》。我指出："对于'原生态'民间歌舞逐渐边缘化并逐渐'萎退'的事实，不仅早已被包括普列汉诺夫在内的艺术理论家指证，而且这种'萎退'在某种意义上来说并不见证着民族物质生活的进步，反倒是观照着民族生命活力的羸弱。在社会风尚发生急剧变化的时代中，国人对既有文化传统的依恋是显而易见的。20世纪50年代对民间歌舞的深入'采风'和80年代对其的广泛'集成'便是如此。'采风'作为一种匡正时风的举措，是在'礼失求诸野，乐失亦求诸野'的理念指导下去实行的。在步入信息化时代的今天，我们还能在哪里找到未被网络覆盖、未被时风吹拂的历史文化之'野'呢？于是乎，对历史文化之'野'的寻踪觅迹渐渐由一种实地的踏勘走向了一种灵境的盼念，走向了一种精神的'香格里拉'。"在讨论陈翘的作为之时提及这一点，是因为在当代民族民间舞蹈的发展进程中，必须认识到在陈翘的"行走"中体现出来的"文化自觉"。我们应当像她那样，不仅具有对民族民间舞蹈动态风格的把握能力、分析能力和传授能力，而且必须熟悉那一动态风格赖以形成并存在的文化理由，必须熟悉其整体呈现时的基因密码。陈翘的"行走"是体现出"文化自觉"的行走，也可以说是在"行走"中体悟到的"文化自觉"。那么，为了加强我们对文化转型的自主能力，为了适应新环境、新时代自主选择的"文化自觉"，让我们与陈翘同行！

《中国艺术报》2010年7月20日

"三月三"里会陈翘

吴名辉

　　《诗经·郑风》里写的三月上巳节，就是我们当代一些少数民族中的"三月三"节日的延伸与演变。古人根据"春耕、夏耘、秋获、冬藏"的规律，选择春回大地、天和气清的时节进行祭祀、游乐活动，是为了拂除不祥，祈求幸福。当然，青年男女也在这个合适的时机展开爱的角逐，这对早期农业社会的劳动者来说，是最普遍的现象。而大诗人杜甫"三月三日天气新，长安水边多丽人"的描写，则说明唐代这风俗已扩大深入贵族统治者阶层了。

　　由于少数民族所处的地理位置较偏僻，社会历史的变动较为缓慢，所以至今南方的壮、布依、侗、苗、瑶族等，也还有"三月三"节日活动。1954年，中南民族事务委员会组织的一次相当规模的海南黎族情况调查表明，尽管有不少民间节日是各个支系的黎族同胞共有的，但直至20世纪50年代中期前，东方县西方镇一带的美孚支系仍然保持着类似古代三月上巳节的传统风习，即"三月三"。不仅中国南方是这样，甚至整个"地球村"不少地方也如此。譬如罗马尼亚，因为东西半球有时差、纬度差，直至每年7月下旬，才"大地回春"。这时，人们就在风景优美的格伊纳山区草地上举办"相亲集市"，让青年男女互相认识，选择自己的意中人。

　　总之，"三月三"年轻人情有独钟；"三月三"属于年轻的心，黎族同胞在"三月三"获得了幸福美满的爱情。汉族姑娘陈翘，在她十七八岁时的1956年，于通什的茅屋排练场里，即编导了她的第一支黎族舞蹈《三月三》（作曲马明、洪流）。但凡处女作都是一种原生态的东西，是心灵世界的最初形态，包含着编导精神里最基本的元素，那种自然而然地喷发出来的情感最纯洁真挚，当然也就真切可爱。因此次年1月，该舞参加"全国首届专业音乐舞蹈会演"，获得极高的声誉，并进中南海为党和国家的领导人演出，7月由参加第六届世界青年联欢节的中国艺术团带往莫斯科，演出第一次把黎族呈现在国际舞台上。1958年，中央歌舞团又选中该舞访日，每场必演。《三月三》的舞蹈形象，曾印在人们常用的手帕上。内地纪录片《南方之舞》和香港电影《月是故乡明》，均全场拍下这支舞蹈，复制视频远销海外。1959年，上海文艺出版社出版单行本，使其成为黎族舞蹈第一次走向世界艺术殿堂的扛鼎之作。

"三月三"，给才思敏捷、情感丰盈的陈翘以诸多温馨与蕴藉、滋润与遐想，使她萌发了舞之蹈之的激情与愿望；而《三月三》则凭陈翘过人的才情和一颗挚爱黎族文化的诚心，踏出浓墨重彩，夺得了世界性声誉。说来，还真是一段情义感人的"三月三"……

《三月三》打响了，黎族同胞第一次见到了舞台上自己的"舞蹈"，第一次形成了自己程式化的舞蹈语汇和"黎族舞蹈"的概念，更是第一次见证了自己的舞蹈文化连同民族风情、民族音乐、民族服饰一并被推上国际艺术竞技场！陈翘，这位汉族的"黎家女"，与在那"三月三"里带给自己事业诸多帮助的小伙子刘选亮，共同摘下浸润着"三月三"蜜汁的爱情之果——1962年农历三月三日，他俩举行了婚礼。将人生大事的日子，与自己事业萌发的起点紧紧相连，陈翘、刘选亮夫妇真是用心良苦了。后来，"三月三"这天，多被年轻人选为结婚吉日。而这种"心灵之约"，却使陈翘、刘选亮夫妇在"文革"期间吃了不少苦头。那时，陈翘被"挂"起来，不再创作舞蹈，便瞅空怀个孩子，但是各种"活动"还是免不了的。这时刘选亮常常好言好语地抚慰陈翘："权当看作在演活报剧，表演一个丑陋不堪的滑稽角色，而把瞧热闹的人群看成是观摩表演的'五好'观众吧。"

鉴于此，陈翘在自己从艺40周年的作品研讨会上，情真意切地作了即席发言："我幸运的是有一位志同道合，几十年相依为命、共同奋斗的伴侣刘选亮。我取得的成就，是他和我智慧的结晶。"

毋庸置疑，凡是凝结了艺术家智慧结晶的艺术品，都会得到历史正确的评定、时间的严峻检验、人民群众的信赖认可。因此，在1983年，当"三月三"由广东省人民政府批准重新恢复为黎族人民的传统节日时，原海南黎族苗族自治州的一位领导立即电告陈翘："感谢您对我们兄弟民族艺术的贡献。'三月三'成为整个黎族人民的节日，其中有您的一份功劳。"是啊，从一个支系的节日扩展成整个民族的节日，这一飞跃本身固然是由多种因素决定的，然而舞蹈《三月三》，至少起到了摇旗呐喊、擂鼓助威的作用。该舞将黎族青年男女在农历三月初三追求爱情和幸福的心态、情绪、场面，以群舞的形式，表现得极其纯朴、淡雅和清新，把处在原始状态的民间艺术素材，升华到一个新的高度：快慢相间的步态和节奏型的巧妙变化、微微摆动的上身和"顺拐"式的动作流程，以及道具花伞、凤凰树叶的运用，使得人随景走、景伴人移等都分外贴切，从而展现出黎族人民生活之美与五指山风情之美，抒发了黎族人民纯真的感情，赞美了黎族人民美好的心灵，进而让人想到整个海南岛也应是光彩流丽、兴盛美好的。从这个角度上说，"三月三"成为黎族人民的节日，无愧是块金字招牌。

原海南民族歌舞团易名为海南行政区歌舞团后，由驻通什到迁址海口白坡，后改为广东民族歌舞团，再改为如今的南方歌舞团时，便于1983年迁址广州赤岗了。虽然远离了海南，但陈翘、刘选亮夫妇仍忘不了30年的美好青春是在海南度过的。就说1982年到深圳去演出吧，已分别了三十六七年的同胞大姐从香港过来，要她一同去香港管理工厂，在香港陈翘却与同睡一床的大姐彻夜长谈，说："我为黎族人民编舞，黎族人民是不会忘记自己的女儿的。这就是我的事业。有了这，也就满足了。"

当陈翘提着轻便的行李从香港过罗湖海关时，那些紧张地盘查的人员，立时现出惊奇的神色："就这么丁点吗？""是的。都在这，查吧！""那……免了，免了。"她忽然笑了，回眸一瞥身后的地方，微笑着向它告别。她，回到了自己富足的精神世界，创造着一个黎族舞蹈的世界。因此每逢新历或农历三月三日，陈翘、刘选亮夫妇都会静悄悄地自穗返琼，到东方、白沙、乐东、通什、保亭一带深入生活，当然也重温青春年少时的"两人世界"，再投入地爱一次。又是一年"三月三"，翘姑是否"回娘家"？中国诗歌王子艾青吟道："这个世界，什么都古老，只有爱情，却永远年轻。(《关于爱情》)"是啊，随着时过境迁，物换星移，当年创编《三月三》的俊姑娘成了老太婆。但表现人间爱情美好圆满的舞蹈《三月三》，仍然显得那么风姿绰约、风韵长存。因为它永远属于勤劳、勇敢又智慧的黎族人民，属于翡翠长春的海南岛，属于世界上有情有义的大姑娘与小伙子。

1999年9月

陈翘：一个舞蹈家的"终身美丽"

詹青青

2010年12月21日，广东省委、省政府举行首届广东文艺终身成就奖颁奖典礼，其中就有舞蹈家陈翘。有一首歌的歌名叫《终身美丽》，这个词用来概括陈翘的人生再合适不过。这种美丽不仅仅是外表的，更是一种由内而外、具有强大磁场的个人魅力。

陈翘，1938年11月生于广州市，籍贯潮州，第九届全国政协委员、中国舞蹈家协会顾问（原副主席）、广东省舞蹈家协会名誉主席（原主席）、国家一级编导、南方歌舞团艺术指导。由广东省委宣传部、广东省文学艺术界联合会、广东省文化厅、中国舞蹈家协会为陈翘主办的从艺60周年系列活动中，来自海内外的上百名舞蹈界的老中青艺术家分享了她的艺术成就和人生点滴。著名舞蹈家贾作光、舞蹈评论家资华筠以及白淑湘、冯双白、冷茂弘等艺术家参加了她的作品研讨会，他们均表示，陈翘在中国舞蹈界的艺术成就毋庸置疑，更为重要的是，她保存了一个民族的历史和文化。而更多的人，则是感动于她的人格魅力，少有一个艺术家，像她这样仗义执言，又在中国舞蹈界拥有如此受人尊敬和爱戴的地位。

一、当之无愧的"黎族舞蹈之母"

天赋及机缘使陈翘注定成为杰出的舞蹈家。读小学四年级的陈翘有一次参加学校的演讲比赛，她在台上比在台下还出色，大眼睛忽闪忽闪地不忘与观众进行交流，老师说："这孩子真聪明，站在舞台上懂得用眼睛'抓'人。"12岁的她正式进入汕头文工团。15岁那年，命运再次垂青于她。华南歌舞团小组到汕头采风，把她推荐给刚组建的海南民族歌舞团，兴奋之余，陈翘竟顾不上办任何手续，当晚就抱着简单的行李，躲进歌舞团的大卡车车斗里，等了一个通宵。陈翘成为一名舞蹈家，在那个晚上就注定了。

1. 惊艳：18 岁的处女作《三月三》

陈翘到了海南，开始了艰辛的舞蹈之梦。1956 年，18 岁的陈翘为创作舞蹈第一次下乡，深入黎寨体验生活，黎族传统浪漫的"三月三"给她带来了创作的冲动。一连许多天，陈翘都沉浸在舞蹈的世界里。最后，舞蹈《三月三》令人惊艳，一炮打响，并走进中南海怀仁堂为党和国家领导人演出。

这支舞蹈让黎族人第一次见到了自己的舞蹈，第一次形成了自己程序化的舞蹈语汇和黎族舞蹈的概念，这支舞蹈还走上了国际艺术殿堂。这对年仅 18 岁的陈翘来说意义重大，这是她创作的一个非常亮丽的开端，经过了《三月三》的创作，她明白许多平凡的生活细节，只要用心去发现、点染、升华，就一定能形成风格独特而又感人的舞蹈形象。一支有生命力的舞蹈，其素材就一定要来源于生活。以后她的创作就一直是沿着这一条道路走下去的。

2. 成就：奠定一个舞系基础的《草笠舞》

从演员到编导，角色转换十分顺利。长期到黎寨演出和生活，陈翘发现每次跟黎族姑娘接触谈话时，她们都有些很独特的、吸引人的习惯性动作，于是她把这种黎族特有的生活习惯提炼成了舞蹈语汇，这就是黎族舞蹈中的"三道弯"动作。两手往外翘，就把姑娘爱美的心态跟生活习惯很好地表达出来了。陈翘就这样从生活观察中提炼出程式化的规范动作，整支舞蹈通过挺胸、提胯、蹬脚的舞姿动律，将草帽提、甩、转、遮、戴等动作结合在一起，创作出黎族舞蹈语汇最典型的作品《草笠舞》，极尽黎族姑娘青春、朝气的风致。陈翘的《草笠舞》荣获了世界舞蹈比赛的金质

奖章，该舞的电影纪录片《彩蝶纷飞》拷贝远销海外，还出版了舞台脚本。

3. 经典：红了40年的《喜送粮》

1971年前后，国内舞坛曾叶凋花零枝敝。然而，一连几年的5月1日和10月1日，首都北京市劳动人民文化宫、中央公园等处的游园节目演出点，专业、业余的团体都一直隆重表演陈翘的舞蹈《喜送粮》。1979年10月1日，在国庆30周年的游行队伍中，一个由千余人组成的艺术方阵《喜送粮》，浩浩荡荡地经过天安门广场，中央电视台直播，史无前例。2007年2月，中央电视台春晚歌舞《欢乐和谐·四季风》里，作为民族舞蹈经典的《喜送粮》，又一次通过荧屏传遍全国。2009年11月28日晚，在北京人民大会堂礼堂举行的"舞动中国——庆祝新中国成立60周年暨中国舞蹈家协会成立60周年舞蹈精品晚会"上，《喜送粮》再度亮相展姿。40年来，一支仅8分钟的舞蹈《喜送粮》，被全国几十个省市歌舞团、海陆空三军歌舞团学习演出，加上台本、场记及音乐等由各类媒体宣传发行，真是红透、演遍大半个中国。

20世纪60年代，一个艺术代表团访日，将《喜送粮》形象的特制绢人，作为泱泱大国华贵的文化礼品馈赠外国政要。

4. 高潮：艰险挡不住一波又一波的创作

自此以后，陈翘的创作激情，大有千里决堤之势，硕果累累。《胶园晨曲》《踩波曲》《摸螺》……几乎每个时期都有其代表性的作品，在群众中引起较为强烈的反响，先后在省内、国内、国际获奖。人们叹服于她的作品精巧、有灵气的同时，很想探求其诀窍所在。其实陈翘创作的环境非常恶劣，甚至险象环生。

陈翘的父亲毕业于黄埔军校，是国民党军队里的中校参谋长，于1944年与日本侵略军作战时阵亡；母亲一直是追求进步向往革命的，她曾经鼓励很多青年参加革命，陈翘深受母亲的影响参加了革命工作。可是在极"左"路线下，她的这些政治背景以及复杂的海外关系，却让她整整"负重"了三十年，每一次有什么"运动"都少不了她。然而，谁曾想到，她的那些饮誉中外的舞蹈作品就是在这样的"运动"空隙中创作出来的。

在创作《草笠舞》时，为了尽早寻找到更多的草笠素材，她不顾向导的劝说，执意翻山走近路。这一次，陈翘没有逃过山蚂蟥的袭击，小腿被咬出一个又深又大的伤口。在深入黎族人民生活采风的日子里，不管是惊险的洪水还是山道上成百上千、一尺多长、腹红背绿的蜈蚣，都无法阻挡陈翘的步伐。

5. 突破：令人耳目一新的《海底焊花》

1982年10月，中共中央书记处做出创作和演出一部大型歌舞《中国革命之歌》的决定，这是继《东方红》之后的又一部舞蹈史诗巨作，堪称《东方红》的姐妹篇。陈翘应邀参加创作，加入了这支无论是人数还是专业水平都是当年最高规格的编创队伍中，除了参加整体构思外，她还具体负责其中第五场中的《海底焊花》，其为反映工人到海底焊接管道的舞段。

当时的陈翘原本就不擅长男性舞蹈，又从未接触过石油工人，题材陌生，一时一筹莫展，这无疑将是她最艰难的一次创作。于是她去大港油田体验生活，了解石油工人的工作。有了这些生活积累，陈翘对整段舞蹈就有了清晰的设计构思，其中的关键是借助可以滑行的椅子来表现工人在海底优美的行进。这个设想的支持者不多，反对者不少，在这个聚集着全中国最好编导的队伍里，提出别具一格的设想，不仅需要挑战自己的勇气，还要承受来自他人质疑的巨大压力。陈翘怀着第一个吃螃蟹的心情，为了能生动地表现潜水员在海底自由潜行在海石花之间的形象，她开始了自己的试验，请道具组做了一只凳子，可那凳子只能滑行，不能转弯，并且很不稳当，她就自己在走廊里试滑，一开始她不时从凳子上跌下来，弄得身上青一块紫一块的。尝试的失败伴随着闲言碎语，但陈翘认为失败是暂

时的，只要修改就会达到理想的效果。果然，她成功了，此后的编排非常顺利。

记不清改动了多少遍，最后呈现出来的是，在奇幻碧绿的海底，簇簇海石花化为仙女，潜水作业的电焊工人从海面向下深潜，在海底遨游。陈翘借助灯光营造时空交错的意境，把大自然的美和工人的形象美结合起来，艺术化地展现石油工人与大海的感情。在这支舞蹈中，她开创性地使用吊钢丝绳的方法表现空中飞人，突破了只有电影特技才能处理的场面调度，使该舞成为整部史诗中最富于想象力和最具特技性的美丽场面。

其实陈翘坚持的创作道路，是许多人都懂得的常理——贴近人民，深入生活。难能可贵的是，她扎得深，始终保持着高昂的创作热情。如果说她有什么诀窍的话，那就是通过那双敏锐而深情的眼睛，善于从生活中摄取时代的闪光点，并巧妙地进行着思考，以独特的舞蹈语言予以展现。几十年来，陈翘不断深入海南黎族地区，坚持艺术创新。生活虽然异常艰苦，但都没能改变她对舞蹈事业的追求。

黎族的头人王越丰要和她喝鸡血酒（结盟的意思），把陈翘吸收进黎族，这是黎族人对陈翘的最大肯定，但最后她没有答应这样做，因为她认为这样做对她热爱的民族不利，她说他们需要有自己民族的舞蹈家。

二、为民族文化呐喊的舞蹈家

1. 信念：只有民族的东西才能立于世界之林

陈翘是一个性格特点非常鲜明的人，笔者只是第一次接触，就被她的魅力深深吸引，被她的热情感染，即使年过七旬，她依然活力四射，经常像个天真的孩子，岁月仿佛没有在她身上留下痕迹。她快人快语，敢讲敢说，所以走到哪里，她的真话就吼到哪里。中央有位领导很赞赏陈翘说的一席话："一个不重视民族文化的政府，是没有文化的政府；一个不珍惜民族文化的国家，是没有自尊和被人瞧不起的国家。"陈翘说："芭蕾、交响乐是西方的东西，已经有几百年的历史；中国的民族民间舞蹈艺术，其作品是中华人民共和国成立后才由文艺工作者创作、积累来的，只有短短几十年，更别提几千年的文化历史积淀。只有民族性的东西，才是我有你无的，这是需要国家扶持的！我经常说，中国的文化什么时候才算强大了呢？不只是我们成立了芭蕾舞团、交响乐团、现代舞团，而是外国以成立了一个中国的民族民间歌舞团为荣，那时中国才是真正强大了，向世界输出了优秀文化。"陈翘始终坚信，只有民族的东西才能立于世界之林。

有一年，陈翘带着歌舞团的姑娘们去意大利参加艺术节，知道他们所在城市的市长要来参加晚宴，她特地让歌舞团的姑娘们全部穿上旗袍，把她们最漂亮的饰物都戴上，当歌舞团的十多个身材高挑的、穿着中国特有的民族服装——旗袍的姑娘一齐亮相的时候，全场都响起了掌声，艺术节组委会当即决定，第二天的开幕式由漂亮的中国姑娘取代原来安排的意大利姑娘主持。又有一次到法国跳竹竿舞，外国人被他们在竹竿上精湛的动作变化惊呆了。他们把舞蹈团留下的竹竿锯成一小段一小段的，要舞蹈团的姑娘们在上面签名，说要当成纪念她们精湛演出的艺术品挂在墙上。"但我们一回到国内，就从云端跌落到了谷底，迎接我们的不是鲜花，不是掌声，我们被认为是'土里土气'的，这是多么大的屈辱啊！"她心中始终有一个信念，就是要为中国的民族民间舞蹈争得一席重要之位，"我怕的就是我们这一代人倒了，没有人再呐喊了"。

2.力行：把中国民族舞蹈带向了世界

20世纪70年代末80年代初，广东民族歌舞团从过去的辉煌走向衰弱。身为副团长和艺术总监的陈翘与丈夫刘选亮（当时任广东歌舞团团长）眼看着坚持了30多年的歌舞团濒临解散，痛心疾首。这时的她有着多种选择：海外亲人劝她到海外发展；北京的战友歌舞团、东方歌舞团、总政部队艺术学院等纷纷向他们夫妻俩发出邀请。但对民族舞蹈有着深深眷恋之情的他们却毅然留了下来，并决定把整个歌舞团搬到广州。为此，陈翘东奔西走，在得到广东省和原海南区党政领导的支持后，广东民族歌舞团搬团之事进展顺利。接下来就是选址和经费问题。为了疏通每一个环节，陈翘在领导面前长篇讲述，讲广东民族歌舞团辉煌的过去与目前的困境，讲民族文化艺术对一个国家发展的重要性，从而得到了一路的绿灯。

而到了广州这座大都市后，陈翘为了深入生活，几乎走遍了全省各地。现为南方歌舞团艺术指导的陈翘，觉得民族歌舞的生命，不仅仅属于自己，更属于广东，属于中华民族，应该一代一代地传承下去。于是，她坚持带领年轻人努力发掘民族民间舞蹈的意境和素材。曾以舞剧《边城》获得文华奖的谢晓咏，是一位从外省调来的土家族舞蹈编导。为了让他尽快熟悉广东的民俗风情，有三年的春节，陈翘带他去汕头考察标旗、花篮舞等民间年俗艺术，以及系水布等潮人习俗。这些"潮味土特产"，成了大型歌舞《潮汕赋》舞蹈语汇的亮点。这些年来，陈翘带着重组的南方歌舞团的民族民间舞蹈跑遍了30多个国家和地区，参加了世界各地的民间艺术节和慰问演出，把中国的民族民间舞蹈带向了世界。

3. 功绩：首提"岭南舞蹈"概念

2005年，陈翘以广东省舞蹈家协会主席的身份，响亮地提出了"岭南舞蹈"的概念，为此举办了"广东省首届岭南舞蹈大赛"，这对广东省舞蹈创作与研究具有里程碑的意义。有评论家指出，这一目标的确立，将竖起一面旗帜，使"岭南舞蹈"今后的创作、发展不再是无意的打造，而是自觉的追求。

2009年，"第二届广东省岭南舞蹈大赛"在珠海开赛，进一步构建和挖掘具有岭南特色的舞蹈作品，延续和打造岭南舞蹈品牌。2010年12月，首届岭南舞蹈论坛——岭南舞蹈与岭南文化研讨会举行，陈翘作为"岭南舞蹈"概念的提出者应邀参加并发表讲话。她说，岭南舞蹈的根在哪里，根需要理论做支撑，有了理论的基础，岭南舞蹈才能枝繁叶茂。这次论坛集合了与会人员的智慧，对岭南舞蹈的概念做出初步的界定，获得突出的学术成果，载入了岭南舞蹈的史册。陈翘在首届岭南舞蹈大赛的决赛和颁奖晚会上发表了激情四射、掌声雷动的讲话，她说，要通过几代舞蹈家的努力，通过几代人的共同探索，经过时间的慢慢打磨与淘汰，在几十年、上百年后，形成真正意义上的岭南舞派。至此，在陈翘的推动下，"岭南舞蹈"已经迈出了难能可贵的、里程碑式的第一步，功在当代。

4. 理想：建一个民族民间歌舞基地

"南方歌舞团有一块政府拨给我们的土地，搁置了很多年，因为我们没钱，如今连个剧场都盖不起，一排大型节目就要去外面租剧场。我希望在我的有生之年，在这块土地上盖起一座民族民间歌舞发展中心：底下是剧场，上面有不同民族的展览厅，我要将边远贫困地区的民族歌舞团都邀请到广州来，给民族歌舞一个演出平台。我希望这里能成为长江以南民族民间舞蹈文化的推广中心，让边远地区都能感受到广东强烈的文化氛围，成为对外展示的窗口。这么多年来，我一直在呼喊，却一直没有回答我的声音。我也想过民间融资，但我做了多少年领导，就做了多少年的'乞丐'，一些企业老板总是说你歌舞团要钱还不容易吗，你们那么多漂亮的姑娘……这种论调对我来说几近屈辱，我怎么可能答应！我寄希望于政府，在建文化强省的当下，我希望有关部门能再次聆听到我的声音。"

三、与生命赛跑的常青树

笔者采访的时候，陈翘侃侃而谈、铿锵有力、手舞足蹈，简直无法想象，眼前这位充满活力的长者，曾先后两次与死神擦肩而过。

20世纪90年代初，陈翘患了舌癌，党组织把她送到了最好的医院，广东省委、省政府有关领导前往医院看望她，并拨款进行治疗，手术后恢复了健康。2002年，陈翘不幸又患上了一种名叫"绿脓杆菌"感染的怪病，

据说这种病全世界只有几万分之一的人才会有，万分之一的患者才有可能被救活。陈翘当时被送到广东省人民医院后，昏迷了20多天，在危重病房里躺了49天，医生曾三次给她的家人下达病危通知，海外亲友也都纷纷赶回来跟她见"最后一面"。广东省委、省政府对此非常重视，再拨巨款抢救，再次把她从死神的魔掌中抢夺回来。活过来，又是"一条好汉"。陈翘身上绽放的生命光彩实在令人觉得不可思议，也许就是这非同寻常的活力让她取得了非同寻常的成就吧！

陈翘在全国性舞蹈比赛等活动任评委，如中国艺术节、国家文华奖以及全国杂技、歌舞主题晚会、荷花奖系列当代舞、舞蹈诗、舞剧等，在连续三届于贵州举行的民族民间舞蹈比赛中，从初赛到决赛，陈翘也从评委升任执行主任、评委会主任，还多次组织领导国际标准舞全国赛和省赛，担任组委会副主任、主任等职。在省内，陈翘曾担任广东省群众文化职称评定委员会主任，广东省艺术职称评委会副主任，非物质文化遗产保护工程专家组、民间表演组组长。她倡导并主持了在广州举行的"海峡两岸中华舞蹈文化交流座谈会"，邀请大陆和台湾具有代表性的舞蹈家欢聚一堂，会议开得很成功，为两岸舞蹈家架起了一条划时代的桥梁。她先后六次率团访问台湾，与台湾舞蹈界进行了广泛的接触和交流；又以学者的身份应台湾"舞蹈人类学研讨会"之邀，赴台中、台北、台南进行为期十几天的讲学；应邀参加中国文联主办的"首届海峡两岸暨港澳地区艺术论坛"。

她应邀参加由国务院、商务部、文化部、广电总局主办的博鳌国际论坛，还被邀担任香港举行的"亚洲才艺大赛"评委。她常给年轻演员、学生、业余爱好者讲课，辅导年轻编导进行创作实践，为传承民族文化，对后辈"传帮带"、甘为人梯，在民族文化这片沃土上，陈翘不愧为耕耘不息的孺子牛。

为改变我国国际标准舞界长期以来处于无人管理的状态，陈翘毅然接受中国文联对全国国际标准舞总会换届领导小组副组长的职务，并亮出了加强党的领导的鲜明旗帜，促使这个群众组织能朝着正确的路子健康发展。

2010年，世界客属恳亲大会在广东河源召开，受大会组委会邀请，南方歌舞团特别为大会准备了一场隆重的开幕演出，陈翘亲带编创人员多次深入客家山区进行生活采风，吸收淳朴多姿的客家民风。在开幕式上，演出获得巨大成功，得到来自世界各地嘉宾和客家乡亲的高度评价，认为这是一场大气、震撼、精彩、有客家特色的演出。中共中央政治局委员、省委有关领导看完演出后，直夸这场演出"高水平、很完美"。

为庆祝中国共产党建党90周年，河源市委、市政府再次邀请陈翘及其创作团队，为河源编创大型革命歌舞史诗《千年古邑·红色河源》。为完成这一崇高的政治任务，她带领创作组多次访问苏区，了解在大革命时期当地风起云涌的农民运动和民俗风情，从而激发起满腔创作热情，为建党90周年献礼，为高质量完成史诗式的晚会积累了丰富的创作素材。河源市庆祝建党90周年晚会上，演出获得了巨大的成功，得到了省市有关方面领导的充分肯定和赞扬。演出中那幕幕悲壮的画面、声声振奋人心的呐喊、场场惊心动魄的战斗历程，无不深深地震撼了所有观众的心。

亲友们看她还奔波忙碌，都劝她注意保重身体。陈翘笑着对我说，一生经历的磨难太多，还和死神抗争过，这点辛苦算得了什么，活着就要和生命赛跑，争取在有生之年为民族文化多做点事。

由于在舞蹈事业中做出的突出贡献，特别是以其作品构成的中国黎族舞蹈系列，陈翘在国内受到高度评价，在国际舞坛上也获得良好的声誉。其生平、事迹已被收录于《中国大百科全书》《中国艺术家辞典》《中国文艺家传集》《中国当代文艺名人辞典》《中国舞蹈辞典》《中外文艺学术名人肖像》。陈翘，以她杰出的艺术成就，奠定了在中国的民族舞蹈史上的地位。最后，让我们以海南省委书记许士杰为陈翘所作的诗，回顾陈翘的"终身美丽"！

粤东雏凤渡琼州，远搏绝非汗漫游，

破浪乘风翅更健，穿峦入洞态尤优。

飞入五指山，越过万泉河，

化作黎家女，筒裙起婆娑，

背带小竹箩，攀岭采山歌，

共饮山兰酒，根深果自多。

涉涧作《摸螺》，潜海创《踩波曲》，

《三月三》瞩目神州，《草笠舞》震动环球。

中华文化光芒万丈，生活之树春永留，

民族花圃茁新秀，南方黎舞数风流。

《艺坛之光》2011 年 10 月

郭惠良给陈翘的一封信

郭惠良

陈主席您好，家人均此请安！

我已细细地读完了《陈翘传》，更多更深入地了解到您的经历。更以有这样的一位朋友而骄傲，我总觉得您是"智慧的精灵"。李天民是台湾顶级的著名舞蹈家，在舞蹈教育的领域中，他有崇高的贡献。他极少赞美人，但却认真由衷地告诉我们，"陈翘是真正的舞蹈家，是'黎族舞蹈之母'"。啊，您是他第一个称赞的人，至少在我耳里。刘凤学博士更是台湾最受崇敬的舞蹈家，无论是编剧、舞蹈创作、理论还是教育都是被追随的指标，可以说是以巨擘之舞魂引领台湾的舞坛。若说李天民是冷峻的，而刘凤学也不是热情的，但刘凤学居然一反常态的理性性格，很用心地告诉我，"我很欣赏陈翘的性格，找个时间我们飞过去和她聊聊天"，这种脱口而出的激情，之前我不曾听过看过。天呐，好一个陈翘啊，把台湾两个最严肃且睿智的顶尖舞蹈家大大给折服了，所以我说您是"智慧的精灵"。

读完《陈翘传》，没有更多的惊讶或激情，却有更多的引人自省。因为您会像钻石一样在我心中灿烂着，不是那些丰功伟业，或所经历的人生困难，或与病魔搏斗的胜姿，我敬仰的是您天资中的聪明与智慧、勇敢与胆识、率真与真诚、真切与慈心、忧国忧民，您是一位真正的知识分子、真正的舞蹈教育家。相信目前海峡两岸我所知的舞蹈家中，没有哪个人有如此令人惊艳的性格，我羡慕您能如此坦然大方、痛快地生活在随心所欲中，那就是"幸福的"了。我祝您永远快乐。

祝顺利！保重！

台湾晚辈　郭惠良

2009 年 3 月 16 日

中篇

PART
TWO

第一章　剧本选集

槟榔树（剧本）

刘选亮

一、凄厉的风声

一组造型，一群少女衬托着一株在风雨中飘摇的槟榔树。

（群众始终以地上的动作表演，陪衬着以腰部动作为主的领舞，这组造型以一幅静止的画面组成，但静中有动。）

此部分可不用音乐，或只用一支低沉委婉的排箫，以配出风声的效果。

二、深沉的鼓声

领舞在急促的旋律中戛然而止，静场。

轻轻的鼓声由轻逐渐加重，如从远处传来的阵阵闷雷。

姑娘们犹如在绝望中纷纷苏醒。

一组缓慢而有沉重感的集体舞，象征着精神重压强加在这群少女的身上。

鼓点是典型的黎族跳鬼节奏，舞蹈带有浓郁的黎族风格和古老动律。

三、明媚的阳光

一组激动的背影欢迎着天幕上出现的万道余光。

槟榔树在阳光下节节生长，亭亭玉立在微风之中。

开头的排舞再次出现，但不需要低沉、哀怨的音乐，而是轻快、抒情的音乐，含蓄而多情的旋律如在诉说着今日黎家的喜悦之情。

　　姑娘们手拉着手组成一排，从矮到高，满心欢喜地迎着观众走去，聚光灯收到领舞的身上、头上，只见一片槟榔树叶在轻轻地飘动，并投射在天幕上。

野营大军过山来（剧本）

刘选亮

　　五指山下，野营拉练，解放军野练部队即将从村前经过。对解放军怀有深厚感情的黎族群众，在老村长的带领下，给即将经过的部队准备了解渴的椰子。姑娘们砍来了竹子，加固村前的拥军桥，桥头两旁挂上鲜红的对联："亲人重走红军路，黎家永做架桥人。"

　　拉练的解放军队伍不顾劳累，在田里帮助黎族群众收割庄稼，孩子们帮助解放军扛着背包。解放军在团长的带领下，挑着谷子回村。民兵抢过担子，姑娘们献上椰子，村前桥头顿时热闹起来。

　　大家从老村长手臂上的枪伤辨认出，老村长就是当年为保护竹桥与国民党兵殊死搏斗的黎族民兵队长。那是20年前一幕：国民党残兵从这里败走，为了逃避解放军的追击，他们过桥后准备烧掉竹桥，为保证解放军的胜利进军，民兵队长勇敢地与敌军搏斗，由于寡不敌众，民兵队长负伤。在危急的时刻，解放军部队神话般地降临，歼灭了敌军，救下受伤的民兵队长。

　　今天，他们又在这拥军桥前相会了。

　　战士们和黎家青年们分别舞起手中的枪和双花刀，向革命前辈致敬。"建设海南，巩固海南，军民团结一条心"的歌声响彻云霄。

　　注：此剧首演于1972年，1973年由珠江电影制片厂拍成大型电影艺术纪录片《歌舞》中；参加全国会演后，由原北京军区战友歌舞团带往罗马尼亚演出。

带枪的新娘（剧本）

刘选亮

一、引子

庙，敌人的关卡。

阴森森的门口，站着一个无精打采的哨兵；门内，黑影里竖着一面青天白日旗；门旁，贴着一张印有照片的悬赏告示。

几声爆炸。天幕上浓烟滚滚，火光冲天。警报声、哨子声、枪声响成一片，敌哨兵惊慌失措。冷不防一个矫健的身影从哨兵头上越过，一回身，夺过哨兵手里的枪，当头一击，把哨兵打倒在地。

她，就是敌人日夜想要抓捕的女游击队员。今天，她又只身闯敌营，把敌人的据点搅得天翻地覆后安然撤离。

女游击队员打开手里的皮包，迅速地翻看里面的各种文件，最后掏出一张军用地图，这就是游击队急需获得的重要情报。胜利的微笑浮现在她的脸上，这使她更加英姿飒爽。

跑步声从远而近，敌人的增援队伍来了，女游击队员眼神一闪，已想好了脱身之计，急闪而下。

国民党（以下简称"匪军"）军官带着一小队匪军迎面而来。一个匪军从地上捡起皮衣交给匪军军官，匪军军官发现重要情报被窃，大惊失色。

一个匪军从门内跳出，匪军们顺着他手指的方向，向门内冲去。走在最后的匪军军官在门口与"士兵"擦肩而过，他忽有所悟，急步回头，喝令"士兵"站住。"士兵"扬手一枪，匪军军官就地一滚，隐于门后。这个"士兵"原来就是女游击队员。

门内门外，开始了一场激烈的枪战。门外的女游击队员，利用门口这一有利地形左右开枪，打击敌人。怎奈寡不敌众，在消灭了几个敌人后，她不敢恋战，于是扔去一颗手榴弹，乘着爆炸的烟幕，从地上扶起一具敌人的尸体，用一支步枪支撑着，自己悄然撤走。

一阵沉寂。

一束手电光射在尸体上，接着，匪军战战兢兢地走过去查看，才知道这"把门"的是一具尸体。

匪军军官知道受骗，怒极，一脚踢翻尸体，指着墙上的女游击队员的照片，命令匪军立即追捕。

闭光。

二、婚礼之前

音乐。

幕开，聚光灯照射在一张发旧的告示上，告示的一角耷拉下来，但还是可以看出和敌人据点门口的悬赏告示是同一张。

灯光逐渐扩散。这时，我们可以看到，告示贴在一株巨大的榕树树干上，榕树以它繁茂的枝叶，覆盖着整个舞台。舞台一侧，伸出一角黎寨特有的船形屋，稍远处是起伏的深山。

两个黎族青年从屋里走出，向远处张望："怎么还没来呢？"

一个黎族姑娘挑来一担酒葫芦，青年走到面前，打开盖子，"好香呀"。姑娘把青年推开，"别碰，还没到时候"。

村里的人陆续走来，他们带来了多种礼物。其中，最突出的是老汉送来的一杆扎着红绸的猎枪。

青年男女来到门口，跳起了盅盘舞，争着看新房。

新郎潇洒地从屋里走出来，向大伙点头致谢，大家敲着盅盘逗着他，老汉拨开人群，把猎枪送给新郎，让他紧握手中的猎枪，杀尽天下的豺狼，新郎感激地接过猎枪。

站在远处的青年发现有人走来，大家以为是新娘来了，匆忙赶来，几个青年列队举枪，幺妹赶紧给新郎整理服装。

老汉走上前去，看出不是新郎等的新娘，感觉情况有异，急忙让大伙散开，青年们迅速就近隐蔽。

三、鱼水情

身披斗篷、头戴国民党军帽的女游击队员上场，经过长途跋涉，她已经十分疲惫，加上极度饥渴，她昏倒在大树下。一个青年跳上高处，想射杀这个不速之客。老汉拉住了他，带着几个青年，收起尖刀，轻轻地走了过来。女游击队员惊醒，猛然起身，由于动作过大，帽子掉在地上，现出本来的面目。刀枪相对，双方都愣住了，原来是自家人。

老汉和女游击队员紧紧握手，群众也围过来嘘寒问暖，姑娘们送来了鲜美的椰浆。

老汉指着树干上贴着的悬赏告示："敌人在捉你呢，可得多加小心。"小妹一个箭步冲上去，要撕下告示，女游击队员拉住她："就让它贴着，让敌人做梦去吧。"随着，她拿出一张《××报》，把上面鲜红的字展示在群众面前。

随着"向前向前"的乐曲，我们仿佛听到女游击队员在告诉乡亲们："我们伟大的领袖毛主席，已经发出了向全国进军的命令，英勇的人民解放军势如破竹，横扫蒋匪兵，太阳的光辉即将照耀在这偏远的山区。"

彩霞万里，东风浩荡。女游击队员带来胜利的消息，极大地鼓舞着渴望解放的黎族同胞。

四、斗敌人

一青年匆匆跑来，报告山路上发现敌人正在追来。女游击队员为了不连累群众，毅然扛上枪，向大家告别，但是已经迟了，村子被敌人包围，女游击队员单枪匹马，很难逃出去。群众十分着急，新郎和几个青年挺身而出，握刀举枪，准备保护女游击队员突围离去，被女游击队员制止，告诉他们不能这样莽撞硬拼。

女游击队员从身上取出那份重要情报，怎么办，用什么方法才能保存这份情报呢，她在急速地思考着，她的眼光落在新郎的身上。与此同时，老汉解下新郎猎枪上的红绸，递给女游击队员。他们想到一起去了。

人们围拢过来，女游击队员做了一番布置，大家马上分头行动，女游击队员把情报交给老汉，老汉叫她跟着小妹进屋内，青年使劲地敲起碟子，围着新郎转，老汉打开了喷香的酒葫芦。

匪军军官带着匪军冲进来，看到这个场面，稍微犹豫，留下两个匪军监视在场进行婚礼的群众，自己带着匪军进村搜查去了。

老汉端着两个大碗并跳起舞来，他故意来到匪军跟前，碗里醇香的酒把匪军们馋得口水直流。新郎乘机把酒送给匪军，匪军有些顾虑，怕上司训斥，可怎顶得住这酒实在是太香了，加上新郎一再劝酒，也就半推半就地抓过来一饮而尽。小伙子们一边捧着酒葫芦一边给匪兵灌酒，乘势把他们拥进树林。

匪军军官回来，匪军们陆续前来报告，在村里的搜查一无所获。老汉捧着大碗酒送到匪军军官面前，匪军军官并不上当，推开碗问老汉："有没有见到八路？一个短发的八路。"老汉装不懂，匪军军官取出一张照片，老汉看了看树上的告示。"你问的是她？"匪军军官猛点头，以为有线索了，可老汉摇头走开了。

匪军发现屋里有人，向匪军军官报告，匪军军官一声"搜"，带着匪军刚走到门口，竹门打开，从屋里走出一个盖着红盖头的新娘。

婚礼仍在继续进行，青年和姑娘们变化着多种舞蹈队形，巧妙地把"新娘"掩护在人群中。

和这些舞蹈交织在一起的，还有连续出现的一些紧张而有趣的场面。

"新娘"自己掀开红盖头，指挥着这一场不平凡的战斗。

老汉在跟匪军周旋。

匪军拿着照片，辨认着一张张从面前走过的笑脸，东奔西跑，累得他们满头大汗。匪军军官看遍了在场的姑娘们，没有要找的人。他想看这个盖着红盖头的新娘，但新郎千方百计地护着"新娘"，"新娘"也从容不迫地与匪军军官周旋，加上老汉从中阻拦，匪军军官几次想揭开新娘的盖头，都没有得逞，特别是看到新娘那条十分显眼的长辫子，匪军军官有些泄气了。

五、两个新娘

就在这时，一阵唢呐声传来，全场顿时紧张起来，女游击队员利用匪兵注意力分散的时机，在新郎的掩护下，与小妹悄悄耳语，小妹会意退下，新郎跟着也走了。

唢呐声送来了另一个头盖红盖头的"新娘"，这让形势变得紧张起来，一个新郎，两个新娘。到底哪个是真，哪个是假？

匪军军官阴险地冷笑一声，突然当胸揪住老汉："怎么回事？"匪军们也如临大敌，枪口对准所有群众。

老汉摊开双手："我什么都不知道。"

匪军军官推开老汉，掀开新娘的红盖头，不是。他回身用枪紧逼老汉，一步步地向新娘走来。

小妹悄悄与新娘耳语。

叭！叭！突然从屋里传来枪声，场面混乱了起来。

混乱中，青年们四处奔走，冲挤着匪军们。

混乱中，小妹拉着新娘直接跑过来，姑娘们把她们围在中间，两个新娘以极其敏捷的动作交换了盖头。

混乱中，匪军军官先是一愣，不过，很快就清醒过来，他冲着远处，对空打了两枪，把那群无头苍蝇般的匪军稳定了下来。他派出两个匪军去查看究竟，再让剩下的匪军把人群分开。

群众被驱散了，盖着黄盖头的女游击队员也顺利从匪军的包围中脱身。

匪兵们的刺刀紧紧追着盖着红盖头的新娘，匪军军官想走过去。

突然，一支乌黑的手枪顶住了匪军军官的后背，他的手枪也被老汉缴下了。匪军军官莫名其妙，回头一看，原来是蒙着黄盖头的女游击队员，他吓瘫了，老汉就势把他架住。那些可怜的匪军们，到现在还仍然蒙在鼓里。

被制服的匪军军官按着女游击队员的提示，向匪军发出集合命令，匪军们莫名其妙地列队。

"缴枪！"匪军不知所措，面面相觑，青年们早已冲上去，夺下他们的枪支。

"向右转！"新郎押着两个被派去搜查的匪军过来，老汉把这两个醉醺醺的匪军推进俘虏的队伍。

"齐步走！"匪军不解，愣在当场。

青年踏着步押着俘虏走了。

看着匪军们的狼狈相，场上响起了一阵胜利的笑声。

六、胜利

女游击队员脱去新娘的礼服，走到新娘前面，要把盖头交还给她，新娘看着手里的红盖头，深情地把它绑到女游击队员的枪把上，女游击队员把手枪高高举起，这绑着红盖头的手枪，犹如军民团结的象征，显得更加意味深长。

女游击队员把黄盖头盖在新娘的头上，祝贺这对在战斗中结合的新婚夫妇，老汉把保护下来的情报交还给女游击队员。

男女青年们兴高采烈，围着起舞，既为新婚夫妇祝福，也为战斗的胜利欢庆。

重任在身的女游击队员不敢久留，告别乡亲们，押着挑着两捆枪支的匪军军官，在两个黎族青年的护送下，踏上新的征途。

乡亲们依依不舍，向女游击队员告别。

黎族神话舞蹈
《龙子情》（提纲·第三稿）

刘选亮　陈　翘　周秉信

滔滔南海，碧波万顷。

小金龙破涛而出，遨游于海天之间。

生长在海边的黎妹正在舂米，她备受恶嫂的虐待。今天，又是一顿打骂。几朵小浪花拥着龙子到来，龙子化作英俊的少年，帮助黎妹劳作，抚慰黎妹的创伤，一对火热的心紧紧联结在一起。可是，当鸡啼第二遍时，龙子不得不显形归去，留给黎妹的只有深情的思念。

农历三月三日是传统的上巳节，姑娘们找到正在眺望大海的黎妹，拉着她一起在山坡上欢度节日。

智力低下的峒主之子在人群中发现了黎妹，为其美貌而神魂颠倒。

媒婆送来丰厚的聘礼，贪婪的哥嫂财迷心窍，不管黎妹不从，硬是答应嫁妹。

虽然黎妹死不相从，怎奈势单力薄，被嫂子缚持着出嫁，被迫送进洞房。

宾客们在饮酒作乐，黎妹对着龙子送的鹿骨针出神。

她跟随龙子，嬉游于波浪之中。
她求哥哥做主，哥哥却化成无头鬼。
她被嫂嫂的长手抓住，死挣不脱。
峒主之子，变成鬼围攻着她。

当黎妹回到现实中来，醉醺醺的峒主之子已在眼前，他忘乎所以地脱衣解带，黎妹以鹿骨针自卫，峒主之子不敢靠近，只好请来鬼公作法，企图制服黎妹。

法场上鬼公使出浑身解数，指挥徒弟们摇芭蕉叶，舞双花刀，最后自己出马，摆刀弄火。

龙子从天而降，他取出胸前宝镜，化解掉了箭刀火的侵袭，抱起黎妹，飞腾而去。

峒主之子不甘心，向哥讨人。狠毒的嫂子逼哥装扮黎妹。

山坡上，绿叶青年为黎妹搭起遮阳的竹棚，木棉花仙为黎妹织出美丽的筒裙，一起跳起欢乐的竹竿舞。

龙子点化山林，奇花异草发出彩光，他和龙妹在林里欢聚，过着幸福的生活。

峒主之子带着恶棍追踪而至，指使化了装的哥哥躲在火塘前等候龙子。

龙子没有防备，被哥砍碎胸前宝镜，顿时失去神力，重伤坠潭。

黎妹悲痛万分，拔出爱情的信物鹿骨针，文身毁容，毅然投身大海，誓与龙子永相随。

大海怒吼，狂浪卷走了哥、嫂、峒主之子。

已离开人间的龙子和黎妹，化成巨石，在浪花的簇拥下，徐徐升起，傲视着碧海蓝天。

1. 序幕

2. 哥嫂打妹

3. 相会

4. 三月三

5. 下聘礼

6. 送嫁

7. 结亲

8. 洞房

9. 迷雾中

10. 受辱

11. 法场救妹

12. 阴谋扮妹

13. 绿叶青年

14. 木棉花

15. 竹竿舞

16. 幸福双人舞

17. 杀龙

18. 文身

19. 诀别

20. 尾声

（演出时间大约一个半小时）

1989年9月1日于广州赤岗

潮汕赋（歌舞提纲）

刘选亮

喇叭声。

潮州大锣鼓演奏古朴雄壮的序曲。

一群头戴尖顶竹笠、身缠格子纹水布的男子，在波浪滔滔的大海中，乘风破浪，奋勇前行。

序歌（合唱）：

> 日头升，日头落
>
> 潮水涨，潮水退
>
> 韩江滔滔流出海
>
> 潮汕人浪里奔波
>
> 风风雨雨
>
> 历尽坎坷
>
> 地北天南
>
> 处处传颂潮人之歌

歌声中，一面巨大的白帆从舞台中心缓缓升起。白帆上有三个红色大字：潮汕赋。

第一场　古港谣

轻快的弦乐声中，一位少女扛着黄色标旗款款走来，标旗上书：古港谣。舞台灯渐亮。

古港一角，碧波荡漾。一条红头船泊在岸边，长长的跳板伸入舞台。

人们往船上装货，扛着陶瓷的壮汉、背着茶叶的畲女穿梭上船。

（装卸舞）

一队姑娘提着水桶，给红头船装水。

（送水舞）

赶来送行的少妇把系着红绳的护身符套在水手长的脖子上。

（祝福双人舞）

水手们依依不舍地告别亲人，登上红头船。

姑娘们挥手，向即将启航的亲人们告别。

（定型、收光）

歌声起：

货满舱，情满载

千里风波路

任我去又来

红头船，通四海

海上通途我们开

天幕上，一面面小白帆飘然而过。

热闹的迎宾锣鼓由远而近。

灯光大亮。

古港市场一角，聚集着欢迎外商的人群。

水手长领来外商与人们相见。

畲族姑娘捧出工夫茶，招待客商。

缅甸商人招手，缅甸青年举着大象牙走来。

（象牙舞）

身着草裙的夏威夷少女，托着盛满珍珠的盘子走过来。

（草裙舞）

泰国商人抬来大米，洁白的香米引起人们的赞叹，畲族姑娘兴致勃勃，围着香米起舞。

（香米舞）

人们在交谈，交换货品，一片兴旺。

歌声起：

> 红头船，送情去
> 红头船，迎情来
> 潮汕人情系五洲
> 潮汕人情播四海

歌声中，中外朋友情长舞酣。

一声惊雷，歌声戛然而止，一排铁栅凌空降下。

灯光渐暗，惊愕的人们木然不动。

静场，只留下声声深波。

第二场　过番歌

深波声还在延续。

一名少女扛着黑色的标旗从铁栅后走过，步伐沉重。

标旗上书：过番歌。

深波声还在延续，凄凉的歌声包含着几分愤慨：

> 千年古国在呻吟

朝廷闭关锁国

天灾连绵不断

东洋强盗四处放火

西方列强瓜分神州

唔（不）知锁国乜（什么）原因

滨海百姓苦情深

离乡别井觅生路

生路何处寻

　　歌声中，平台上是人流的剪影：挑着小孩的汉子，被搀扶的老太婆，挂着竹棍、托着饭碗的乞丐。

　　一青年冲向铁栅，用力摇撼着。

　　又一个加入，人越来越多。

　　铁栅被撞烂了，可这时，无数条小铁链从天而降，把人们压垮在地上。

　　青年们挣扎着爬起，左冲右突，企图冲破铁链构成的牢笼。

　　（锁链舞）

　　一名少妇冲出，抱住青年的大腿。

　　一场生离死别的感情奔泻。

　　（绝望双人舞）

　　静场。

　　英歌棍的敲击声，由慢而快，由弱渐强。

　　人们汇集到青年周围，一只又一只手握在一起，他们发誓，团结互助，共渡难关。另一名少妇送来一篮甜粿。

　　歌声起：

（女声）

> 别夫郎，泪难收
> 死不甘，生难求
> 无可奈何蒸甜粿
> 甜粿伴郎去漂流

（男声）

> 谁人不爱家乡
> 谁人不恋爹娘
> 接过甜粿心中苦
> 甜粿伴我去过洋

少妇从花篮中取出水布（俗称"浴布"）一头，送给青年。青年手执水布，依依不舍地离开少妇。随着他们之间距离的拉开，水布也在不断伸长。

长长的水布在飘动，水布后面，青年们组成破浪前进的造型。

歌声：

> 一肚目汁（眼泪）一船人
> 一条浴布去过番
> 茫茫南海水迢迢
> 从此家乡万里遥
> （青年们远去）

水布把另一端的妇女们拉进舞台中心。

她们在洗衣、绣花，不时地翘首远望。

（绣花舞）

歌声：

> 昨夜灯花盏上开
> 开门静待番批来
> 静静等，静静待
> 日落月升等无来
> （妇女们悄悄退场）

水布把另一端的男人们拉到舞台。

一幅在异国谋生的写照：搬运、擦皮鞋、小贩、拉黄包车。

夜里，人们席地而卧，做起了家乡梦。

（思乡舞）

歌声：

> 情切切，意茫茫
> 亲人夜夜入梦中
> 梦中抹去慈母泪
> 游子日日盼归航

一个青年梦中惊醒，点数着微薄的收入，叹息，抹泪。朋友们同情他，向他伸出援助之手。

水布又把妇女们拉上舞台。

那是兵荒马乱的年代，急骤的音乐中伴着几声清脆的枪声。妇女们惊慌失措，一步一跌退场。

另一端海外的亲人关注着家乡的命运，可大洋阻隔，恶浪滔天。

思乡的深情化作一个写着"母亲大人收"的大信封，顺着水布，犹如大海中扬起的风帆，飘向家乡。

水布两端的人们同时出现，远处是身着洋服、头戴礼帽的男人们，近处是一群妇女围坐着听少女读海外亲人寄来的信，造型静止。

画外音：

<blockquote>

燕鸟飞来又飞去

千言难表长相思

游子有家归不得

天涯海角寄家书

儿漂泊在外

为人打工日夜磨

上山扛大杉

落海担大箩

日头晒，雨水淋

夜来睡落想唐山

寄去钱银俭俭用

吩咐妻儿着听呾（要听话）

田园工课（农活）力落（努力）做

猪知饲，仔知教

保贺（祈愿）终有出头日

天地清，乌云散

儿当速速返潮汕

</blockquote>

第三场　迎春曲

两条鲤鱼从不同方向上场，它们游到一起，双双戏水。一道急流涌来，鱼儿散开，各停一方，遥遥相望。

更多的小鲤鱼从中间游出，在标旗队形成的海浪中穿梭。

标旗队变化着图形，组成一道道屏障，鲤鱼群则一次次从标旗阵上跃过，象征着时光的流逝。

最后，标旗队集中于舞台正中，形成一道龙门，鲤鱼奋力跃过。

（鲤鱼灯）

龙门开处，一个大汉抡锤在敲击大地，高大的身影投射在天幕上。

大地醒了，一片片绿色的春草从地上冒出来。

（春之舞）

欢庆的锣鼓。

一位少女迈着轻快的步伐，扛着红色的标旗走过，标旗上写着：迎春曲。她的身后，涌出了各色标旗。

一幅"欢迎世界潮人联谊会的代表"的横幅标语从标旗丛中升起，横幅下，干部和华侨代表们亲切握手。

群众纷纷涌来，有的献上鲜花，有的抱头痛哭。

一位有眼疾的老奶奶在孙女的搀扶下赶了过来，华侨中的一名男子冲上前去相认。老奶奶摸到华侨胸前的银锁，一阵晕眩。日夜思念的儿子就在眼前，她喜极而泣。

（相见双人舞）

喜庆的游行队伍过来了，随着一阵从远而近的锣鼓声，舞出一队头戴尖顶竹笠的青年。

（尖笠舞）

又舞出一队挑着花篮的潮州姑娘。

（花篮舞）

音乐化成铿锵有力的打击乐，一队雄壮威武的英歌队舞过来了。

（英歌舞）

老华侨接过小朋友送给他的一对英歌棍，陷入沉思，耳边传来了童年的歌谣，淡淡的，轻轻的。

（华侨独舞）

老华侨越舞越欢，老奶奶与小孙女也舞了起来。

群众情不自禁地卷入了欢乐的漩涡。

序歌再现。

日头升，日头落

潮水涨，潮水退

韩江滔滔流出海

潮汕人浪里奔波

风风雨雨

历尽坎坷

地北天南

处处传颂潮人之歌

一面大标旗，上书"同谱潮汕赋，振兴我中华"，从人群中冉冉升起，人们在标旗下阔步向前。

1992年

多彩河源（剧本）

刘选亮　　陈　翘

序：本是恐龙乡

浩瀚的星空中，缓缓转动的地球由远而近。

地面上，高山、大河、沙滩、森林逐渐清晰，画面定格在洒满阳光的大河边。

波光跳跃，绿林绵密，宽大的叶面镶着金边。

画外音：多美的地方呀，这就是亿万年前的河源，那时候，人类还没有诞生呢。

草丛中，恐龙蛋在躁动。

小恐龙破壳而出，惊奇地看着这陌生的世界。

一声长啸，传来了沉重的脚步声。

大恐龙从观众席边走过，和观众打着招呼，走上舞台，把小恐龙拥入怀里。

五彩斑斓的河源龙从天而降，为大恐龙母子祝福。

窃蛋龙抱着偷来的恐龙蛋，躲躲闪闪地经过。

河源龙发现，夺回恐龙蛋，送还给恐龙妈妈，所有的恐龙围着恐龙蛋，和谐起舞。

天色渐暗，地球旋转远去，融入宇宙之中。

一、赵将军驾到

画外音：宇宙在运转，地球在进化，恐龙消失了，人类诞生了，亿万年前恐龙栖息的地方，已成为人类繁衍的家园。人类从混沌到幼稚，从原始到开化，直到两千多年前，秦朝将领赵佗率领十万大军南下岭南河源，掀开了历史的新篇章。

牛角号、锣鼓声阵阵，引出船队，军容威武，旌旗飘扬。

官船上，将军身后竖起"秦国帅"旗。

船队绕场一周，倚靠在舞台前。

岸上，土著居民在女首领的带领下，迎接秦军的到来。

女首领舞动长鞭。

姑娘们手捧岭南佳果。

将军舞起长戟答谢观众。

战士们搬来各式农具，分发给群众。

将军教女首领使用犁耙。

战士们教群众使用锄头。

军爱民、民拥军，军民融合在团结与亲密之中。

二、𠊎（客家语"我"）是客家人

画外音：中华文明和岭南原住民长期融合，神州大地孵化出了一个新的族群——客家人。客家人传承了中华民族的优秀传统，创造了别具一格的生活形态，在历史的长河中不断成长、壮大，无论是地北天南，还是五湖四海，都可以听到"𠊎是客家人"。

大围屋前，姑娘们舞动着百家姓花灯。

围屋门徐徐打开，一座巨大的走马灯矗立于舞台上。

走马灯的屏幕上，青年唱起竹板歌：

客家百家姓，和谐新家园

走马灯转起来，变幻出以下画面：

茶山春晓（歌伴舞）

客家姑娘采茶忙，歌声飘向云天外。

东江放排（三人舞）

客家汉子架木排，齐心协力闯激流。

月下情歌（对唱与伴唱）

歌曲倾诉着年轻人对美好生活的向往。

添丁啰（舞蹈）

出现母亲与婴儿的造型，鞭炮声中老汉升灯。

跳春牛、旱船舞、大象舞等民族舞蹈助兴。

舞台上，剧场里亮起了百家姓花灯。

竹板歌再现。

客家百家姓，和谐新家园

三、东江通四海

画外音：很久以前，河源人就懂得利用东江通向大海之便，向海外寻求发展之路，并把优秀的中华文化传向四海，也把多彩的海外文化带回家乡。在这充满神奇色彩的交往中，清代小说《镜花缘》中的旅行家唐敖就是河源人。今天，我们就把这段客家发展的海外奇遇展现出来与大家共享。

海船装好货，扬帆出海。

海船在海上航行，背景是不断变换的异国风光。

海边贸易会中，各国商人熙熙攘攘。

泰国姑娘赞赏中国的花伞，

黑人姑娘最爱中国的丝绸，

蒙古人牵来了骏马，

哥萨克国的青年肩挂成串的猪笼草，

矮人国抬来了一棵大灵芝。

仙人掌、波罗蜜、象牙、巨蟹等，无不是天下奇珍。

"君子国""女儿国""两面国"打着标旗。

各国宾客前来和船主见面寒暄。

中国水手从船上搬来客家娘酒，招待各国宾朋。

在船长的带动下，大家举碗，为和平友谊干杯。

空中出现一辆飞车，载着几位白衣国人到来。

四、美哉万绿湖

画外音：传说中的百花仙女下凡到了河源，在她的辛勤劳动、精心呵护下，这里已是郁郁葱葱、四季飘香。今天，热爱家园的客家儿女又为河源雕琢出一块美丽的翡翠——万绿湖。

湖边的山色怡人，湖中的风光更是变化万千，就连对水质十分挑剔的桃花水母也在这里安家落户，把它当成自己的家园。

视频：《俯瞰万绿湖》。

镜头下移到水下。

美人鱼在水中畅游，婀娜多姿。

桃花水母结队而来，在阳光的折射下，色彩斑斓，舞姿翩翩。

伴唱：《万绿湖之歌》。

尾声：请到河源来

一束灯光聚焦在百花仙女的塑像上。

百花仙女动起来，把花洒向四方。

满台的五色花朵骤然盛开，漫山遍野。

竹板歌：

四海皆兄弟

相见是朋友

请到河源来

尝我爹娘酒

谢幕：桃花水母姑娘走进观众席，分发水母纪念品。

1989 年

千年古邑 红色河源
——庆祝中国共产党成立九十周年（剧本）

刘选亮 陈 翘

一、觉醒之路

滔滔东江

天幕：奔流的江水。

画外音：滔滔东江水，日夜不断流，伴随着岁月的流逝，见证着历史的变迁，流过了辉煌与屈辱，流进了公元第20个世纪。

在"三座大山"的重压下，一个有着五千年文明史的中华古国正挣扎在黑暗的深渊。

十月革命一声炮响，给中国送来了马克思列宁主义，让苦难的民族看到了希望的曙光。

在认识到只有社会主义才能救中国的真理之后，中国共产党的第一批党员中，就有着我们河源的儿女阮啸仙、刘子崧、黄居仁。

天幕上出现"河源三杰"的头像。

画外音：伟大的无产阶级革命家周恩来、彭湃、徐向前、叶剑英等也曾经在这红色的土地上领导革命斗争。

天幕上出现周恩来等革命前辈的头像。

星星之火

天幕上乌云翻滚。

造型：几个农民围绕一个学生模样的青年，青年手捧书本，就着油灯，在向农民们宣讲。乌云中出现《新青年》《春雷》等杂志封面。

画外音（集体朗诵）：

鲜的衣，美的食

大屋和楼阁

谁的功，谁的力

劳动的成果

当牛马，流血汗

即得有几何

财主爷，不劳动

粮食堆满坡

谁的过，封建制

一定要打破

雷鸣电闪。

青年点燃火把。

四处有火把响应，农民举着火把汇聚起来，被唤醒的农民勇往直前，势不可挡。

在震天的吼声中，一条火龙呼啸而出，它摆动着闪光的身躯，直冲向夜空。

起义农民过场。

红色政权

画外音：在中国共产党的领导下，觉醒了的河源人民发动了震惊中外的1927年"四二六"武装暴动，闽粤赣第一个县级苏维埃政权和革命根据地诞生了。

锣鼓声中，一串大红鞭炮正在燃放，火光映红了半边天。

庆祝大会会场，主席台上方悬挂着大红横幅：庆祝紫金县苏维埃政府成立。

两边的对联是：坚决推翻旧世界，劳苦人民乐开怀。

会场周围立满了红旗。

主席台上，苏维埃政府主席向自卫队授旗，红旗展开，上有"农民自卫军"几个大字。

自卫军队长领着战士们列队走过主席台，接受检阅；

妇救会的妇女们提着花灯进入会场，自卫军战士们搬起板凳，与花灯一起欢舞庆祝（花灯舞）；

儿童团的孩子们扛着红缨枪，高歌"打倒列强"，走进会场（红缨枪舞）；

号兵训练班的战士列队进场，把庆祝大会的气氛推向高潮（号兵舞）；

最后，小号兵攀着战士们搭成的人梯吹响了进军号。（造型，收光。）

血田丰碑

画外音：农民运动的蓬勃兴起，动摇了封建统治阶级的根基，他们调动了大量军队，对新生的农民政权进行了灭绝人性的围剿，红色根据地遭到了血与火的摧残，就在紫金县这片不足一亩地的稻田里，先后屠杀了我红军战士及革命群众450人。

刺刀包围下的一片稻田里，十字架上绑着一名东征军战士和一些被抓来的群众。

一组组英雄被押送到稻田里。

自卫队员被反绑着，母亲及妇女们怀抱婴儿。

被五花大绑的青年向赶来的老妈妈跪别。

枪声大作，英雄们纷纷倒下。

鲜血溅射到天幕，鲜血染红了稻田。

口号声：中国共产党万岁！

鲜红的党旗在天地间升起，党旗前，烈士们凝成一组不屈的雕像，悲壮的歌声直冲云霄。

二、解放之路

红旗飘飘

红旗从燃烧的大地上飘过，出现农民自卫军、农民赤卫队、东江工农革命军第一军军旗。

画外音：伟大的农民运动爆发，产生了农民自己的武装。

红旗从燃烧的大地上飘过。

红二师、红四师。

画外音：震惊世界的南昌起义爆发，起义后改编为红二师、红四师的革命军转战于河源地区。

东江纵队红旗从燃烧的大地上飘过。

画外音：抗日战争时期，抗日游击队活跃于东江两岸。

鱼水情深

画外音：中国共产党领导的人民武装从小到大，从弱到强，在人民群众的支持下，不断成长、壮大。

路卡、铁马、团丁。

嘹亮的歌声……

团丁探头张望、倾听。

手拎小花布包的村妇边唱边出场。

客家山歌：

讲当白军系凄凉
被迫离家走他乡
一日两餐都不饱
天寒地冻睡祠堂

爷娘妻子望断肠

怨你不孝无情郎

本想当兵求米粮

谁知雪上又加霜

团丁们逐渐围拢过来，低头叹息。

军长团长坐马轿

三妻四妾置田庄

花天酒地食鸦片

对待士兵似虎狼

敌军军官冲出，令团丁抓住村妇。

团丁被村妇抛出的小花布包吓得抱头倒地，待缓过神来，村妇已不见踪影。

敌军军官率团丁追下。

——暗转——

山村、竹林、小庙。

老者领着妇女们祭拜龙庙。

枪声响。

村妇从竹林里闪出，老者认出她，把她推进庙里。

团丁们到来，到处搜寻，未果。

敌军军官拨开人群，要进小庙。

小庙里摇出一条旱船，

老者及妇女们利用旱船与敌周旋。

在群众掩护下，藏在旱船中的村妇制服了敌军军官，安全脱险。

营救精英

画外音：日本军国主义凭借其强大的武力，对中国发动了野蛮的侵略战争。不愿当亡国奴的中国人民，在中国共产党的领导下，奋起抗战，用血肉筑起长城，谱写了可歌可泣的救国篇章。

为营救一批身陷虎穴的中华民族文化精英，东江纵队的游击队员们冒着巨大的危险，冲破重重封锁，把他们护送到了抗日的大后方。

河源，就是这场大营救的一个重要中转站。

黑夜，山间小路上，游击队员引领着一支特殊的队伍在悄悄前进。每个人都拉着前面同志腰间的白毛巾，以免掉队。

大河边，停泊着一艘木船。

游击队员向河里击掌接头。

艄公伸过来一支撑杆，顺着撑杆，游击队员把文化人一个个扶上了船。

——暗转——

小船在河上颠簸前进，驶入河汊。

远处传来汽艇的马达声，小船赶紧靠到岸边隐蔽在灌木丛中。

刺眼的探照灯光反复扫过灌木丛。

马达声远去，小船又继续前进。

黎明，河边竹林中，露出一截装着货物的货车。

文化人在游击队员的搀扶下上岸，登上货车。

马达声响，汽车开动了，游击队员和车上的文化人挥手告别。

勇捣敌巢

画外音：在强大的人民解放军的沉重打击下，垂死的敌人在主战场上节节败退。以九连山为根据地的粤赣湘纵队，也以机智勇敢的战斗，让敌人的后院不得安宁。

黑夜。

游击队员急行军，翻山涉水，势如破竹。

枪声大作，炮楼的枪眼不断吐出火光，阻挡游击队的前进。

一名游击队员在机枪掩护下，撑着粗长的竹竿，攀上炮楼，向炮楼里一阵扫射，炮楼垮了，游击队继续挺进。

山区的一角，远处山冈上设置了多处碉堡。

枪炮声中，碉堡相继被炸，火光冲天。

城头的敌哨在探头张望，如惊弓之鸟，游击队指挥员跃出，一枪击毙敌哨。

战士抱着炸药包左腾右跃，冲到城墙下，拉响炸药包。

城墙被炸开一个洞，战士们跃起冲锋。

墙洞里伸出一面发抖的白旗。

三、崛起之路

新生河源

画外音：1949年4月21日，毛主席、朱总司令发出"解放全中国"的命令，粤赣湘纵队为打开南下大军进入岭南的通道，英勇奋战，一举攻下紫金城。河源，成为广东省最早解放的地方。

天幕上出现毛泽东、朱德画像，在《人民解放军进行曲》的音乐中，"八一"军旗和"粤赣湘纵队"队旗一起飞舞。

南下大军与游击队会师，两位指挥员握手、拥抱，群众涌出欢迎他们。

高处，战士们大步向前，群众送水。

一幅河源大地图出现，随着红色箭头的延伸，标出各县城解放的时间。

舍家建湖

山路上，一列搬迁队伍的造型。

画外音：为了中华民族的伟大复兴，祖国大地开始了如火如荼的社会主义建设。河源人民，为修建功在千秋的新丰江枫树坝水库，做出了无私

的奉献。十万民众大搬迁的壮举，将永远是红色河源的骄傲。

搬迁人群陆续从远处走下，他们携带着生活用品、农具、耕牛……

推着老太太的小板车被土沟卡住了，迎面走来的工程师及测量队过来帮忙。孩子们抚摸着测量队的标尺。农民们也纷纷围过来。工程师打开一张"华南第一水库"的地图，告诉人们，这里将会是一个美丽的大湖。

歌声：

舍小家

建大湖

造福千秋万代

重绣岭南地图

天幕上出现新丰江水库大坝。

画外音：新丰江水库就是今天的万绿湖，灌溉着土地，发出电力，为人民输送优质的饮用水。

天幕化成大坝的出水口，汹涌的江水奔泻而下。

画外音：对水质要求十分苛刻的桃花水母，也在这里生长，安了家。看呀，美丽的桃花水母游过来了。

大屏幕化成波光粼粼的万绿湖。

四处是桃花水母的身影。

在"美丽的万绿湖"歌声中，婀娜多姿的桃花水母犹如水中仙女，翩翩起舞。

古邑崛起

竹板歌：《崛起之歌》。

配合着竹板歌的内容，大屏幕上变换着河源地区有代表性的经济、文化、民生的画面。

奔向未来

大屏幕：横贯舞台的大标语"为建设美好的明天，前进！"。

象征着民众意志的马，奔腾而出。

（万马奔腾舞）

象征着力量的龙舟手奋勇争先。

（力争上游舞）

高处出现歌手，高唱主题歌《红色河源美》。

《没有共产党就没有新中国》的旋律响起。

尾声

通过时间隧道，依次推出《星星之火》《血田丰碑》《鱼水情深》《营救精英》《舍家建湖》《奔向未来》等舞蹈的造型。

谢幕。

写于2011年

注：庆祝中国共产党成立90周年，上演于河源市体育馆。

桃花水母（剧本·第八稿）

刘选亮　陈　翘

浩瀚的太空中星星在闪烁。

星星缓缓地汇成一只占满天幕的眼睛。

画外音：这是一只宇宙之眼，能看到天上、人间的一切，当然，也能看到你。

天幕上巨大的眼珠里出现了剧场里观众的影像。

画外音：现在它将让你看到一个神奇的故事。对水质要求十分苛刻的桃花水母，以它前世今生的经历，吟唱着一曲水的赞歌。

1.眼珠里的地球在旋转，由远而近。景物一一逐渐显现，最后定格在一汪清水上。成群的水母在水中漫游。

水母群幻化成一个美丽的姑娘——桃花。

桃花被水母群托上水面，岸上的绮丽风光吸引着好奇的桃花，桃花信步向远处的森林走去。

（水母群舞，桃花独舞）

2.桃花来到林中空地。

草丛中有一组恐龙蛋，桃花敲开恐龙蛋，小恐龙跃出。

（小恐龙舞）

随着一声长啸，恐龙妈妈穿过观众席，走上舞台。小恐龙投进妈妈温暖的怀抱。桃花隐去。

各类恐龙前来祝贺小恐龙的诞生。

（恐龙贺诞组舞）

3. 爱上桃花的河源龙，追着桃花而来。

害羞的桃花跳进水中，河源龙也毫不犹豫地跟着跳下。

不谙水性的河源龙，扑腾几下就沉下去了。

水母群把河源龙托出水面，送回岸上。

恐龙妈妈被河源龙的痴情感动，深表同情，它遥指天空，云端上由花瓣凝成的百花仙子在招手。

4. 红颜洞前，善良的百花仙子答应了河源龙的恳求，施展法术，把他变成翩翩美少年模样的龙子，并把一根翠绿的恐龙草插在龙子头上。

百花仙子招来竹排，从洞前拔出一根竹子交给龙子。

5. 龙子撑着竹排来到河上，这里水面宽阔，野藤悬垂在波光粼粼的水面上。龙子和桃花在碧水彩藤间，迸发出爱恋的火花。

（水上水下的爱情双人舞）

6. 几声闷雷，继而电闪雷鸣，突如其来的灾难从天而降，粉碎了龙子和桃花的爱情之梦。

龙子呼叫来恐龙家族，为桃花筑起防护堤。

一场生离死别的拯救上演。

桃花摘下凉帽，为龙子护身。

龙子把桃花托在仅剩的小水洼中，自己则被泥石流掩埋了，只留下那根恐龙草握在桃花手中。

（拯救之舞，龙子护花双人舞）

7. 泥石流形成的荒野，瞬间化为一片冰天雪地，并退缩到大眼的眼珠之中。

桃花在冰川间跋涉。

呼啸的暴风雪把桃花淹没。

雪堆上，只剩下龙子留下的那根恐龙草。

8.大眼闭上，从眼角流下了悲伤的眼泪。

爱情的眼泪汇成山泉、瀑布、大湖。

音乐从柔弱单纯演变成壮阔的交响乐章。

画外音：日落日出、斗转星移，亿万年后，爱情之泪汇成美丽的万绿湖。

歌声：

石可烂，海可枯
生命越千古
爱情之泪化甘泉
人间万绿湖

9.祥云飘过，云端上的百花仙子向大地撒下花瓣，所到之处（冰川）被染上了翠绿。

百花仙子发现雪堆上的恐龙草，她扒开冰雪，找到桃花并把她带到万绿湖畔，用湖水救活了她，送她到湖里安家。

桃花跃入水中，鱼虾们欢迎她的到来。

（水族之舞）

10.水族们隐去，灯光聚焦在桃花身上，她手抚恐龙草思念龙子，听到岸上传来的人间情歌。一对青年男女在由花瓣编织成的秋千上，从高处伴着情歌对唱缓缓降下。

桃花被情歌吸引了，从水中浮出，她梦中的龙子通过时光隧道从天边穿越而来。

一对是人间情人，一对是梦境中的龙子和桃花，两对情人在歌声中穿插抒情。（现实与梦境的两对双人舞）现实中的情人追逐着下场，梦境中的情人龙子消失，桃花怅然。

11. 花瓣组成的秋千散开了，花瓣纷纷飘落在湖边，形成竹苗。

竹苗在神奇的音乐声中飞快成长，很快成为竹林，漂流在湖边。透过流动的竹林，可以看到姑娘们在梯田中采茶。

（采茶舞）

透过流动的竹林，可以看到客家娘在酿酒。

男女青年追逐在竹林中，最后手牵手走进围屋。

12. 新生儿哭声。

"上灯啰"。

围屋门大开，姑娘们提着花灯出场。

各式民俗活动登场，有春牛、布马、大象。

旱船出，从旱船里蹦出一只五彩河源龙。

13. 台上收光，只留下河源龙独舞的特效，河源龙幻化成龙子，龙子的旋律再现。

（河源龙——龙子独舞）

桃花从湖中跃出，惊喜地看到龙子。

桃花扑向龙子，龙子却立即变成石蛋，龙子蜷缩其中。

桃花抱着石蛋，号哭动天地，《望郎归》变奏。

14. 百花仙子出现在云端上，她撒下花瓣，包住石蛋，石蛋裂开，冲出一道金光，龙子破壳而出。

龙子与桃花苦别千万年以后，终于在万绿湖中相见。

他们相拥而泣，并一起叩谢百花仙子。

15. 湖底世界中，荧光灯下，成群结队的水母畅游湖中。

（水母舞）

龙子与桃花双双跃进湖里。

龙子把凉帽给桃花戴上，桃花也把恐龙草插回龙子头上。

天上瑶池水，地上万绿湖，龙子和桃花终于在幸福中延续了万年之梦。

（龙子与桃花双人舞，水母姑娘群舞）

16. 主题歌再现：

石可烂，海可枯
生命越千古
爱情之泪化甘泉
人间万绿湖

歌声中，百花仙子从天而降，五彩花瓣撒向人间。台上台下，百花盛开，簇拥着大大的客家围屋，百家姓灯笼一起点亮。全体演员谢幕。

2015 年 4 月 16 日于井冈山

第二章　愿歌声为舞蹈添彩

胶园晨曲

刘选亮

五指山下春来早
胶林深处歌声高
晨风阵阵　银灯闪闪
哎
星星伴我挥胶刀

滴滴胶乳白如银
捧在手上喜在心
昔日的荒山野岭
今日是千里胶林
我愿胶乳化彩云
飞越群山到北京
献给恩人毛主席
表咱黎家一片心

开山歌

刘选亮

举起大锤……哎……把山开……哎

青山当鼓……哎……敲起来

啊——咧呀

啊——咧呀

啊——咧呀

踩波曲

刘选亮

我们是潜水队员

战斗在千里海疆

为祖国踩波逐浪

我们是海上铁姑娘

舂米舞

刘选亮

月亮照溪墘

姑娘心欢喜

跳侎舂米舞
唱侎丰收年

河之源

刘选亮

这里有从远古走来的脚印
这里是侎客家人的家园
酒甜、歌美、花香
多彩河之源
天上瑶池水
人间河之源
红颜洞前百花艳
越王饮马东江边
桃花水母湖中舞
河源龙梦回故乡

山歌传千里
翠竹映蓝天
娘酒飘香处
多彩河之源

长河源头见云天
云在浪中逐情缘
龙子护花为情死
桃花痴心等郎回

青山何曾老

恋歌传千年

滴滴情人泪

汇成绿湖等梦圆

《桃花水母》主题歌

刘选亮

石可烂，海可枯

生命越千古

爱情之泪化甘泉

人间万绿湖

第三章 《中国舞蹈词典》条目编撰

刘选亮

钱铃双刀　黎族地区流行较广的一种民间舞蹈，特别是乐东、昌江、东方、保亭等县更为常见。多数是由二人表演，一人手持两把锋利的5寸刀，另一人则要一根约50厘米长的钱铃（竹制，在竹子两边各掏空10厘米左右的竹节，装上成串的钢线），舞双刀者则随着舞钱铃者转动，并轮流出刀做进攻状，舞钱铃者则不断敲打钱铃，并做上下左右防守的动作。跳该舞时一般都有音乐伴奏，用黎族特有的口弦，也可加上唢呐及秦琴、竹笛等。保亭有些地方表演此舞时除了两人持双刀、钱铃外，还增加一位老者，手持旱烟袋，在他们中间穿插，并做一些摸胡子、避双刀的风趣动作，有如劝架者角色。曾经有人介绍，此舞表现的就是两兄弟不和闹分家，老者给予调解，但此说法并不普遍。

跳娘　流行于海南保亭、陵水等县，属于民间迷信活动的一种舞蹈形式。过去，黎族地区缺医少药，家里有小孩病了，就请"娘母"来作法消灾，"娘母"大都是半职业性的，有师徒关系，其咒语、唱调、动作、舞步都是代代相传的。舞时，病人亲属、邻居也可随"娘母"跳动，不过，参加者一定是女性。"娘母"边唱边跳，一手托碗，一手拿筷子，按节奏敲击碗沿，有时候把碗顶在头上，拿筷子的手仍不断敲击头上的碗。舞步平稳，身体特别是腰和臀部的移动形成上下平稳、中间摇摆的状态。跳毕，"娘母"又用一支带青叶的小树枝，蘸着碗里的水泼向四面八方，以示驱

鬼辟邪。在有些地方，有的"娘母"双手各托住两个叠在一起的碗，舞时按节奏抖动双手，使碗与碗互碰发出声音。由于是纯女性的舞蹈，加上唱的曲调近似摇篮曲调，故不论是独舞还是队舞，都显得抒情、优美。

春米舞 黎族地区流行较广的一种舞蹈形式，以乐东、白沙、琼中等县更为普遍，是一种源于劳动生活的自娱性舞蹈。道具就是生活中春米用的大米桶（由一节大树干凿空而成）和春米用的木杵（长约1米，两头粗，中间手握部分细），在春谷子或米时进行，专门表演时则在桶底铺上一些稻草。舞时需要4人或6人，全是女性，由一个有经验的妇女领头，分为两组相隔围住米桶，用木杵分别春桶底或敲击桶沿，发出不同的声响，构成变化多端的节奏，两组节奏错开此起彼落，还有轮奏，富有韵律，十分动听。敲击到高潮处，舞者便唤出声音，并移动脚步绕桶转动；累了，就放慢节奏，减弱音量，形成强弱起伏、急缓相间的变化，而这些变化，均由领头人指挥，其他人则跟着她发出的信号而动。参加者往往要经过多次练习和实践，才能达到变化自如、配合默契的境界。

打柴舞 是海南岛黎族人民有代表性的民间舞蹈之一，流行地域最广的是乐东、昌江、保亭等县，凡有欢庆丰收等活动，人们就聚集在晒谷场，利用搭苫篷用的木杆，先置两根直径10~15厘米的木杆平行放于地上，相距2~3米，再把4~5对细些的木杆摆架其上。击拍者多为女性，顺着木杆分两边席地相对而坐，双手握住木杆的尾端，手握的木杆分开时击地上的木杆，合时则合击手中的木杆，按一致的节奏叩击，发出清脆而强烈的音响；舞者多为男性。在地上木杆开合出现的空间来回转动，舞蹈进入高潮之时，打柴者还可围成圈，形成里面的空间，让舞者从空间跳过。技术娴熟者还可边跳边模仿猴子、青蛙的形态，挑起舞者和观者的情绪。

中华人民共和国成立后，专业舞蹈工作者利用竹竿代替原来的木杆，让击打更为轻便，还发展了跳的花样，并搬上舞台。打柴舞多次在国内外表演，成为较有代表性的黎族舞蹈，专业工作者的加工和发展反过来又直接影响民间的活动，使打柴舞在黎族地区更为普及和发展。

打鹿舞 是一种群众自娱的幽默剧形式，流行于海南白沙、昌江等县。由三人表演，一个人扮鹿，用稻草扎成鹿角鹿尾，中间则用一张被单连接作为鹿身，表演者蒙上被单，双手分别握鹿角和鹿尾，弯腰跳跃，十分形象；另外两人是猎人，一人扮作跛子，一人扮作聋人。在表演打猎的过程中，穿插了抽烟、打蚊子等生活情节，十分风趣，最后打到鹿，两人用猎枪抬着鹿回家。每次表演，总是围满了层层观众。观众情绪活跃，有人还参与赶鹿或直接参与表演，逢精彩处，就大声喝彩助兴，还会要求表演者重演。

清音舞 流行于琼中什运镇一带，舞蹈形式、使用道具及伴奏乐曲都与汉族地区文昌县的八音舞相近，可能由汉区传入演变而成。舞蹈由五人表演。四个女子，两人双手各握两把瓷汤匙，一松一握，让汤匙碰撞发出声音；另外两人左手拿一个瓷碟，右手拿一根筷子，上下敲击碟沿。四个人站成方形，随着音乐伴奏，以一拍一垫步的舞步配合双手舞动敲击碟、匙，轻盈而活泼。舞蹈形式多用对角穿插换位和走圆圈。另一男子扮演老汉，手摇蒲扇和长烟筒，在四个女舞者中间来回穿插，不时做出一些挑逗女舞者的表情和动作，此舞在喜庆、节日时表演。教练多选十二三岁的小孩来练习和表演，并有比较固定的表演程式。

吊锣舞 黎族民间舞蹈，流行于琼中、白沙、保亭一带。舞蹈多在喜庆节日进行，或祭祀祖先或祈求平安，故男女都可参加。舞蹈充满欢乐、喜庆气氛。窗外空地上竖一木架，吊一牛皮鼓，两边各吊几面铜锣，轮番敲打出音乐节奏。舞者分男女两队，由长者领头。男领队手捧大海碗，女领队举酒壶，按节奏踩脚步，身体随脚步自然转动，舞蹈队形如双龙出海，两位领队每次碰头时，女领队倒酒，男领队以碗接酒，时而自己喝，时而传给后面的舞者喝，时而给围观者喝，取个大家吉利的意思。现场充满了欢乐、喜庆的气氛。中华人民共和国成立后，此舞最常出现于节日的游行队伍之中。

打鼓舞　流传于白沙、乐东等县。原来活动的一部分，大都是出于驱鬼、除病、保平安等目的而请"道公"来跳的。"道公"多为职业或半职业性，有师承关系。舞时，把一用独木凿空蒙上兽皮的木鼓悬于木架上，几个助手站在两旁敲锣伴奏，"道公"身着长袍，头缠丝巾，有的插上山鸡毛，双手执鼓槌，以各种姿势边跳边击鼓，鼓声时疏时密，舞步也有刚有柔，有起有伏；舞姿则以粗犷、威严为基调，鼓声和步法较为规范化。舞者表情严肃，围观者也都虔诚以待，舞蹈现场十分肃穆。

选自《中国舞蹈词典》

注：1989年2月，应中国艺术研究院舞蹈研究所《中国舞蹈词典》主编刘恩伯邀请，为《中国舞蹈词典》撰写重要条目。

下篇

PART
THREE

第一章　为祖国艺术大花园添彩
——行走在神州大地上

随队演出散记

陈　翘

　　此次粤北之行，为适应壮乡瑶寨比较分散、交通不便的特点，除在县城进行全团性演出外，更多时候都是分队演出，便于深入。在人少任务重的情况下，同志们发扬了艰苦奋斗的精神，克服困难，连续作战，表现了一位民族艺术工作者应有的态度。我随第二演出队活动，每天都生活在紧张工作及同志友爱之中，感触颇多，偶尔抽空记下一些随笔，以资自勉。

　　"你能做到吗？"

　　汽车飞驰在峻峰丽水间，人仿佛浸游于波澜壮阔的图画之中。赞叹之余，深感在这绵亘群山下，个人显得多么渺小啊！特别是看到山脚下那一间间简朴的校舍，想到那些长年累月坚持在那里，辛勤培育各族后代的园丁们，真是何等伟大和值得钦佩啊！我们不妨扪心自问："你能做到吗？"相比之下，我们的工作、生活条件要优越得多，我们能不更好地工作吗？想到这些，眼前这颠簸的山路，前面那跋涉的征途，又算得了什么？

　　"你放心……"

　　多年没参加演出队了，也毫无做领导工作的经验，如此独立作战，心总有点虚。但是，看到老战友处处热情支持，新同志始终干劲十足，又使我对工作充满了信心。几十人的队伍住地如何安排，上演的节目如何才能更加符合当地群众的需要，以至装车卸车、装台卸台……各种业务，我还未开口，舞台监督老蒙就说："你放心，我已安排好了。"广场演出遇雨，要搬进狭小的小礼堂演出，台小，能演吗？正想找舞台美术队长老温商量，他已胸有成竹地说："你放心，我看过了没问题。"幕布在泥泞中泡了一夜，又重又脏，真叫人发愁，乐队老高指指小河："你放心，有办法。"说着，领着几位没节目的同志加上随队王医生，抬起大幕就到小河里清洗去了。汽车只能开到山脚下，离舞台还有差不多 1 公里上坡山路，重物得靠肩扛、手抬搬上去，同志们风趣地说："你放心，来个蚂蚁啃骨头吧。"大家不顾赶了半天路的疲劳，抬起箱子就往前走，连病号也主动参加搬运。歌队小张感冒未愈，却扛着一个大箱，走在队伍前面；手风琴手小梁昨天还在边吃药边坚持演出，现在面对这重活，也是不肯休息。

有这么好的同志，还有什么工作不能完成？不过，作为一个领导者，我应该怎样有效地保护同志们的积极性呢？

要爱护他们呀，可我有什么办法呢？

同志的温暖

演出还在进行，因拉肚子与小符结伴上厕所。路黑又远，真有点怕。没想到，又突然下起雨来，而且越下越大。我们站在到处积水的厕所里，被臭气熏得叫苦连天，不知所措。忽然，雨中传来一声喊："小符快出来，给你送雨伞来了。"原来，细心的老高看到身穿演出服的女同志往厕所去，不放心，早在小路上警戒着，看到下雨，又跑回去拿来雨伞和手电筒。山区的夜雨，还带点寒意，但这一声"雨伞来了"，像一股暖流，立刻传遍我的全身。同志，战友，普通的字眼，可它包含着多么丰富、崇高的感情啊！

从平凡处见心灵

在漫长的人生中，两个月可算是短暂的一瞬。这一瞬，有的人可以碌碌无为，有的人却能让生命闪光。有的人可能只想在尽可能清闲中多占点便宜，有的人却宁可自己吃点亏受点苦，只希望能为集体分点忧，让集体多得点益。我们的演出工作并不全像有人描写的那样轻松愉快，充满浪漫主义色彩，它包括很多平凡的工作，甚至是粗活重活。在台上表演固然需要流汗，但为演出做的准备工作更要付出几倍的汗水。就像一个战士，除了冲锋陷阵，还要行军、挖战壕、站岗放哨一样。一个演员，为了在舞台上把美好的艺术形象呈献给观众，台后台外有多少事要做呀！排练、搬运、装台、搭景、捡场……哪一项工作不是演出的组成部分？当我看到演员们跳完一支舞下来，顾不上抹汗，喘着粗气就去抬笨重的舞台板；当我看到歌唱演员打着雨伞站在泥水之中，冒雨为观众引吭高歌；当我看到随队采风的创作人员和上了年纪的乐队指挥也和大家一起抬箱、装台，我感到，他们正是通过这些平凡工作的刻苦磨炼，在不断地塑造自己美好的心灵。因此，我从心里产生了对他们深深的敬意。

《舞蹈研究》1983 年

迢迢西北万里行之一——
在母亲身边

刘选亮

1983年春天，一则消息传来：广东民族歌舞团将于五一节前到北京汇报演出。

全团同志非常激动，深感这是中央对一个长期战斗在边疆的艺术团体的关怀和爱护，也是一个革命文艺工作者所能获得的最高荣誉。

为了做好上京的准备工作，我团从汕头巡回演出回来后，一过完春节就投入紧张的排练中。

4月12日到14日，作为上京前的练兵，在海口市举行公演，广东省文化局领导专程前来审查节目，并向全团同志做了上京动员。

4月16日，举行誓师大会，提出了"宝岛山花，北上首都飘香；南国儿女，誓为四化添彩"的口号，全团同志决心不辜负广东人民的嘱托，打好这一仗。

4月23日，歌舞团北上演出队登上北上的列车，随着长鸣的汽笛声，开始了光荣的征途。

应文化部、国家民族事务委员会之邀，广东民族歌舞团北上演出队渡过琼州海峡，沿京广线一路向北飞驰，带着一束寄托广东各族人民情意的民族歌舞山花，来到祖国的心脏——北京。

五一劳动节前，正是春暖花开的季节。首都以其盎然的春意，迎接我们这些来自天涯海角的儿女。像登上向阳的高山，我们感到心旷神怡；像投进母亲的怀抱，我们尽情地享受着醉人的温情。

首都新闻界的同志们首先向我们伸出了热情的手。4月21日，由文化部及国家民族事务委员会（以下简称"民委"）联合召开的记者招待会上，记者们听着有关我团概况的介绍，对我团的三十年坎坷历程表示了关切和兴趣。带去的几十份资料供不应求，当时被争索一空。在此之前，《北京晚报》已率先以"演员阵容整齐，节目富有特色，广东民族歌舞团月底来京演出"的标题，报道了我团到京消息。之后，对我团在京的演出活动，《人民日报》《光明日报》《北京日报》《北京晚报》《半月谈》《音乐报》等都先后进行了报道和评论。《人民日报》于5月1日及22日分别发表了《来自黎村苗寨的歌舞》《黎族人民美的追求者——访舞蹈编导陈翘》等介绍和采访文章。中央人民广播电台及中央电视台，不止一次地报道和转播我们的演出节目。

4月27日，广东民族歌舞团在美丽的民族文化宫进行了首场演出。首都文艺界、新闻界1000多人前来观看。我们带着紧张甚至有点胆怯的心情，因为北京毕竟是全国的文化中心，世界上多少负有盛名的艺术大师以及我国最高水平的艺术表演，都在这里甚至多次征服了观众的心灵。对于我们这个刚刚恢复生机的民族艺术团体，对于我们这群鲜见寡闻的边疆文艺战士，对于我们这些夹带着海鲜味和山野气的歌舞节目，首都的观众会留下什么样的印象呢？

节目一个接一个地进行，剧场里观众们的情绪相当高涨，对每个节目反应都颇为强烈。特别是像《摸螺》《起义者》《打柴舞》这样一些带着浓郁民族风格的舞蹈，更是掌声如潮。原先没有思想准备，没为这些节目安排谢幕。大幕一关，演员们就赶着换装去了。骤然间听到台下热烈的掌声，我们慌了手脚，匆忙中，舞台监督只好临时把顺手抓到的演员，推到大幕前面去谢幕了。

尽管如此，演出结束后，当我们离开剧场，挤上公共汽车；当我们就着开水，啃着权当晚餐的面包或方便面时，一种兴奋和战战兢兢混合在一起的心情，仍然久久地笼罩着每位同志的心头。

4月28日，文化部为我团的演出召开了舞蹈、音乐等方面专家及新闻媒体参加的座谈会。到会同志对我团的演出给予了热情的鼓励和赞扬。民委文化司副司长殷海山说："广东民族歌舞团到首都演出，是件非常有意义的大事。"中央民族歌舞团副团长宝音巴图说："广东民族歌舞团的演出使我们搞民族艺术的人得到很大的鼓舞和信心。"中国艺术研究院舞蹈研究所所长薛天说："这个团所走过的道路是艰辛的，陈翘等同志在坎坷的道路上艰苦创业，是非常可贵的。要学习他们对事业的坚定信念和奋斗精神。"民族舞蹈理论家隆荫培更是给予了高度的评价："他们身居南国，不受污染，整个晚会展示了中华民族的时代精神。"我们含着热泪聆听着前辈和老师们的教诲。面对这些过奖之词，深感自己的担子更重了。我团副团长陈翘在会上表达了全团同志的心声："这次上京演出，在精神上受到很大鼓舞，更坚定了我们走民族化道路的信心。"

五一劳动节前夕，接到文化部通知，要求我们参加在人民大会堂举行的盛大联欢会的演出。对于一个艺术工作者来说，这是一种特殊的荣誉。祖国像慈祥的母亲，把成长在五指山区的"小儿子"牵到了金碧辉煌的人民大会堂，这怎能不令人振奋，怎能不令人激动？在海南岛密林里行军的时候，在粤北山区冒雨为少数民族群众演出的时候，我们不正是在憧憬着这一天吗？

党和国家领导人李先念、万里等同志出席了联欢会，观看了我们的演出，在这个巨大的舞台上，我们显得多么渺小呀！不过，我们的内心却像火一样炽热。自豪和幸福融化进我们的血液，在全身流淌，难忘的1983年啊！难忘的五一劳动节！

经过十天的紧张战斗，我们终于顺利地完成了在北京的演出任务。5

月 5 日，也就是广东民族歌舞团在北京的最后一天，我们游览了长城、景陵地下宫殿、十三陵水库等名胜古迹。同志们大多是第一次来北京，尤其是对于年轻的演员来说，能够登上举世闻名的长城，远眺古战场，在萧萧风声里，仿佛听到了战马嘶鸣以及古代勇士抵御外敌的喊杀声，一种作为华夏儿女的自豪感油然而生。在缅怀祖先的丰功伟绩和古老文化中，我们从感情到思想上都受到了一次深刻的爱国主义教育，更加增强了振兴中华的强烈愿望。

当天晚上，我们告别了伟大首都北京，登上了西去的列车，开始了大西北之行。我们作为民族艺术的使者，为西北各民族人民带去广东各族人民的亲切问候和敬意。在民族文化交流活动中，为加深各族人民之间的了解，促进民族团结，为共同建设祖国，贡献我们微薄的力量。

列车向前飞驰。在我们辽阔的国土上，一个民族艺术工作者有着多么广阔的活动空间啊！而我们所从事的事业，又是多么崇高而光荣啊！

附：

文化部、国家民委
为广东民族歌舞团在京演出举行座谈会（摘录）

时间：1983 年 4 月 28 日上午
地点：文化部

参加座谈会的有文化部艺术局、文化部民族文化司、国家民委文化司、中央歌舞团、海政歌舞团、中央民族歌舞团、北京舞蹈学院、舞研所等有关单位的负责同志和专家。

国家民委文化司副司长殷海山：

广东民族歌舞团到首都演出，这是一件非常有意义的大事。该团1980年恢复建制后，做了大量工作，创作了许多新节目，并深入粤北山区为民族同胞演出，还在广州等地公演，群众反映很好。文化部、国家民委的领导同志，特别是杨静仁同志看了该团演出录像后，很高兴。昨天，该团在京进行了首场演出，舞蹈界的同志都看了。今天，大家开个座谈会，对广东民族歌舞团的晚会，对今后音乐、舞蹈如何发展，如何坚持百花齐放的方针等问题进行讨论，请诸位发言。

北京舞蹈学院院长陈锦清：

广东民族歌舞团的晚会，使首都观众耳目一新。我们很久没有看到这样充满民族特色、生活气息的晚会了，现在一些团体的晚会总是倾向于外来的、洋的东西，演出形式总是摇头晃脑，观众不是吹口哨就是跺脚。该团没有这些不良的作风，呈现给观众的是健康的、美的趣味和享受。《摸螺》是陈翘同志的又一个代表作。这个节目生动，既诙谐，又健康，她注意观察生活，用舞蹈的形式来表现生活，是这个节目叫人喜爱的所在。舞蹈《起义者》用5寸刀的形式反映历史题材，有海南特色，是真正民族的东西。作者长期深入生活，这是非常可贵的经验，这是值得学习的。文化部、国家民委调该团上京演出的决定很及时，很好，这说明领导十分重视和支持民族歌舞。我们恳切要求陈翘同志到舞校给教员和学生们讲课。

中央民族歌舞团副团长宝音巴图：

看了演出，很兴奋，感谢文化部、国家民委把这个好团调来首都演出，为首都舞台增添了美的色彩。这个团三十年间历尽了风雨和沧桑，很不平凡。恢复建制后短短三年，能做出这样惊人的成就，很不容易。

演出很成功，演员很有朝气，年轻充满活力。节目反映了生活，又不单纯是生活，而是高于生活。节目有特色，又不是原始的民族特色，而是经过精心加工产生的新形象、新感情、新色彩，此外还具有时代精神。这些都使人高兴的。

中国艺术研究院舞蹈研究所副所长、副研究员薛天：

有人认为搞民族舞不能直接表现生活，无搞头。其实，民族舞蹈艺术与生活是紧密相连的，是民族生活中不可缺少的部分，是有搞头的，问题在于应立足于生活并善于用民族舞的形式来反映生活。陈翘、刘选亮同志从20世纪50年代开始就走上了这条路子。《三月三》《草笠舞》就是当年的好节目、好作品。

《摸螺》是80年代的新作，是一首美的诗，出场动作很有特色。《打柴舞》有新的发展，高潮部分还欠缺。《起义者》的风格气息很强烈、很浓厚，但是否可以用双刀来表现新意？《踩波曲》是美，但人与水的配合不太统一协调。

海政歌舞团副团长田静：

1975年，我到海南看到这个团的条件很差，陈翘、选亮的工作条件也很差，叫人伤心。可是他们能在艺术实践上，在人格品质上，艰苦奋斗，显然令人钦佩。在充满阳光的今天，我写了一首诗表示对他们的敬意：

南海一枝花，心血浇灌她。几番风和雨，艳艳映中华。

中国艺术研究院舞蹈研究所民族干部隆荫培：

广东民族歌舞团的艰苦创业实践，为我们这些搞艺术理论工作的人回答和解决了不少问题。他们解决了周总理生前提出的民族化、革命化、大众化的问题。歌舞团长期以来坚持了这"三化",尽管有人主张洋化的路,但该团的同志在形式上、在风格上坚持"三化",实践证明他们的路子是对的,是为群众所接受的、热爱的。

他们除了继承和发展传统的民族民间素材外,还以生活为唯一的源泉。浓厚的特色和风格,总是来自生活,来自人民群众的思想感情。《摸螺》最打动人,突破了作者20世纪50年代至70年代的水平和风格,把人带到了典型的环境中去。这说明舞蹈艺术的美是生活的概括和集中。

中央歌舞团教员彭清一:

看了晚会,更加深了对海南同志们的感情。他们为这台晚会倾注了多少心血,特别是陈翘、选亮同志的心血。只有对祖国对人民充满热爱的感情,才能奋斗出这样短小精悍、形式多样的民族歌舞。

这个团的过去和今天,容易使人想起电影《牧马人》而落泪。陈翘、选亮和海南的同志们对祖国对党对事业的热爱,正是一部活生生的电影,也体现了艺术家的真正良心。

《摸螺》是没有什么好挑剔的。这样浓郁的民族舞蹈是不易搞的,我实在想不出会用起这木拖(拖鞋),这是最妙不过的了。没有生活,没有对本民族、对孩子们的热爱,是搞不出这样的作品的。

广东省文化局副局长海风:

我代表广东民族歌舞团全体同志感谢大家的鼓励。我们一定会把大家的意见转达给全团同志。我们一定坚定不移地走这条路。现在该团得到文化部、国家民委和广东省委、省政府以及省民委等有关部门的大力支持,情况和处境好了,今后会更好。

广东民族歌舞团艺术指导兼副团长陈翘:

十分感谢大家的鼓励。这次上京演出在精神上受到了很大鼓舞，更坚定了我们走民族化道路的信心。感谢上级领导和同志们的支持。

我本人没有什么能耐，走这条路所收获的成果还是我团全体同志努力的结果。

1983年

迢迢西北万里行之二——
你好，大草原

刘选亮

　　车窗外，天已经亮了。一看手表，还没到五点钟，天亮得真早。窗外，一片土黄色，漫天的风沙中，低矮的土房与连绵的沙丘几乎浑然一体。路旁不远处的树仍然光秃秃的。原来，昨晚列车一直奔向西北，把我们又带回冬末的季节了。问列车员，这里已经是内蒙古自治区境内的华宁地区，是京包线上的最北点，之后，列车折向正西偏南，向着自治区首府呼和浩特疾驰。

　　内蒙古自治区是我国最早建立的民族自治区。居住在这里的蒙古族人民有着光辉的历史和璀璨的文化，在我们多民族的祖国大家庭中占有重要的地位，中华人民共和国成立后，在建设和保卫祖国的北部边疆，也做出了重要的贡献。这次，我们纵穿整个中国，从南大门来到北大门，向蒙古族"老大哥"致以问候和敬意，心中感到十分荣幸。蒙古族人民对于我们这支小小的艺术队伍，给予了十分热情及亲切的关怀和照顾。正如自治区副主席在我们抵达呼和浩特的当天就到住地看望我们说："到了这里，你们应该就像在自己家一样。"是呀，我们都是祖国母亲的孩子，虽然相隔3000多千米，但在这神州大地上，哪里都是我们的家。

　　当天晚上，自治区歌舞团在艺术剧场为我们举办了招待晚会。艺术剧场很有特色，从外面看，是一个巨型的蒙古包，只不过这不是用毛毯而是用钢筋混凝土盖起来的。除了一个小舞台，圆形大厅里有200多个观众座位。周围的墙壁和拱形的屋顶，都装饰着富有民族特色的图案和彩绘。我

们就是在这精致的艺术宫殿中欣赏着内蒙古艺术家的精彩表演。内蒙古歌舞团成立于1949年，至今已有30多年历史，在这个艺术摇篮里培育过一大批卓有成就的艺术家。今天，我们能够在这里听着著名歌手金花的歌声，看到巴图等青年舞蹈家的舞姿，实在是一次难得的艺术享受。随着乐曲的变化，象征着蒙古族人民的雄鹰，正以无畏的精神，搏击风暴翱翔于万里长空。此时我真想长出一对翅膀，凌空飞起。

第二天晚上，我们开始了在呼和浩特的公演。当地的同志告诉我们，近两年来，歌舞演出在这里并不吃香，特别是民族歌舞，总是引不起观众的热情，上座率低。很多人对舞蹈节目反应冷漠，有的没有看完就退场，甚至还出现过起哄喝倒彩的现象。我们带来这台节目，是以舞蹈为主，会不会受人欢迎呢？心里总有些不踏实。

还好，从第一个节目《草笠舞》开始，演出就博得了观众的热烈掌声，之后随着节目的进行，剧场里的气氛越来越热烈。演出结束后，负责接待我们的同志似乎也松了一口气，高兴地握着我们的手说，难得难得，今天观众的反应出乎我的意料，中途没有人退场，而且对每个节目都报以热烈的掌声。此情景已多年不见了，在呼和浩特的主场演出虽不能以"爆棚"来形容，但正如在演出座谈会上老师和同志们所说的那样，你们的节目有着浓厚的民族特色，越看越爱，你们不愧为广东民族艺术的使者，给我们祖国各民族人民带来了美好的艺术享受。正因为你们有自己强烈的特色个性，犹如一个充满朝气的青年，正迈着矫健的步伐，走向更美好的明天。

不过我们心里是清醒的，这台节目无论从哪方面讲都还不成熟，演员队伍更是年轻幼稚，虽然我们自比为山花，但也只是绽放的花蕾，既不浓艳也无异香。让我们感到高兴和欣慰的是，内蒙古人民对我们的演出非常欢迎和喜爱，愉快地收下了这一束朴素无华的山野小花。好客的主人在我们演出之余，为我们安排了丰富多彩的参观游览活动。在规模巨大的包头钢铁公司，我们站在钢花飞舞的炉前，领略到铁水奔流的壮观，在被誉为小布达拉宫的五当召，我们为其独特的风格及精湛的建筑艺术而着迷。但给我们留下最深印象的，还是大草原。

1983年5月9日，我们访问了距呼和浩特90千米的巴彦阁图公社，这里已开辟成一个对外开放的旅游景点。除了一座规模较小的庙宇和一些商店、饭馆等生活设施外，只见一排排蒙古包整齐地排列在草原上。那天刚好碰到台风，强劲的西北风使人在旷野里很难站住脚。我们坐在温暖的蒙古包里，喝着奶茶，听着包外呼呼的风声，别有一番滋味。最精彩的节目是骑马和骑骆驼，我们这些南方人过去虽然在电影里也看到过，但今天能一睹真容，而且还能骑上去，都感到很新鲜；刚看到这些庞然大物，心里还有点怕呢。不过骆驼十分驯良，走起路来慢条斯理的，坐在两个驼峰之间，既安全又舒适，所以虽然看它比马高大，但更受胆小的女演员的喜欢。小伙子们就不同了，虽然没骑过马，但对于骑上骏马飞奔在大草原上的情景却是早已向往，所以对骑马的兴趣就更大了。

在深圳参观游乐村时，我体验过骑马的滋味，但那都是一些很老实的马，骑上后慢吞吞地绕马场走一圈，回到原地就再也不动了，因为每个游客都是如此，也就习惯了"按章办事"。那时虽算骑过马，但不够味，今天在蒙古包前骑的是高头大马，比深圳游乐村的马高多了，大多了，骑到马上自己也好像威武了一些。可是主人对我们这些来自海南岛的人不放心，一直不敢松开拉马的缰绳，无可奈何，只能任由他拉着不耐烦的骏马走了一小圈，再拍个照，就不无失望地滚下鞍来了。再看看那马，它傲然而立，好像在说：没本事也想来骑我？中午，主人们为我们安排了一顿丰富、有特色的午餐：烤羊肉和涮羊肉。涮羊肉在北京甚至在广州都吃过，涮羊肉好吃，但也比不上烤羊肉对我们更有吸引力，那是用全羊烤的，烤熟后往桌子上一扔，大家就围了过来，又是切又是撕，连骨带肉，蘸上盐巴和辣酱就啃起来了。手里抓着羊肉块，不由得想起蒙古人民的豪放性格来，他们长年累月都是这样的，用锋利的蒙古刀从烤熟的全羊身上割下一块块肉，大块吃肉，大碗喝酒，畅快淋漓。对了，蒙古族人喝酒时一定要唱歌，负责招待我们的蒙古族姑娘为了表示对我们的欢迎，高唱了一首歌，嘹亮的歌声在草原的上空飘扬着。我虽不会喝酒，可这时我似乎也醉了。

附：

内蒙古自治区文化局座谈会摘要

5月11日上午，内蒙古自治区文化局就我团的演出召开了座谈会，现将部分发言摘录如下。

内蒙古文化局办公室主任巴拉音：

你们的歌舞艺术，有着浓厚的海南少数民族特色，节目质量高，越看越爱看。从你们的演出活动中可以看到，你们有着严谨的舞台作风，节目有着民族的生活气息，短小精悍。演员一专多能，工作得很好，艰苦朴素，吃苦耐劳。为了节省开支，你们天天以步代车，在舞台住地、饭堂，都可以看到你们学雷锋做好事，是我们学习的好榜样。

内蒙古歌舞团团长德伯希夫：

你们的到来，有几个意义：第一，给我们带来了南大门的民族艺术，增进了南北民族艺术的交流。第二，使我们有机会看到广东民族歌舞团的成就。第三，你们的精彩表演给我们带来了崭新的艺术享受，使我们受到了很大的启发，看后感到亲切。

内蒙古歌舞团舞蹈编导陆迁芳：

你们的演出，对我们是一次很大的触动与鼓舞，民族歌舞不是走投无路，而是前途光明。你们的演出突破了程式化、概念化的框框，在如何保存老节目的艺术特点，以及如何运用民族特点创作新节目方面，为我们提供了有益的学习经验。

迢迢西北万里行之三——
塞上兄弟情

刘选亮

火车在沙漠中驰行，两度横越黄河之后，便进入宁夏回族自治区内了，车窗外吹进来的风已经没有那么干燥，沙也少了一些，窗外一片翠绿，生机盎然。在接近银川时，更是看到水渠纵横，绿树成荫。连绵不断的水田使我们好像回到了江南水乡，这个被誉为塞上江南的地方确实名不虚传，特别是因为刚从沙漠走出来，所以倍感亲切。

1985年5月17日晚上8点，我们终于到达了宁夏回族自治区的首府银川，银川市分为新城和老城两个区域，新老两城相距20千米。老城区范围不大，在这个小巧的城市里，既有宽阔的新开马路，又有显得狭窄的老街。从拥挤的土屋砖房，到现代化拔地而起的高楼大厦，在繁密的绿树林中，鼓楼、承天寺等古建筑点缀其中，十分形象地说明了这个塞上名城的变迁。美丽的银川，它有着显赫的过去，更有着无比辉煌的将来。

自治区的各级领导十分重视和欢迎我们的到来，组织了接待办公室，妥善细致地安排我们在银川期间的一切活动。并且在我们到达的第二天，以自治区党委书记、政府主席为首的党政领导人，特地到驻地看望我们，当晚又都前来观看我们的首场演出。在开幕式上，自治区文化厅厅长上台致欢迎辞，对我们这次千里迢迢而来的情谊表示感谢。演出结束后，领导同志接见了全体演员，并合照留念。

5月21日，自治区人民政府举行了盛大的茶话会。党政领导同志以及文艺界的代表对我团的演出发表了热情洋溢的讲话，给予我团高度的评价和赞扬。自治区音乐家协会秘书长刘同声说,这台节目具有鲜明的民族风格和浓郁的地方特色,像一幅色彩鲜艳的山水画,把人带进了美丽多彩的黎苗村寨,领略到南国春意盎然的风光,使观众看后感到耳目一新,可以说是一枝芳香的"南国奇花"。自治区舞蹈家协会主席更是称赞我团艺术指导陈翘同志:"是个多产优质的艺术家,50年代就看过她跳的《半边裙》舞,也学跳过她的作品《三月三》,她的作品在国内外都有影响力,深受欢迎。她热爱祖国,热爱祖国的民族舞蹈艺术,几十年坚持扎根于人民群众之中,为民族舞蹈艺术开创了新路,做出了贡献,的确是民族舞蹈创作道路上的一面旗帜。"自治区文化厅艺术顾问董子吾,把我们的演出评价为:"一台年轻队伍表演的朝气蓬勃、朴素鲜明和充满民族特色、散发着生活气息的生动活泼的晚会。"

自治区文化厅厅长宗杰认为:"你们演出的成功,与你们有得力的领导、有严明的纪律、有好的演出管理制度,以及有全体演员的自觉配合,是分不开的。"并希望我们再接再厉,为民族艺术事业做出更大的贡献。对于这些鼓励,我们在感到受之有愧的同时,更要把它们当成是一种鞭策、一种期望。正如我们的领队、广东省人民政府副秘书长朱明达说的,"我们年轻的演员们,应该把文艺界的长辈、前辈们的关怀和支持当成动力,发扬好的、克服不足的,不要辜负塞上人民的殷切期望,为民族团结、为繁荣祖国的民族艺术而加倍努力"。

茶话会上,宁夏回族自治区人民政府还向我们赠送了一面锦旗,锦旗上两行俊秀的大字凝聚着宁夏人民的深情厚谊:南国奇葩开塞上,五指山花洒六盘。

我们到银川后,连续几天雨一直断断续续地下着,空气变得凉爽而湿润,进入西北后由于天气干燥而感到的不适大为缓解,大家精神饱满地开展了多方面的参观学习活动,观摩了自治区艺校的训练课程,观摩

了自治区歌舞团特地为我团组织的专场演出晚会。我们还参观了"塞上明珠"——青铜峡水电站，以及承天寺、清真寺等，使我们大开眼界，增长了见识。更重要的是，加深了我们对塞上名城以及对回族人民历史文化的了解。

正当我们沉浸在团聚的欢乐时刻，我们收到了广东省委宣传部、广东省文化局、广东省民委发来的电报，对我们此行的工作给予了嘉勉和慰问。来自家乡的电报，极大地鼓舞着远征的战士。演出队的共青团支部立即在《行军快报》上，刊登了《乘东风再接再厉》的专题文章。同志们纷纷表决心，一定要以实际行动来回报广东人民对我们的关怀，保证以最好的艺术质量为西北各族人民演出，不辱使命、不负此行。

5月25日是我们在银川演出的最后一天。《宁夏日报》以半版的篇幅刊登了广东民族歌舞团的演出专题报道，发表了《五指山花溢芳菲》《南国奇花塞上飘香》两篇文章以及演出的剧照、速写等，再次对我团的演出给予热情的评价。

5月26日下午，我们怀着依依不舍的心情，向前来送行的领导同志以及文艺界的朋友挥手告别，列车载着我们走上了新的征途。

列车沿着黄河边行进，皎洁的月光把大地照得通亮。连绵不绝的沙漠在车窗前一闪而过，但进入贺兰县境内的时候，奇迹出现了，成片成片的绿树林代替了黄色的沙漠，原来这就是举世闻名的沙坡头沙漠试验站。经过多年的努力，人们终于在这千里荒漠上种下了一道道防风固沙林。过去这一带的事物经常被疯狂的风沙掩埋，现在风沙被挡住了，不仅保护了铁路线的安全，而且挡住了沙漠的南移。在林带的庇护下，沙漠上出现了成片的果园，葡萄、苹果、梨子在这里开花结果。宁夏人民的这一创举震惊了全世界。在西亚、在非洲，人们不是在惊呼沙漠的急剧扩张吗？每年这里有多少良田和村镇被毁，专家们不是都在预言若干年后世界地图上的沙漠面积将比今天增加多少倍吗？现在，沙坡头沙漠试验站以锲而不舍的精神，不仅阻止了沙漠的扩张，还从沙漠里建造出越来越大的绿色世界。难怪世界上所有受沙漠之害的国家都在关注着沙坡头，难怪联合国对中国的宁夏也高度重视，每年都组织各国专家前来参观考察。相信在不久的将来，宁夏人民与沙漠斗争的壮举，将为世界治沙事业做出巨大贡献，从而载入史册。

附：

宁夏回族自治区人民政府为欢迎广东民族歌舞团举行茶话会

1983年5月21日上午，宁夏回族自治区人民政府为欢迎广东民族歌舞团举行了盛大的茶话会。

宁夏人大常委会副主任张俊贤和宁夏回族自治区民委主任苏冰代表自治区人民政府，向广东民族歌舞团赠送锦旗。鲜红的锦旗上的题词"南国奇葩开塞上，五指山花洒六盘"表达了宁夏各族人民对广东民族歌舞团的爱护和赞扬。

以下摘录代表的发言。

宁夏回族自治区民委主任苏冰：

党的三中全会后，民族政策得到全面的落实，在我们祖国的革命大家庭里，可以说，民族工作正处于第二个黄金时代。在这样美好的前景下，能有机会观看到广东民族歌舞团精彩的歌舞晚会，感到非常高兴，非常亲切。这台具有浓郁民族特色的歌舞，将对我区文化工作起着很大的启发和推动作用。

宁夏回族自治区文化局创作室副主任杨继星：

我们怀着激动的心情，刚刚送别了全国民族音乐团，又迎来了南国民族歌舞团的使者——广东民族歌舞团，可说是宁夏文艺界的盛事。

看了你们的晚会，深深为你们节目的浓厚的民族特色和地方特点而激动，使人真正领略了南国的风味，饱览了海南岛的风光，神游了美丽富饶的黎村苗寨，陶醉于能歌善舞的水乡，体会到了瑶山的风土人情。

我们由衷地感谢广东民族歌舞团的同志们为我们送来了宝贵的经验。

迢迢西北万里行之四——
丝路通天下

刘选亮

离开了"塞上江南",来到了秦岭以北的古城,因是古代丝绸之路的必经地而名震中外的西北重镇兰州。

甘肃省人民政府副秘书长带领着省市部队文艺团体的代表140多人,早已守候在兰州车站,列车进站刚一停稳,热情的主人便拥进车厢,向客人问候、提行李,大家一见如故。站台上一片欢声笑语,洋溢着欢乐愉快的民族团结气氛。

在兰州金城剧院的首场演出,我们把成长于南国的一束山花呈献给兰州人民,观众以对广东各族人民的深厚感情,对我们的演出给予热烈的欢迎和赞扬。演出结束后,省委书记、省长、兰州市市长等领导同志上台与演员一一握手,祝贺演出圆满成功,并一起合影留念。

六一前夕,广东民族歌舞团为兰州的少年儿童举行专场义演,给兰州的少年儿童增添了节日的色彩。义演结束,甘肃省少年儿童工作协调委员会给歌舞团赠送"热情关怀,培育花朵"的锦旗,六一节上午参加了庆祝六一国际儿童节联欢大会,并演出《摸螺》《草笠舞》两个节目。

为了学习甘肃省传统文化艺术,提高我团的艺术水平,我们观摩了甘肃省歌舞团的基本功训练及省艺术学校的舞蹈课程,观看了由甘肃省歌舞团演出的享誉中外的民族舞剧《丝路花雨》。

6月2日下午,甘肃省政府为广东民族歌舞团举行宴会饯行,省委副书记代表省委向广东民族歌舞团赠送了"增强民族团结,促进文艺交流"锦旗。

附：

南国民族艺术之花

许　琪

　　古语说："有朋自远方来，不亦乐乎。"听到广东民族歌舞团来兰州演出的消息，我们感到由衷喜悦。1979年，我们甘肃省歌舞团赴穗演出，受到了广东省党、政、军及广大文艺工作者的热情接待，至今那"落车、食饭"（下车、吃饭）、"係边度"（在哪儿）的广东方言犹在耳边回响。广东民族歌舞团是一个在国内外享有盛誉的文艺团体，他们不断地为民族舞蹈事业做出贡献。他们先后编创演出了20世纪50年代轰动全国的舞蹈《三月三》，60年代获得世界青年联欢节金质奖章的《草笠舞》，与70年代流传全国并登上国际舞台的《喜送粮》。

　　5月28日，我有幸观看了广东民族歌舞团的首场演出，演出将我带入了黎村苗寨，清新流畅，活泼健康，没有丝毫的矫揉造作。一开始，《草笠舞》就以它独特的风格、火热的情感把人抓住，金色的斗笠像黎族姑娘闪光的青春，火红的衣裙如姑娘们炽热的感情，在矫健的蹬腿挥臂的动作中，美好的生活像在向每个人招手。舞蹈《三月三》中椰林月夜，含情脉脉的情人，像一幅抒情画展现在面前；而《起义者》却又以截然不同的风格出现在我们面前。我尤其欣赏那双手举刀在身前晃动刺向旁边的动作，它是那样准确地体现了黎族人民在不可忍受的苦难中奋起起义的毅力和决心，从中可以看到编导者对黎族人民的遭遇在感情上的深刻理解，和对黎族舞蹈素材提炼加工的深厚功力。

　　广东民族歌舞团的演出，始终是以浓郁民族特色和生活气息取胜的，看了舞蹈《摸螺》更感受到这点。舞台上小桥流水，金光万道，一群黎家小姑娘穿着木拖鞋，迈着具有黎族特色的舞步姗姗上场，小姑娘穿着短短的花筒裙，脑后留有一缕乌发，随着木拖鞋发出的"嗒嗒"声，身体在稚气而优美地摆动，头发也随之活泼地舞动，看上去天真可爱，无忧无虑。这一短短的篇幅，使人受到时代气息的感染。舞蹈不仅动作新颖，整个编排都很别致、巧妙，例如摸到臭螺的情节、小姑娘被螃蟹夹脚的情节，结尾时孩子们坐在小桥上用脚打水的欢快场景，每一个细节都是一幅美的生活画面，看后耐人寻味。

广东民族歌舞团的新作《村边的故事》和《赶时髦的人》，切中当前社会中的不良现象，以辛辣的嘲讽和轻松的格调，集深刻的教育意义于其中。尤其是《村边的故事》，从风格到内容，都比较完美，演员们的表演也非常引人入胜。

器乐和声乐节目，也都具有浓厚的民族风格和较高的艺术水平，如器乐小合奏、男声独唱、女声独唱，都给人留下了美的印象。那"请到天涯海角来，这里鲜花四季开"的热情歌声还在召唤着我们，月下的椰林、甜美的椰汁、小桥、流水等都使人难以忘怀，海南岛仿佛就在我们的眼前。

《甘肃日报》1983年6月5日

迢迢西北万里行之五——
我爱青海湖

刘选亮

在进入青海之前，我们就听到不少传闻，都说初来乍到青海高原的人会感到不适应，胸闷气促，加上干燥缺氧，有些人会流鼻血，患有高血压的人更危险，甚至还有一些人来了几天被抬着送走了。这些传闻固然动摇不了我们走进青海的决心，但毕竟在我们的脑子里留下阴影，难道真有这么可怕吗？

专程到兰州接我们的青海省文化厅张处长，打消了我们的种种疑虑，不过他还是提醒我们要多穿点衣服，那里的气候要比广东冷得多。

1983年6月的广东该是30多摄氏度的气温了吧，特别是在海南岛，五一过后，我们就感到衣服的累赘了，哪怕是短裤背心，仍然是整天汗流浃背。当火车到达青海西宁，一下火车一股凉风扑面而来，大家的第一感觉是多像海南的初冬呀，不过这种感觉立即就被另一种感觉代替。火车站，以青海省副省长为首的有关方面负责人，以及艺术团体的100多名文艺工作者前来迎接我们，如此盛情而隆重的接待，温暖了我们，像柔和的春风赶走了傍晚的寒气，我们又到家了。

第二天上午，由省委书记马万里带队，副省长、省人大常委会副主任、省政协主席等领导同志，到我们下榻的西宁宾馆看望我团全体同志。晚上，他们又观看了我们在西宁的首场演出，演出结束后上台接见全体演员，并照相留念。

6月8日上午，青海省政府特地为我团演出举行了盛大的茶话会。在西宁期间，我们没有感到丝毫不适应，有的只是深深的不安，我们工作得太少了，却在青海党政领导及青海人民的怀抱里，享受着过多的温暖和照顾，他们对我们还很不成熟的演出也给予了过多的赞扬和鼓励。

所以当青海省海南藏族自治州希望我们前往演出，省里领导怕我们太辛苦而有点担忧时，我们当即表示十分乐意完成这一任务。

提起海南藏族自治州，我们并不陌生，早在20世纪50年代，当我们还在海南黎族苗族自治州歌舞团的时候，就知道在遥远的青海高原上，也有一个叫海南藏族自治州的地方。有一次，粗心的邮局，把一封寄到青海省海南藏族自治州的信，投到我们团里来了。看到收件人是一个藏族名字，我们才知道是错送了，之后也发现该是我们收的信，给发到青海去了。从那时起，我们就向往着这一南一北两个"海南"的兄弟，能有见面的一天。

为了做好去海南藏族自治州的准备，还在西宁演出期间，我们几个人就先抽空到青海湖去实地考察。青海湖在海南藏族自治州境内，日月山又是去海南藏族自治州的必经之路，这里地势最高，海拔3600米。

出了西宁向西，汽车开了不到一个钟头，我们就远远看到了日月山，它戴着一顶洁白的高帽，站立于群山之间，好看极了。接近山脚的时候，我们还看到一小堆一小堆的残雪，据司机说，前一天这里下过一场雪呢，这可真是六月雪，对于我们这些广东人来说真是惊叹不已。

汽车到了日月山上，路牌标明此地是海拔3452米。在海南岛，我曾爬过五指山，虽然那时还年轻，但爬到最高处时已是精疲力尽了。五指山只有1800多米，而这里差不多等于两个五指山的高度。这时，我下意识地看了看随车带来的两个氧气袋，它们鼓得圆圆的，随着汽车的颠簸而摇晃不止，好像在说，乐意为你效劳。

到了目的地我们下车，拍个照留念，背后是日月山，身旁是跑动的羊群，这是一张多么有纪念意义的照片呀。

下了山就是连绵的丘陵地带，青草已经长出来了，毛茸茸的像给大地铺上了一层翠绿的地毯，远处散布着成群的牦牛和白色的羊群。

中午，我们来到了青海湖畔，湖水的颜色立刻就吸引了我们。虽然看惯了海，但这湖水的碧蓝比海水更加清澈晶莹，站在湖边，湖里的游鱼历历可数，尝尝湖水，略带咸味，但比海水来说淡得多。湖里盛产黄鱼，肉嫩味鲜，到此地游览的人都能以尝到著名的青海黄鱼而引以为傲。

青海湖的景色确实美丽，漫步湖边，使人心旷神怡，几乎忘记自己是走在海拔3194米的高原之上。只有当主人请我们吃鱼时才意识到这一点，原来在这里，水的沸点只有87摄氏度，鱼其实还没有熟透，不过这并没有败坏我们的胃口，因为有美味的青海黄鱼膳食，我们仍然吃得十分惬意。

回来的路上，文化局的老王为我们讲起文成公主的故事。相传文成公主入藏时，途经这里。当她顶着风雪，艰难地登上高山，顿生思乡之情。她东望长安，取出随身带来的日月宝镜。当年献镜人曾夸口说，当你想家时，看此镜，即可看到家乡的一切。文成公主带着急切的心情，对着宝镜找寻她眷恋的故国，却什么也没有看到，一气之下，她流着泪把日月宝镜摔下山去，奇迹出现了，宝镜变成了青海湖，而她流下的眼泪汇成了山下的一条小河。说来也巧，人们知道河水总是向东流的，唯独这文成公主的泪河却偏偏流淌向西。后人为了纪念她，把这条小河叫倒淌河，而把她摔镜的高山叫日月山。这些传说当然毫无科学依据，但人们把一个肩负重大使命的古代女子去国离家时的复杂心情，用极为夸张的手法描写出来了，它无损于文成公主在民族团结及文化传播上的功绩，令人钦佩。

今天，我们来到文成公主走过的地方，肩负着民族文化交流的使命，把脚印留在西北高原。不过，比起当年的文成公主进藏，现在的条件要优越得多。在日月山下，各式各样的汽车在平坦的公路上奔驰，青海湖中小汽艇载着一批批的游客，在如镜的湖面上徜徉。更重要的是，今天民族团结已是基本国策，是十多亿中国人民的共同愿望，在党哺育下的民族艺术工作者应该有更高的思想境界，踏遍祖国的千山万水，把毕生精力贡献给这一伟大事业。

想到这，那些对高原的种种疑虑，就显得微不足道了。我们披上主人们特地送来的棉大衣，愉快地登上汽车，目标海南藏族自治州，前进！

西北高原的公路上，又洒下我们一阵阵的歌声。

附：

清新明快　纯朴热忱
——喜看广东民族歌舞团的演出
中国音乐家协会青海分会副主任　张亚民

广东民族歌舞团的同志们，千里迢迢来到青海，为西宁地区各族人民做了精彩的演出，获得了成功。那浓郁的南国风格和鲜明的民族特色，给古城西宁的观众留下了深刻而难忘的印象，通过演出，形象地介绍了椰林海岛、珠江两岸的风土人情，带来了广东各族艺术家们的丰硕成果。我作为一个文艺工作者，从他们的演出中受到很大的教育和启迪。

让我感受最深的是他们坚定地走艺术民族化道路的精神。广东是我国的南大门，现在有举世瞩目的经济特区，几年来随着我国对外经济开放政策的实施，一些外国的不健康的文化艺术随之而来。广东文艺界的同志能在这样的情况下，抵制污染，保持节目的健康纯净，这是难能可贵的。

值得学习的另一方面是，他们严格遵循艺术的创作规律，走忠于生活又高于生活的现实主义创作道路。由于他们有着丰富而扎实的生活基础，艺术上反复锤炼，精益求精，演出效果很好。

这支文艺队伍，朝气蓬勃，演出作风正派，整台节目的艺术风格淡雅、清新，虚实相间，具有一叶知秋的风格，给人以更多的回味和更多的艺术享受。愿广东民族歌舞团在发展南国风格的民族艺术大道上再攀高峰，做出更大的贡献。

《青海日报》1983年6月11日

迢迢西北万里行结语——
请祖国考验我们

刘选亮

西安，是此次西北之行的最后一站。

带有总结性的四场演出，在西安市可容纳1700多人的人民大厦剧场中，场场座无虚席。观众对演出节目的反应也格外强烈。在文艺界座谈会上，同志们以热情的语言，表达了对我们演出的欢迎和称赞。

在西安，主人们还为我们安排了内容丰富的参观活动：大雁塔、陕西历史博物馆、碑林、秦始皇兵马俑、华清池、半坡文化遗址等。这些在祖国几千年文明史中虽只是极小的局部，但对于我们这些长期生活在边远海岛上的艺术工作者来说，算是一次巨大的收获，它给每个人留下终生难忘的记忆。在这些优秀传统文化中，我们尽情地吸收着知识和情操的养分，生动而具体地加深了对祖国历史文化的认识和了解，从而更加热爱我们伟大的祖国，热爱由多民族组成的中华民族大家庭。

1983年6月20日晚，是我们西北之行的最后一场演出。屈指一算，两个月来，我们行程11000多千米，在6个省区的8个演出点共演出40场，观众达55000多人次，圆满地完成了历时两个月的演出任务。队伍中，虽然出现过这样那样的缺点和毛病，但总算经受住了各种困难和考验。由于气候不适、工作紧张而出现过不少病号，但从没有一个演员退下舞台，每个人都顽强地、自始至终地坚守在自己的工作岗位上。我们没有辜负广东省党政领导和各族人民的委托，把深情送到了北京及西北各族人民中间，又从那里带回来蒙古族、藏族、维吾尔族、回族等民族人民的厚意。在民族文化交流中，我们作为广东派出的第一个赴西北的表演团体，给所到之处留下了好的印象，而我们自己也在这次长征式的访问演出中，开阔了眼界，增长了知识，受到教育、锻炼，同时也受到了鼓舞，更加坚定了我们走革命化、民族化、群众化道路的信心，无论在思想上还是艺术上，西北之行将成为我团历史上重要的一页，并对我团未来的建设产生积极而深远的作用和影响。

衷心感谢文化部、国家民委对我们的鼓励和厚爱。

衷心感谢北京、内蒙古自治区、宁夏回族自治区、甘肃省、青海省、陕西省党政领导对我们的欢迎和关怀。

衷心感谢广东省、海南行政区、海南黎族苗族自治州等党政领导对我们的信任和爱护，衷心感谢广东各族人民对我们的哺育和支持。

我们全团同志将更加坚定地为繁荣祖国的民族文艺事业而勇往直前。

第二章 让"南粤山花飘香海内外"
——出访随笔

在拉塞尔·圣克卢市人家做客
——广东民族歌舞团访欧随笔之一

陈 翘

　　法国贡弗朗民族艺术节是一项颇有影响的国际民间艺术活动。今年适逢第三十届大庆，组织者特邀广东民族歌舞团前来参加。自从1987年7月8日踏上法兰西的土地，我们日日夜夜生活在友谊之中。

　　地处巴黎郊区的拉塞尔·圣克卢，听说中国艺术团来了，特向我国驻法使馆请求，希望能安排我们到该市演出。盛情难却，使馆答应了。连续19个小时的飞行和7个小时的时差，一下飞机就绕过巴黎直奔演出地点，同志们几乎都处在昏昏沉沉的状态下。不过，演出时大家仍振作精神，赢得全场观众的热烈掌声。演出结束，市长特地举行了答谢酒会，在充满友好气氛的酒会上，市长克劳德先生发表了令人感动的讲话："这是一次历史性的事件，我们这个小城市，第一次接待中国艺术团，而且是你们到法国后的首场演出，这是我市的光荣！"这时，我下意识地看了看表，北京时间正是1987年7月10日早晨5点30分。如果从离开广州算起，已整整两天没好好睡觉了。我们是在体内生物钟尚来不及调整的情况下，在最需要睡眠的时间里，进行了最需要激情和精力的演出活动。

　　为了表达对中国艺术使者的友好欢迎，市民把我们分别接到家里去过夜。当各家各户的小轿车，载着演员们向四面八方开走时，我们仿佛一下子就融入法国人民的生活中。接待我的这一家是一对中年夫妇，丈夫曾到中国住了两年，女主人随他走过中国的不少地方。在他们珍藏的相册里留下了他们在上海、杭州、西安等地的行踪。在他们豪华的家里，到处装饰着中国的小工艺品、陶制茶具、国画、扇子，甚至在过道的显眼处，挂着一把中国的二胡和一支竹笛。正因为主人对中国怀有特殊的感情，所以，我在这里也就不会有什么生疏感了。聪明的主人找来一本法汉对照的书，和我们一起轮流翻看这本小册子，寻找着表情达意的词句，加上我们在飞机上突击学会的几个如"你好""吃饭"之类的单词，我们居然聊起天来了。不过，这种近似聋人和哑巴的交谈方式有时也不免闹出点笑话。席间，女主人给我添酒，在国内几乎滴酒不沾的我，双手已经拿起刀叉，正在切肉，急得直叫"喂喂"，意思是我不能再喝了。当时我还不懂法语"喂"（oui）是"对""好"的意思，相当于英语的"yes"，主人听我不断地"喂"，就更高兴地直往杯里倒酒，真使人啼笑皆非。

第二天清晨，各家的主人用小轿车把我们送到集合点。在搬行李的时候，才发现每家都送来一个塑料袋，里面装满了面包、火腿、水果、饮料等。原来他们听说我们今天还要赶场演出，便都很贴心地帮我们准备了食物。汽车开动了，我打开比别人大好多的食品袋，里面杏子特别多，这才想起来，大概是昨晚主人见我偏爱杏子。吃着杏子，我久久地凝视着逐渐远去的城市，再见了，拉塞尔·圣克卢。

《广州日报》1987 年 11 月 27 日

一个法国老人穷追我们

——广东民族歌舞团访欧随笔之二

陈　翘

　　在参加格朗德·莫特艺术节期间，主办方安排我们到200千米以外一个叫达拉斯宫的古城去演出。演出当天下起了雨，原定的露天剧场没法演出，临时改到一所中学里面，延误了不少时间。演完回住地已是凌晨2点多了。第二天我们在格朗德·莫特演出前，演员们正忙着化妆，整理道具，突然有一位法国老人闯到女演员的休息室，东张西望。生性含蓄的中国姑娘们对此多少有点反感，但还是礼貌地请他出去。老汉固执得很，不肯走，一面继续在人群中辨认着，一面叽里咕噜不停地说话，并从衣袋里掏出一大沓各式各样的证件，大概是户口册、居民证之类。随团翻译听到女演员室内的骚动，立即赶来，这才明白。原来这位老人是达拉斯宫的市民，昨晚看了我们的演出，听到我们的独唱演员唱的一首法国民歌《在月光下》。这是一首他年轻时很喜爱的古老民歌，而且歌词中唱的情人正与他同名，所以他对此歌更有着特别的感情。随着岁月的流逝，他已几十年没听到这首动人的歌曲了。昨夜在雨中意外地听到，勾起了他许多美好的回忆，而那美好的歌声又是出自一个年轻姑娘之口，她来自遥远的中国，更使他激动不已。他回家连夜找出一幅古老的木漆画，天没亮就赶路到格朗德·莫特，到处寻找中国艺术团的住处。因为我们住在离城20多千米的大学宿舍区，白天又有很多其他活动，没能见到，他只好守候在剧场外面等待我们的到来。刚才，好不容易才从众多回家的演员群中，打听到中国女演员的休息室，于是闯进来了。他一定要见见那位唱民歌的姑娘，亲自向她道谢送礼。正在卸妆的女演员被大家推到老人家面前。老人高兴地喊了一声"喂"，就把带来的礼物硬塞到女演员手里，再请求翻译把他的一番心意当众表达了，这才心满意足地向中国的演员们告别。因为他已经出来整整一天了，要不赶快回家，老伴会为他担心的。

《广州日报》1987年11月28日

美国领队的帽子

——广东民族歌舞团访欧随笔之三

刘选亮

格朗德·莫特艺术节组织者把最受观众欢迎的中、苏、美三国艺术团编在一组演出，使重点场次更具号召力，票价也高。这台由三国演员同台演出的晚会，对于格朗德·莫特艺术节可以说是起着举足轻重的作用。

艺术节结束后，苏联艺术团走了，我们和美国艺术团则继续留下来巡回演出。这天，两个团在法国南部的拉瓦斯市相遇了。小城重逢，格外亲切。我们在一起吃饭，一起在街头游行，晚上又一起在市政府门前临时搭建的舞台上演出。两国演员之间，虽然语言不通，但已相处得几乎像是老朋友了。

参加艺术节的各团都带有一些纪念品随团展销，美国团带的是美国西部的牧人帽，每顶售价50法郎。帽子十分漂亮，我们都很喜欢，可口袋里连一个法郎都没有，只好望帽兴叹了。美国演员们大概猜出了我们的心思，有人主动跑过来，比画着要交换我们的白布遮阳帽，因为，上面印有几个红色的中国字。印有"中国民航"字样的折扇，他们也乐意以帽相换。尽管如此，由于各自忙于演出，能换到帽子的还只是少数人。演出结束后，我们收拾好道具离开舞台时，忽然听到英语"China，China"（中国）的叫声，美国领队手里拿着一叠帽子追了上来，塞到我们演员的手上，比画着送给我们每人一顶。他们的这一举动，惊动了尚未散去的观众，他们为这一动人场面鼓起掌来。美国领队还拨开人群，向我走来。我以为他是来和我告别的，因为这一天我作为中国团的代表和他合作得很愉快，所以伸出手去。不料他并不和我握手，而是紧紧地把我拥抱起来，然后从他自己的头上摘下那顶装饰着五彩羽毛的帽子，戴到我的头上，正合适，他高兴地用英语直叫"Good! Good!"，我感动极了，从口里憋出了一句英语，表示非常感谢。

萍水相逢，我连这位美国领队的名字都来不及问，他却送了我一份厚礼。毫无疑问，这是他对中国、对中国人民的诚挚之情。我为自己是一个中国人感到自豪。

1987 年 11 月 29 日

"对你们不需要限制时间"

——广东民族歌舞团访欧随笔之四

陈 翘

　　广东民族歌舞团的节目，以其独特的东方情调、浓烈的民族色彩，在所到之处，都受到了高度的赞誉。无论是法国的瓦尔、尼斯、格朗德·莫特，或者是西班牙的哈卡，每个艺术节的主持人都正式向我们道谢，称赞中国艺术团是艺术节中最好的团体。我们的不少节目往往没有演完就被观众的掌声淹没。有时，节目还在进行中，观众就会情不自禁地鼓掌，以至台上演员听不到音乐，险些出错。艺术节的每一场演出，对各国艺术团的演出时间都做了严格限制，或12分钟，或25分钟，由于我们的节目无法伸缩，演出往往超出时间限制，过后晚会主持人总是说，"你们虽超过时间，但你们的演出太精彩了，多演些观众会更高兴的"。在哈卡艺术节上，12个团联合演出，规定每个团12分钟，并声明时间一到，不管你的节目演完与否，电动转台将按时启动，保证下一个团体准时开演。那天晚上，我们演出了15分钟左右，当载着中国演员的转台在热烈的掌声和欢呼声中转回后台时，主持人已等候在那里，直向我们竖起大拇指，并对我们说："明晚的最后一场演出，已把你们安排在最后的时间，希望你们多演些时间，观众喜爱你们的节目，对你们不需要限制时间。"

　　最有趣的事表现在那些陪同人员的身上。开始时，他们总是客客气气地和我们打交道，公事公办地提出诸多注意事项、限制事项，但当他们看完我们的演出后，前后判若两人。西方人那种热情奔放的本性再也压抑不住了。赞扬的、拥抱的，用英文高叫"China"（中国）的，总是想尽一切方式来表达他们的兴奋。在西班牙首场演出结束后，就出现过这种令人吃惊的场面，两名年轻的陪同未等演员退场，就从观众席直冲过来，其中一位男大学生一反彬彬有礼的常态，没等发话，一把抓住作为艺术指导的我，左一下右一下地亲脸。对于这突如其来的遭遇，我毫无思想准备，几乎给吓呆了。只有当更多的西班牙朋友纷纷围拢过来时，我才缓过气来，快乐地接受着外国朋友们没完没了的拍手祝贺。

"我们的歌声寄托着一切为了世界的美好未来，在各个国家，在每条路上，愿人人欢唱友谊之歌。"

这是《艺术节之歌》的一段歌词，在我们奔赴贡佛朗的路上，我们已深深地感受到这种高尚的精神。1987 年 8 月 5 日，我们终于在歌声中到达彩旗飞扬的贡佛朗，带着中国人民对法国人民的情意和祝愿，开始参加以和平和友谊为主题的贡佛朗国际民族艺术节。

《广州日报》1987 年 11 月 30 日

和平、友谊与民族艺术

——欧洲三国艺术节漫笔

陈 翘

我们随海南歌舞团参加法国、西班牙、奥地利三国七个民间艺术节，刚刚回来。这些以和平、友谊、保护和发扬民族艺术为主题的民间盛会，选择在旅游季节举行，吸引了大量的观众，影响之大、之深，确是难以估量的。地处西班牙边境的小小山城，平时街头冷冷清清，当各国艺术团游行时，全城几乎被人的海洋淹没。著名的贡佛朗，是法国南部一个仅有3000多人的小城，在为期10天的艺术节期间，前来参观者竟达12万人次。剧院、广场、街头日夜轮番演出，观众总是挤得满满的。歌声、舞影、彩旗、鲜花，把贡佛朗撩逗得如醉如狂。在奥地利，拥有90多个会员国的克雷姆斯艺术节期间，小镇里的舞台、餐馆、游乐场都是临时搭建起来的，可这并不妨碍它在世界上享有崇高的声誉。艺术节的开幕式上，奥地利共和国总统还专程赶来参加并致贺词。在远离城镇的山间古堡，人们开着小车爬上山顶，买了高价的门票，盖着自带的毛毯，在寒风凛冽的露天座位上，全神贯注地欣赏各国民间艺术团的表演，表演结束后阵阵掌声飘荡在深邃的夜空中。

为什么这些艺术节能征服如此庞大的观众群呢？我想，除了举办艺术节的地点大都是历史名城、旅游胜地，时间又选在度假旺季等外在客观条件外，更重要的是，应邀前来的各国艺术家们带来了多姿多彩的具有浓郁民族特色的民间艺术，众多的风格和情调融于一体，观众在赏心悦目的乡土艺术中增加了对各国风土人情的了解。同时，多种形式的接触交往，建立起各国人民的美好情谊，在这里，来自各国的艺术家们虽没有高额的报酬，但他们代表的是一个民族的文化，宣扬本国、本民族特有的文化传统和精神风貌，他们以饱满的热情展示出自己最高水平的艺术表演。在这里，演员和观众一起在狂欢的节日中得到心灵的净化、感情的升华，民族的自尊心和对他国人民的友善之情总是平行地升腾到更高的境界，从而获得精神上的极大满足。这些就是一个艺术节之所以能获得成功的精神力量。

正如联合国教科文国际民间艺术组织秘书长法格尔先生所说："不是从上而下，而是从下而上的，植根于民族生活的民族文化将永远存在。从奥斯陆到纽约，到处是高楼大厦，这是物质文化所必需的，但并不是最重要的。繁花似锦、五彩缤纷的民族文化才是最美好的事业。因此，国无论大小贫富，我们只和能代表一个民族文化的国家打交道。"法格尔先生的一席话道出了人民的理想和追求，颇能给人以启迪。我们耳闻目睹，在经济高度发达富裕的欧洲社会，大批有志之士为民族文化的交流和发扬奔走忙碌，不吝投入大量的人力、物力、财力。艺术节所在地的居民视举办此类活动为傲，各地艺术节的组织者成为人们心目中的英雄，有的边远小城市也因成功地举办艺术节而名扬天下。而成千上万过着现代化生活的各阶层人士，开着活动房车，带着面包香肠，千里奔波，水陆兼程，争相涌向艺术节，只为一睹各国民间艺术的风采，接受朴素美的熏陶。

愿以民族精神为导引的民间艺术节，永葆纯洁的青春活力。

《广州日报》1987年12月27日

难忘的意大利之行

——广东民族歌舞团访意散记之一

陈 翘 刘选亮

1988年9月的一天早上7点，我们赶到白云机场，过关、办登机手续，广播喇叭里已在催促旅客登机了。25分钟后，飞机在香港启德机场着陆。因是转机，不能离开机场，加上班机误点，我们在候机室苦挨整整12个小时。晚上10时半，飞罗马的航班才升上漫漫的夜空。第二天早晨当地时间7时多，飞机降落在罗马机场，看看手表，已是北京时间下午2点。两地时差7个小时，所以我们在飞机上度过的这一夜真长呀，足足17个小时。

意大利国际民间艺术组织秘书长皮斯蒂里像老朋友一样迎接我们的到来。去年在法国贡佛朗艺术节上，他带领的意大利旗队和我们经常在一起。每次，他总是十分专注地观看我们的演出，并为中国的民族舞蹈受到观众的热烈欢迎而多次向我们表示赞扬和祝贺。回国后，皮斯蒂里代表他的组织立即向我团发出正式邀请，并通过中国驻意大利大使馆向文化部及广东省政府致函，要求广东民族歌舞团前去参加意大利的国际艺术节，经双方努力，今天终于如愿以偿，我们又在罗马重逢了。

一辆大巴车把我们连同演出物资一起运到南方的海滨城市沙堡蒂亚。这里面临大海，背靠群山，成片的森林保护区绵亘其间，风景十分优美。我们要参加的第一个艺术节就将在这美丽的旅游胜地举行。城市规模不大，只有1万多居民，不过，每年7、8月份的旅游季节，来此地避暑的、游泳晒太阳的、登高凭吊古迹的，能使这一带人数膨胀好多倍。在此期间举办国际艺术节，无疑为人们的假期生活增添了色彩，也大大提高了城市的知名度。难怪此类活动，总能得到政府、旅游机构以及各行各业的大力扶持。

本地的民间艺术爱好者们更是借此一年一度的机会，集合人员排练演出，使传统的民间艺术得以保存和发扬。艺术节秘书长皮斯蒂里本身就是一位体操教授，他无偿地奉献出每年的全部假期，和义务工作人员一起，为准备、组织、宣传、接待以及主持艺术节的活动而日夜辛劳。志士美举，难能可贵，他也因此深受当地人民的尊敬，成为一位颇有影响力的公众人物。

艺术节开幕式当天，这个平时十分清静的小镇热闹起来，艺术节广场上人潮涌涌。临时搭起来的舞台虽没有大剧院那样富丽堂皇，可也颇为精致美观，缤纷的鲜花融化于彩色灯光之中，风格迥异的乐曲通过音箱飘向四面八方，特别是当各国国旗随着演员的上场而冉冉升起时，更增添了庄严与友谊的气氛。按规定，开幕式上的每个演出团只能表演6分钟。为了获得最佳演出效果，各国艺术团都拿出最精彩的节目，大家争奇斗艳，美不胜收，激起现场观众一阵阵雷鸣般的掌声。中国的节目是作为压轴戏排在最后的，当我们以纸龙腾飞开场，接着跳起海南黎族的竹竿舞时，观众的情绪达到了高潮。掌声、欢呼声几乎与我们的唢呐锣鼓前奏同时开始，直至演员谢幕都没停过。演出结束后，很多观众涌向后台，向中国演员表示祝贺并要求签名或合影留念。人群中，皮斯蒂里先生紧握我团的艺术指导的手，兴奋地说："你们的演出太精彩了，我为能邀请中国朋友的到来感到自豪。"第二天，他又告诉我们："中国艺术团演出的盛况传出去了，很多地方打电话到艺术节总部，希望中国艺术团能前去演出，真是应接不暇。"我们的演出，能获如此强烈的反响，使我们获得很大的鼓舞。

从南方的拉丁那省到北部的塔尔琴托，再西渡撒丁岛，我们在意大利境内驰骋4400千米，先后参加了4个国际艺术节，访问了19个城市，在一个月时间里，正式演出了22场（不包括游行和街头广场表演），观众达48000多人次，尽管奔波劳累、饮食不习惯，但我们为能充当民间文化交流的使者，代表着正在走向世界的祖国，在遥远的西欧播种友谊和团结的种子，宣传中华民族文化而感到光荣。我国驻意大利使馆文化参赞王振茂等同志专程前来探望我们，他说："你们的队伍素质好，演出精彩，深受观众欢迎，特别是活动范围如此广阔、深入，起到了一些正式外交工作难以起到的作用。"还有什么比亲人的这种评价更令人激动呢？

《广州日报》1988年9月26日

来自海地的朋友

——广东民族歌舞团访意散记之二

陈　翘　刘选亮

　　不知是巧合还是艺术节组织者的有意安排，两个来自距离意大利最遥远的艺术团中国艺术团和海地艺术团同台演出的机会最多，住地也经常被安排在一起。接触多了，两团演员逐渐从陌生人成为朋友。

　　海地艺术团的艺术指导是一位令人敬重的老太太，由于名字叫起来十分拗口，我们干脆都称她为"玛丹"（夫人的意思）。她78岁，为民族舞蹈事业奋斗不止，现在还主持着一家颇有名气的舞蹈公司，本人是国际民间艺术组织的成员，深受各国同行的尊重。她带领的艺术团以华丽多彩、严谨创新等特点，在世界各地的演出中备受赞扬，多次在国际比赛中获奖，是一支艺术上比较成熟的队伍。

　　由于历史和政治因素，这个在黑人世界引以为傲的艺术团也不可避免地在民族问题上表现得十分敏感。富有民族自尊心的玛丹一方面经常提醒她的团员，作为本次艺术节唯一的黑人艺术代表团，应以行动来消除人们的偏见。我们就亲眼看到她因团员喝酒打架而集合全体演员发表长时间的演讲，她的苦口婆心以及团员们虔诚聆听的神情，让我们这些惯于开会的中国人也感叹不已。

　　另一方面，她也时时警觉着白人社会可能出现的对他们的歧视，常为演出安排、时间分配，以至食宿、车辆安排，向主办方或各国代表团提出交涉。

　　也许我们都是有色人种，又同属第三世界，对于他们的此种心态，易于理解和同情。加上我团从领导到团员对他们总是待之以礼，海地的演员们经过短暂的观察之后，很快就乐意和我们交往了。同台演出时，我们主动给他们让后台；他们的演员受伤，我们给他们送去膏药；我们的独唱节目，邀请他们的乐手参加伴奏。这些不断出现的细节，加深了两国演员之间的情谊。积累起来的感情，终于把一次乘车难题化成一幕动人的场面。

艺术节接送演员的车辆，一般都是每国派一辆车，偶尔也有两团合乘一车的时候。由于海地的演出服装最多，搬运麻烦，因此行动比别人慢。和别的团同车时，往往是前面座位早被坐满了，他们只好挤到后面，有时还有人得站着，心里有些不高兴，可也不便讲什么。有一次，我们团和海地团的节目都排在后面，别的团一演完就乘车走了。等到我们演完走出剧场，只留下一部车了。艺术节主持人带着歉意告诉我们，海地团乘的车被别的团开走了，这里离住地60多千米，又是深夜时分，再叫车已来不及，只好让他们上这部车了，中国艺术团和海地艺术团都是大团，合起来近60人，同乘一辆车是够挤的，但我们还是愉快地答应了。这时，海地艺术团的演员们搬着沉重的服装、乐器过来，我们派出男演员帮他们装车，并让出一半座位，扶着海地玛丹在前面座位坐下。玛丹看着空着半车厢的座位，再看看帮他们搬东西的中国小伙子迟迟不登车，她明白了，也感动了。她以微微颤抖的声调向陆续登车的海地演员们说着什么，只见他们纷纷挤坐到车后面，硬是把前面的座位留给中国的演员们。经过一番谦让，两国演员这才插花般挤坐停当。汽车开动了，车厢里响起了阵阵歌声，海地的演员主动跟我们学唱《五星红旗迎风飘扬》，玛丹眉开眼笑，拉着我们的翻译，唠叨个没完："中国的演员有礼貌、守纪律、可爱极了，你们的舞蹈又这么精彩，我一定邀请你们参加我们海地的艺术节。"还说："我是国际民间艺术组织的成员，与很多国家有密切的联系，我将向所到的国家介绍你们，让你们到更多的国家去传播中国的民族艺术。"

《广州日报》1988年9月27日

中国姑娘的魅力

——广东民族歌舞团访意散记之三

陈 翘 刘选亮

性格开朗直率的意大利人除了对我们的演出给予高度赞扬外，平时也总是用各种方式来表达他们对中国演员的友好之情。尤其是我们的女演员们，更是经常成为被关注的对象，所到之处，无不招来声声赞叹，一旦盛装打扮，特别是穿上中国的旗袍，这些普普通通的姑娘们在外国人眼里，简直就是东方的维纳斯。

在撒丁岛的泰皮奥，艺术节主持人看到身穿旗袍的中国姑娘在欢迎酒会上引起的轰动，当即决定，本届艺术节的特别荣誉，即由一位最漂亮的外国女演员用意大利语宣读艺术节的开幕词，这一角色，非中国姑娘莫属。经过一整天的练习，当盛装的中国姑娘款款走上舞台，以清晰的口齿、甜美的嗓音宣读开幕词时，台下万众欢腾了，拍照的闪光灯亮成一片，"希那""希那"（中国）的欢呼声此起彼伏，有观众冲向台前送上盛开的红玫瑰花，就连主持人自己，也为这大大超出预期的效果而欢呼。

演出结束后，性格豪放的主持人为中国艺术团准备了特别丰盛的晚餐。祝酒时，他风趣地说："见到中国姑娘之后，我很后悔自己已经结了婚，不然的话，我一定努力争取做个中国的女婿。"之后，他特地送给每位女演员一双用树皮做成的精美的拖鞋，还郑重其事地请姑娘们为他9岁的女儿起个中国名字，让小姑娘永远记住与中国姐姐们的情谊，希望她长大后能像中国姐姐那么美丽。

告别撒丁岛那一天，前来送行的人群中，除了当地艺术节的工作人员外，还有每次上街都争着为我们带路的孩子们，以及几天来一直陪伴我们活动的排球教练夫妇和曾和我们促膝夜谈的老意大利共产党员。这些短短几天结交的朋友中，最有趣的是两位十七八岁的青年。因为每场演出他们必到，而且每次都起劲地为我们的节目喝彩，虽然语言不通，但我们之间借助手势、表情，不需翻译，也能"谈"得来。他们曾一再向我们的姑娘们表示：等他们能工作，一定积攒多多的钱，到中国去看望她们。这时，他们站在送行的人群后面悄悄地抹眼泪。当我们发现他们时，汽车已经开动了，只见他们骑上自行车，尾随而来。毕竟他们的自行车车速太慢，没多久，就在我们的视野中消失了。从住地阿参米尼到码头，有十多千米路程，当我们正准备往船上搬行李时，只见那两个青年大汗淋漓地赶来了。二话没说，丢下自行车，就帮着我们往船上扛箱子，直到一切安顿好了，准备开航的汽笛也响了，他们才含泪和我们握别，一步步走下船旁的扶梯，突然，其中一个转身跑回来，向我们的姑娘们比画着："拉开你的提包吧，把我装进去，跟着你们回中国。"说完，他无可奈何地追赶他的同伴去了。轮船离开码头开出好远了，透过苍茫的暮色，我们还隐隐约约地看到码头上一对小小的身影。

《广州日报》1988年9月28日

访泰随笔

刘选亮

曼谷，你好

1995年9月，广东文化教育考察组一行赴泰国进行了为期12天的考察活动。

黄昏，我们乘坐的泰航班机从香港启德机场起飞，拥挤的楼群在机翼下快速掠过，转眼飞机就升到云层上面，镶着金边的白云就像一团巨大的棉絮，舒展，轻盈，让人很想躺到上面伸伸腰或打个滚。

"请问您喝什么饮料"，一声纯正而甜美的普通话把我从遐思中唤醒。一位泰国空姐站在跟前，个子不高，稍黑，大眼睛，典型的泰国少女形象。也许看我是中国人，主动和我说起普通话。我带着好奇心和她攀谈了几句，心里无不惊叹。自己是个地道的中国人，在中国大地闯荡生活了几十年，可至今乡音难改，说的普通话仍带着浓重的潮汕味，远不如面前的泰国空姐。自愧之余，我突然感觉中国的普通话实在是太好听了。

从香港到曼谷的空中距离，与广州到北京的距离差不多，吃过一顿饭，广播里就传来了准备下降的通知。几次经过曼谷，都只是短暂停留，有时连机舱都出不去，对这闻名世界的旅游胜地，从未见过庐山真面目。这次有幸来访，自然十分激动。这时夜幕已经降临，舱窗外一片漆黑，只见地面上熙熙攘攘的灯火。

到机场接我们的陈先生很快就为我们办好各种入境手续，坐上轿车，向市区出发，曼谷的马路比香港宽敞多了，但路上的拥挤程度一点不逊于香港。已经是夜里10点钟了，路上仍然川流不息，进入市区时有塞车现

象，开开停停，可想而知，白天的交通将会是怎样堵塞。

陈先生告诉我们，曼谷拥有汽车180万辆、摩托车70万辆，比香港多差不多三分之二，而市区道路只有30多条，如果这些车都出动，别说开车，马路上放都放不下呢。

曼谷，没有香港那样密集的霓虹灯火，也远不如香港繁华，但夜生活却极为丰富，市场十分热闹，除大小餐馆外，各式摊档沿街叫卖。由于曼谷是著名的旅游城市，游客来自世界各地，为迎合各种不同口味，经营品种自然就五花八门、多姿多彩了。

据陈先生介绍，潮汕人在侨居泰国的华侨中占最大比例，经过好几代人的辛勤拼搏，现在曼谷街头经营商铺、摊档的人中，潮汕人比比皆是。在众多食档中，潮汕菜式最为突出。知道考察团有潮汕人，也是潮汕人的陈先生很激动，带我们到酒店放下行李后，立即驱车带我们到一家潮式菜馆吃夜宵。这里场地很大，装修不讲究。天气颇为闷热，几把硕大的电风扇在头顶上吼叫着，各种鲜美的食品很快就摆到餐桌上了，虾蛄、卤鹅、稀饭，典型的潮汕夜粥。这里有些食品如生蚝、蟛蜞等，我已经有几十年不见了，在这泰国的夜宵桌上，我找回了童年的味觉记忆。

回到酒店，已近午夜，这是一间曾经很有名的酒店，室内的陈设虽算齐全，但就像整栋大楼的外观一样陈旧了，比广州众多的新宾馆，甚至比珠江三角洲地区众多的新宾馆，逊色很多。酒店的咖啡厅里的歌手演唱水平不高，音质勿论，唱音不准叫人难受。泰国的旅游业起步比中国早，一些旅游设施免不了陈旧、退化，也是正常的。

初来乍到，接触到一些皮毛，还是不要妄加评论。明天还有很多活动安排。电视台里播放的泰语节目又听不懂，倒不如早点睡吧。

玉佛寺

泰国是个信奉佛教的国家。国内大小寺院不计其数。泰国法律规定：

所有泰国男性一生中必须出家当一次和尚，至于何时出家、出家时间长短，没有严格规定。于是，身着黄色袈裟的和尚随处可见。在日常生活中，大家见面双手合十俯首的礼仪，上到政府官员，下到庶民百姓，无不如是。

在众多著名的寺院中，玉佛寺、金佛寺、叶佛寺被列为三大国宝，而玉佛寺居三寺之首，又称护国寺，是大皇宫的组成部分，成为泰王国的象征。皇宫平时不对外开放，只接待外国政要贵宾。由于我们是教育部请来的客人，凭着教育部的信函，被特许进入由士兵严加守卫的国宝重地。接待的军官打开正殿的门锁，我们脱鞋走进加冕大厅，参观了历代国王的画像以及各种珍贵的陈列品。

接待军官如数家珍地为我们介绍这些珍品的来历和价值。有趣的是，这位泰国军官居然说得几句潮汕话，常是不等翻译传完话，自己就用潮汕话来几句，这使我们感到格外亲切。出自对中国朋友的情谊，我发现他在介绍来自中国的展品时，显得特别热情，特别是对那两个两百多年前由中国运来的大彩瓷花瓶和几个景泰蓝大花瓶，对其古雅、华丽赞不绝口。就连大门口安放的一对石狮子、墙壁上的以《三国演义》为题材的瓷版画，以及院内几尊两三米高的中国古代文臣武将的石雕像，他都特地带我们去观赏。看着眼前这些陈列在异国王室的艺术珍品，听着泰国军官滔滔不绝地赞叹，一股友谊的暖流不断涌向心房。中泰两国人民的交往确是源远流长。

和大皇宫一样金碧辉煌、精雕细刻的玉佛寺建筑群，是泰国王室举行仪典的场所，寺外矗立着五六米高的守护神，奇形怪状却又威武庄严，很像中国寺庙里的守门金刚，不过带有鲜明的泰国特色。玉佛殿厅堂高大，正中神龛里供奉着被视为国宝的玉佛像。玉佛高66厘米，放置在11米高的金制礼坛上。据介绍，玉佛是由一块无瑕的绿宝石雕成，原藏于一尊大石膏佛像里，1434年在北部清迈府被发现，后被运到泰国各地和老挝的万象等地供门徒顶礼膜拜。泰国定都曼谷后，建成玉佛寺，并为玉佛制作了三套价值连城的金缕衣，分别作为玉佛夏、秋、冬三季的穿着，每次换季都由国王亲自为其更衣。每年春耕节到来之前，国王还安排在这里举行宗教仪式，祈祷丰收。

我们在大厅一角席地而坐，听着向导张小姐的解说。今天虽不是节假日，但此处是游人必来之地，所以大厅里始终人流涌动。来自不同国家地区的、不同肤色的他乡之客，在这特别环境的感染下，变得从容、祥和。人们在悄悄走动，大厅里始终是一片肃穆。

整个玉佛寺建筑群真是精美极了，加上众多的雕像和壁画，穿行其间，仿佛游仙境。可惜，我们没有更多时间去仔细参观，只是拍下大量的照片，留待日后闲暇时回味。临走时，张小姐特别提醒大家，一定要和守护神合影："让泰国的守护神永远守护在中国朋友身边。"多么美好的祝愿和情意呀，我们当然十分乐意了。

鳄鱼湖

抵达泰国的第二天是休息日。行程安排我们去游览鳄鱼湖。

在国内，早就听说有此著名的去处了，是泰国的重要旅游项目之一。这么大年纪了，除了从电影、照片中见过鳄鱼的尊容，儿时念书读过韩愈的《祭鳄鱼文》外，对鳄鱼的恶感至今犹存。想不到有朝一日，可憎的动物居然成为闻名于世的主角。既然主人这样热情，鳄鱼湖是非去不可的了，甚至还有人说没进去参观鳄鱼湖等于没到过泰国，我们当然也不愿意让此旅行成为终生遗憾，从住地到鳄鱼湖并不远，汽车在曼谷市内塞了一小阵子，一出市，小车就飞驰前进了。途中我们还参观了一所华语小学。

鳄鱼湖的主人是一位华人，他在宽敞的办公室里接待了我们，他用家乡话和我们交谈，自豪地介绍自己这一路的创业历程，带我们参观陈列在办公室里的多种鳄鱼制品。我们原来只知道鳄鱼皮可以做皮鞋、皮包、皮带，价钱十分昂贵，没想到，鳄鱼全身是宝，可食用，可入药。鳄鱼湖的整体构造自然而不简陋，朴素却具有特色。走出大厅，是一条弯弯曲曲的长廊，踏上了木廊，顺着木廊向前走，一阵臭酸味扑面而来，让人立马意识到已进入鳄鱼的世界了。

整齐排列的方形水泥池里，密密麻麻的鳄鱼按出生先后分别饲养，一年的、两年的，随着年龄的增长，鳄鱼越来越显示出凶恶的本性，在一处挤满成年鳄鱼的水池里，凶猛的鳄鱼争着跃起抢夺游客们投下的饲料，把池水搅得一片混浊。站在池边高处的栈桥上，看着相貌丑陋的鳄鱼，空气中弥漫着令人恶心的臭味，真不想多待。

匆匆参观完鳄鱼池，来到芳香的园地里，大家这才松了口气，这里是一个敞开门的动物园，是专门供游人拍照片的地方，交了费就可以骑大象、抱着猴子照相，还可看颇为凶猛的老虎，它可以和你亲密地站在一起，温驯地和你拥抱。主人怂恿我们去照一张照片，明知骑此虎并不难下，还有驯虎人紧跟左右，但大概我们几个人都过了寻找刺激的年纪，谁也没有冒险去作虎威的欲望了。

重头戏是观看人鳄表演，有多种驯鳄的表演，表演者身穿红背心，应有七十多岁，可手脚麻利威风凛凛，他手持一支小竹竿，十分凶恶的鳄鱼在这里都乖乖地听从他的指挥，一拉就走，叫停就停，叫走就走，最惊险的是观众给钞票，以及双手撑开鳄鱼口，脑袋伸进去，真叫人为他捏一把汗。

半个小时的表演结束了，我们和众多观众一起，起立为驯鳄人热烈鼓掌，钦佩、折服，人毕竟是万物之灵，什么训练都能做出来。

回来的路上，大家议论纷纷，对鳄鱼湖览胜的评价不一，但大家都有

一点共识，那就是鳄鱼湖的创办人太伟大了，他在鳄鱼的身上大做文章，最大限度地开发泰国特有的资源，让其为人类服务。

"人妖"

芭堤雅是泰国著名的海滨旅游胜地，地处曼谷湾畔，城市不大，依山傍海，由于花树遍野，绿草如茵，故有"泰国花城"之美称。

参观完一间华侨开办的塑料制品厂，我们到达芭堤雅时，太阳已快下山。沿着长长的海滨大道，成排的柳树沐浴在金色的夕阳之中，湛蓝的海水衬托着金色的沙滩，绵延不断，点缀着一座用椰树干立柱的凉亭。各式游船在碧波中轻轻荡漾，如诗如画的美景令人心旷神怡，早把长途奔波的疲劳抛到脑后。

主人林女士早在酒店的花树下等候我们，她去年到中国访问，听说广州是中国的花城，当时就约定一定带我们看看泰国的花城，今天终于如愿以偿了。

尽管此次访问泰国时间很紧，她还是坚持要我们到她的投资地芭堤雅小住两日。

安顿好住处，林女士带我们到海边的餐厅就餐，一进门就像走进了水族馆，成排的玻璃水箱放养着各式鱼虾海鲜，在彩色灯光的照射下，犹如进入神奇的海底世界。餐厅其实是架在海面上的露天大平台，让客人一边观赏海景，一边品尝海鲜，别有一番风味。

饭后，安排看人妖表演，林女士告诉我们，除了乘玻璃底船，欣赏海底生物及沙滩游水等活动外，人妖表演是来芭堤雅最重要的节目，艺术上没什么可取之处，但作为泰国特有的娱乐项目，不看就不足以全面了解泰国社会。

到达剧场时，恰逢首场表演结束，剧场前的广场熙熙攘攘，看完演出的观众很多尚未离去，只见一群打扮妖艳的"姑娘"，拉着观众在花丛中照相，她们大多长得清秀漂亮，身材修长，苗条丰满，衣着更是艳丽多姿。林女士告诉我们，这些全都是人妖，她们除了演出时表演节目外，还在演出前拉着观众一起照相，以此收点小费增加经济收入。

趁演出前的间隙，我们向经理了解了一些有关人妖的情况，因时间匆忙，又要经过翻译，无法深谈，只能知其一二。所谓人妖，就是用手术、药物硬是把男性变成女性，无论心理、生理都和女性无异，唯有喉结无法消去，声音仍是男人本色，变性后经规范训练，即可登台表演，每晚两场，每场演出一个多小时。每月工资少者五六千泰铢，多者可达七八万泰铢，这样的工资水平不算太多，不过，与观众一起照相所得的小费却十分可观，每次小费多者论万论千计，最少也有几十元。有了钱，她们投资做生意，购置物业，她们当中有不少已是千万富翁。

剧场、舞台的装饰和设备都堪称一流，上演的节目除了泰国古典现代舞外，还有西班牙舞等，华语节目不少，如扇舞、清朝宫廷舞以及各种华语歌曲，一个被誉为"泰国邓丽君"的歌手演唱着经典歌曲，在台上惟妙惟肖地用嘴形、动作模仿邓丽君的表演，但是歌声全是从录音带里播出来的。

演出中间穿插着小品之类的节目，有的演员跳下观众席，还在观众席上做些庸俗、色情的动作挑逗观众，还有演员在演出进行中端着托盘向观众讨赏，幸好我们坐在楼上的包厢中，免去了此类干扰。

演出结束，主人林女士问起我们的观感，说实在的，艺术上难以评判它的价值，歌唱竟然是放录音、对口型，舞姿上也难以恭维，实在难以衡量。林女士见我们有点为难，就主动说："这只是看个新鲜，不能代表真正的泰国艺术，充其量只是满足一下观众的好奇心。"对此评价，我想还是蛮中肯的。

我们访泰期间，正值中东战事乌云密布之际，全球旅游都受其影响，

芭堤雅的社会生活也显得极其冷清，沿街酒吧成片的座位都空空荡荡，柜台里成群的陪酒女郎在等顾客，不过，从这些布满全城的消费设施上，可以想象：在旅游旺季时，芭堤雅之夜该有何等繁华、喧闹的风光呀。

耀华力的遐思

为了让我们考察和多接触曼谷的华人社会，除了频繁地拜访各种华人社团外，最后几天，主人们干脆把我们的住处搬到华人最集中的商业区耀华力路的白芝酒店。

晚上，约了从前的学友肖先生来叙，我几经上下于祖国的文艺舞台，他则重返南洋成家立业，经商发财，今日相逢，不仅一番感慨。我们谈论最多的话题是围绕祖国改革开放后政通人和、经济发展、国之蒸蒸日上，世界各国无不瞩目。大家都感叹，这几年，海外的华侨华人的处境好多了，特别像泰国这样的地方，华人华侨约占泰国总人口的十分之一，经过几代人奋斗拼搏，经济实力十分雄厚，起着举足轻重的作用。很多企业的"泰斗""天王""新星"都是华人，现在，就连政府官员有些也是华裔。令人担忧的是当今新一代华人，他们生于斯、长于斯，对中国陌生得很，因为在泰国，华人热心文化，但政府规定只有小学四年级以下才有华文课程。肖先生有些忧心地说："长此以往，他们连祖宗都不认识了。"

说到这里，我记起前日访问的一所由居泰同乡会开办的小学，当地华侨为继承中华文化，纷纷慷慨解囊，据校长介绍，最多时学生有1200人，但是每周只能上5节华文课，官宦人家嫌弃华文小学水平太低，宁可花钱请家庭教师上门。加上师资缺乏，现在该校生员日减，只剩500多人，老一辈华侨为此很是焦急。

耀华力的夜晚，热闹程度并不比白天弱，反而多了一些沿街摊档，街两旁的建筑形式类似中国南方的城镇，各类店铺的招牌几乎全是中文，其中金饰店最为显眼，相隔不远就有一家。电器店音像摊大声地播放着华语歌曲，漫步其间，犹如置身广州北京路一带的闹市，只是街道密了一些。我们不买东西，但各式商店都进去看，主动与老板、店员们攀谈，发现年岁大些的都可说潮汕话，有些就是潮汕人。但年轻一辈的尽管不少是华人后代，却已不懂国语，对家乡情况也一无所知。

听说肖先生准备携全家回乡省亲，以慰久别思乡之情，让没见过祖国的孩子们增加对祖国的感情。我想，随着改革开放之风越吹越烈，祖国已向海外几千万华裔敞开了胸怀，越来越多的华人华侨将进入寻根访祖的潮流中。我相信，随着这种交流的迅速发展，中泰两国及两国人民之间的情谊将会与日俱增。

1995 年 9 月

与日本人民共度舞蹈节

刘选亮

到广岛的第一个星期天，恰好碰上日本民间节日稻荷大明神祭。这是广岛市独有的节日，传统的主题是祭大明神，在梅雨季节开始之际，求神佑护本土风调雨顺，恩赐丰年。不过，节日的活动内容已大大延伸：除祭拜神灵外，城里到处张灯结彩，人们逛街访友，互致祝福。连续三天的节日，有点像中国的春节。

前两天梅雨绵绵，今天突然放晴，给节日增添了几分明丽、几分清朗。傍晚，我们的主人大和先生就带着我们到街上去过节了。我们的住处离市中心不远，转过两个街口，就融汇人潮中，街上人头攒动，熙熙攘攘，特别是邻近大明神庙的街区，是节日活动的主要场所，那里更是人山人海、摩肩接踵。灯光辉煌的街道两旁，临时搭起的小商棚连绵不断，各式的传统小食摊上飘着烤肉、烧海鲜的香味。身穿和服、头缠白巾的小贩们起劲地吆喝着，兜售食品、玩具、土特产，与街头喇叭里传出的民间小调相呼应。提着彩灯的孩童们在欢声笑语的人群中钻动、穿梭。成串成堆的氢气球，在清凉的晚风中摇摆、碰撞。而最吸引人的还是穿着和服的女人们。虽然款式相同，但色彩、花纹各异。年轻的姑娘斗艳争妍自不消说，从白发苍苍的老妇到刚刚学步的女童，也都是千颜万色，组成绚丽多彩的和服世界。她们蹬木屐、迈碎步，宛如人海中不停跳动着的朵朵浪花，耀眼、炫目。这一切拼成了一幅声色并茂的民俗风情图。在高楼林立的日本大城市里，居然保留着如此民族色彩浓郁的节日活动，确属难能可贵。从人们兴高采烈的神情中，不难感受到日本人对自己民族传统的尊重和乐于继承。

一阵阵富有韵味的鼓声，把我们吸引到街心的小广场。这里另有一番景象。广场中央立了一座彩旗飘飘的小鼓楼，直径约1米的大鼓悬吊其中。一位身穿和服的男青年正随着喇叭传出的民谣击鼓相应和。鼓楼周围挤满了跳民间舞的人群。男女老少，最多的仍是和服盛装的妇女。舞池里人虽多，却秩序井然。他们随着一曲又一曲的歌谣变化着一套又一套相当规范的民间舞蹈，认真投入的仪态舞姿使这种群众性的舞蹈表演显得更加端庄优美。我们情不自禁，立即加入队列之中，跳了起来。见有几个中国朋友在认真地向他们学舞，周围的人都喜形于色。几位上了年纪的妇女，分别送给我们一把作为民间舞道具的纸扇，一招一式地向我们传授舞步手势。我们都是专业舞蹈演员，学起来当然很快，这使他们更加高兴，不断地为我们拍手叫好。

一边津津有味地跳着日本民间舞，一边不无感慨地欣赏着眼前纯真高雅的群众舞蹈场面。我想，人在此情此景中，心灵必然坦荡，情操定可净化，民族的凝聚力也将在无形中生成和积聚。这不正是民族文化的真正内涵吗？我们中国也有很多民间节日，如果能有更多的同胞，利用各种民间艺术形式，不是旁观看热闹，而是亲身参与进来欢度自己的传统节日，并从中发现和发扬我们中华民族的优秀传统和美德，该是多好呀。

我们不知疲倦地在这个大舞池中连续跳了两个多小时，在和多位素不相识却又感情相通的同舞者合影之后，依依不舍地离开。大和先生还要带我们去看看节日活动的主要地点大明神庙。大明神庙的造型和格局，和中国各地的庙宇十分近似，没有太多奇特之处。只是庙外那一排排透亮的大灯笼以及庙内弥漫的浓烟，大大渲染了节日的气氛。因为人多庙小，善男信女只能鱼贯而行，向神台前的大香炉进香。大和先生给我们每人一枚十元面额的硬币，说把它投进巨大的集币箱，再道出心中的一个祈盼，你将会如愿以偿。我虽是无神论者，但既然身在神境，也就入乡随俗了。在神台前我投下硬币，双手合十默默许下一个心愿：祝中日两国人民世代友好相处，各自为建设自己美好的祖国奋力向前。

《文化参考报》1996 年 12 月 20 日

后　记

管　琼

夏天，接到陈翘老师的电话，她的笑声依旧清脆，富有穿透力，她说，有一件事非你来做不可，因为你是二翘嘛。"二翘"，她一直这样叫我，这是她对我的信任。这份信任与深度认知，是在十四年前写作《陈翘传》时建立的，那时，我们持续谈了至少一百个小时，然后，她带我去海南，在黎村苗寨里访问几十年前的黎族姐妹。顶着海南热烈的阳光，我看着她们相拥笑谈，述说过去的美好时光，唱过去的歌，跳起当年的舞蹈，这些陈翘编排的舞已经变成黎村自己的舞蹈。那时，我想，是什么原因让一个汉族小姑娘成了"黎族舞蹈之母"呢？在《陈翘传》里我回答了这个问题。

陈翘在电话中所说的事情，是由广东省舞蹈家协会主办的"陈翘刘选亮从艺七十年"的活动。对于广东文艺界特别是舞蹈界来说，这是一件值得大书特书的佳事，两位艺术家从艺七十年，并且以卓越的艺术成就，双双获得广东文艺终身成就奖，这在全国范围内也是少见的。

活动内容之一是编辑出版《并肩同行七十载——陈翘刘选亮文集》。所有的文章都是他们发表过的和未发表的手稿，完全没有想到，文章文稿的量如此之大，年代跨度久远，所涉主题多样，从民族舞蹈的创作到"岭南舞蹈"概念的提出，从舞蹈创作到剧本创作，从艺术到文化，从演出到发展，从国内到国外，客厅的地上、桌上、椅子上甚至沙发上，都是一沓沓打开摆放着的稿纸，以及报纸、杂志的原件、复印件，各种规格的纸张，呈现出不同的年代感。有些手稿字迹褪色模糊，辨认困难。我站在这些稿件纸张中间，有些犯晕。我说，这可真是海量呀。比我更认真、更辛苦看稿选稿的是陈翘、刘选亮两位老师，天气如此之热，我们三人围坐在餐桌前，认真讨论改稿，从早到晚，我们像极了努力备考的好学生。

作为陈刘两位老师钦点的主编，我深知此事重大，丝毫不敢懈怠，在通读所有文章后，分类编排，再细读所选文章，删除同类的、相近的，依据写作时间一一排列。这其中最困难的是对原有文章的修订校对。比如创作谈是陈翘最为重视的，读着自己当年写下的《三月三》《草笠舞》《摸螺》《喜送粮》的创作成果，她反复思考，一次次沉浸在当年的创作中，今天的她对于自己的作品又有了更加深刻的理解与剖析。于是，她伏案提笔再写，虽然只是在原稿上进行修改校订，但她却改出一稿、二稿、三稿，每改一次便是重新抄写一遍，两三千字的一篇文章，三遍写下来也近万字了。每次看到她低着头，挂着老花镜，我就心生感慨，我总是说注意休息。但她的精神进入高度集中的状态后，什么都不顾了，我真是担心她的身体，担心她的血压。但是她说，必须准确。刘选亮老师同样一丝不苟，他不仅要校对自己的文章手稿，与陈老师讨论各种出现的问题，还负责每天所需食材的采购任务。

一次谈到《喜送粮》中某个动作设计时，两人有了不同说法。陈翘说得激动了，呼地站起身，两眼放光，左手叉腰右手高举，嘴里哼唱着旋律，即兴跳了起来。动作之敏捷、身体之灵活，我甚至来不及拿起手机拍下来。这就是陈翘，一个天生的舞蹈家，说来就来，说跳就跳。看着一旁的我眼花缭乱跟不上反应，她得意地抬抬下巴，开心地大笑。

也有痛苦怀疑的时候，超强的工作量，加上两位老师年高体弱，陈翘一度想着放弃，她说太累了，精疲力竭。我知道"放弃"是不可能的，完全不符合陈翘的性格，凡事做到完美，不留遗憾，是她一辈子的做事原则。果然，雨过天晴，一切重新回到节奏上。

刘选亮老师创作的剧本给我留下很深的印象，以及他就任南方歌舞团团长的任职演讲和述职报告，两文分别写于20世纪80年代初与90年代初，相隔十年。文章带着强烈的时代烙印，让我们看到坚持艺术为了人民，坚持在党的文艺工作方针指导下，坚守民族舞蹈艺术的文艺工作者。当西风欧雨涌入中国文艺演出市场，一个文艺团体从海南举团搬迁到改革开放的前沿阵地广州，面临着人才流失和舞台风气洋化、经济的巨大压力、艺术创作的困境等难题。我感叹太难了。刘老师笑说，我们终于走过来了，没有偏离航线，没有误入歧途，我们始终走在正确的文艺路线上，这是值得骄傲的。

发生在1983年的两件事，足以说明这个艺术团体的坚守是值得的，是党和人民高度认可的。

当年的"五一"劳动节前，南方歌舞团接中央通知到北京汇报演出，演出结束后，文化部主持召开了研讨会，参加的有文化部艺术局专员和文化部民族文化司、国家民委文化司、中央歌舞团、海政歌舞团、中央民族歌舞团、北京舞蹈学院等有关单位的负责同志和专家，会上发言的人清一色是当时在京权威的艺术领军人物。随后，历时两个月的西北五省巡演，让南方歌舞团的艺术之花远播西北塞外。每到一处，前来接见的几乎都是省、自治区的主要领导，有时竟是各级领导带着相关文艺队伍，人数最多的一次达到一百多人，热热闹闹地挤在火车站的月台上。

这种情况放到今天，无法想象。一个小小的地方歌舞团，之所以能受到如此的待遇，应该说是因为一方面符合了当时党的民族政策，同时，南方歌舞团的出色表现也让他们当之无愧。

阅读两位荣获广东文艺终身成就奖的老艺术家一篇又一篇的文章，

我为他们七十年的艺术人生感动。对于我来说，这个忙碌的夏天是一次精神上的洗礼，深深受教了！对于从事舞蹈的人来说，舞蹈可能是一份工作，舞蹈可能是一份热爱，舞蹈也可能意味着利和名，但是对于两位前辈来说，很简单，舞蹈是他们的命。七十年的时光岁月，他们与舞蹈难离难弃彼此成就，所有与舞蹈相关的问题都不是问题，只能如此、必须如此。这就是陈翘、刘选亮在舞蹈世界里咬定青山不敢妥协的原因。

伟大吗？了不起吗？真有点。一件事做了七十年，而且还做得漂亮，被广为传唱。除了对两位老艺术家高山仰止，我们能够学到对于民族舞蹈的尊重与敬畏，学到对于信念的坚守，这都是重要的艺术与人生的启示。

向陈翘、刘选亮两位老师致敬。

2023 年 10 月 25 日于广州